武将列传·战国摇篮篇

[日]海音寺潮五郎　著
叶荣鼎　译

九州出版社
JIUZHOUPRESS
全国百佳图书出版单位

图书在版编目（CIP）数据

武将列传. 战国摇篮篇 / （日）海音寺潮五郎著 ；
叶荣鼎译. -- 北京 ： 九州出版社，2018.12
ISBN 978-7-5108-7711-7

Ⅰ. ①武… Ⅱ. ①海… ②叶… Ⅲ. ①长篇历史小说
—日本—现代 Ⅳ. ①I313.45

中国版本图书馆CIP数据核字(2018)第294257号

武将列传. 战国摇篮篇

作　者	［日］海音寺潮五郎　著　叶荣鼎　译
责任编辑	沧　桑
出版发行	九州出版社
地　址	北京市西城区阜外大街甲 35 号 (100037)
发行电话	(010)68992190/3/5/6
网　址	www.jiuzhoupress.com
印　刷	三河市兴博印务有限公司
开　本	880 毫米 ×1230 毫米　32 开
印　张	10.25
字　数	238 千字
版　次	2021 年 12 月第 1 版
印　次	2021 年 12 月第 1 次印刷
书　号	ISBN 978-7-5108-7711-7
定　价	48.00 元

译　者　序

笔者在为《武将列传·战国摇篮篇》《武将列传·战国烂熟篇》撰写译者序时，适逢年味十足的传统节日春节正朝着笔者走来，每每伏案笔耕时，厨房的年货香气也总是扑鼻而来，窗外的购物脚步声也总在耳际响起。翻看日历，适逢大寒。所谓大寒，指每年 1 月 20 日前后，太阳到达黄经 300° 时分，气候冷到极点，寒潮频繁南下，风大，低温，积雪不化，遍地冰雪，银装素裹，也是二十四节气的最后一个。大寒过后就是立春，迎来新的节气轮回。笔者也确实没有想到，撰写期间正值难得飘雪的上海，气温零下，雨雪交加，昼夜空调。其间，送别了立春，还送走了小年。今天终于完稿了，然而距离春节只剩五天，也可谓春节前夕。

有学生说，瑞雪兆丰年，象征着老师的两部译著将畅销大江南北，将在我国刮起全面了解日本历史文化、精确解读日本飞速发展过程的旋风。

纵观日本战国挟天皇以令领主的幕府时代，恰似我国挟天子以令诸侯的三国时期，主要由镰仓幕府、室町幕府、安桃幕府、江户幕府构成。

镰仓幕府（1185—1333）位于神奈川县，创始人源赖朝系源义家长子源义清的后裔，日本平安时代末期起至镰仓时代的武将、政治家，镰仓幕府首代征夷大将军，日本幕府制度的创立者，幼名“鬼武者”。其父死于平治之乱，其曾被流放于伊豆国。后白河天皇三子以仁王与源氏家族合谋，岂料讨伐时任天皇外戚平氏的令旨泄密，反而引来平氏发兵征讨。源赖朝与岳丈北条时政纠结伊豆、相模、武藏的源氏势力迎击，却落败而逃。后与三浦半岛豪族坂东平氏的三浦义澄等会合后，势力得以迅速壮大，以源平合战消灭了平氏家族。从此，武士集团权势跃升，公卿集团迅速衰败，源赖朝遂于 1192 年就任征夷大将军，在镰仓设立幕府，开始了日本长达 680 年漫长的幕府时代。

室町幕府（1336—1573），也称足利幕府，创始人足利尊氏，系镰仓时代末期至南北朝时代的武将，室町幕府首代征夷大将军，原名足利高氏，幼名又太郎，是源义家次子源义国的后代，因下野足利庄园而得足利式部大夫称呼。因不满镰仓幕府实际掌权者北条家族统治的拙劣待遇而心怀不满，加之祖先八幡太郎传有“自己投胎转世，后代夺得天下”的遗训，足利尊氏先是在镰仓幕府北氏家族麾下倒皇，后因听从后醍醐天皇密令而中途倒幕，消灭了镰仓幕府后，由后醍醐天皇赐名为尊氏。之后，北条家族死灰复燃，遂请愿带兵平息，岂料后醍醐天皇不准。于是，被惹恼的足利尊氏擅自率兵出征。全歼北条后裔军队后，在弟弟源直义和家臣高师直的劝说下，易帜再倒皇，挫败了楠木正仪率领的朝廷军队后，攻入京都开创了室町幕府，也称足利幕府。可是，室町幕府先天不足，从足利尊氏开始对待大领主们怀柔安抚，唯唯诺诺，对于领主互相侵吞领地袖手旁观，以致他们犯上，干预幕政。在足利尊氏与足利义诠两代将军执政期间，南北朝内讧。到了第三代将军足利义满统一了南北朝，才算太平了一个时期。足利义满强调将军权威，杀鸡儆猴。

足利义满去世后，从第四代将军到第十五代将军卑躬屈膝，息事宁人，以致酿成战乱四起，生灵涂炭自第十五代将军足利义昭被织田信长赶下台，室町幕府灭亡。

安桃幕府（1589—1598，室町幕府第十五代将军足利义昭任期至 1588 年）即安土桃山时代，也称织丰称霸时代，创始人织田信长废黜室町幕府第十五代将军足利义昭后设立安土城为大本营，平定了大半个日本。后在本能寺被明智光秀突袭杀害后，丰臣秀吉设立桃山城为大本营，统一了天下。织田信长和丰臣秀吉制定治国理政的多个举措，有力地促进了日本的现代化发展。

江户幕府（1599—1867），也称德川幕府，创始人是德川家康。与镰仓幕府以及室町幕府全然不同，这可谓是个十全十美的幕府。经历过镰仓幕府时代与室町幕府时代的统治后，领主、公卿与皇室的势力衰弱到了极点，对幕府不再构成任何威胁。德川幕府设计推行了面目一新的“幕藩制度”，将直系大领主安置在江户幕府周边的关东及近畿、东海等要塞，将非直系大领主安置在边远地区。为防再生叛乱，幕府规定各藩大领主须送家人作为人质，长期住在江户。可第五代将军德川纲吉晚年暴政，致使统治出现危机，再者没有顺应商品经济的发展，以及受到西方文明的影响，虽引进欧式制度改革幕政，但土佐藩 1867 年 6 月主张德川幕府将大政奉还给天皇，并且发动了声势浩大的倒幕暴动。江户幕府因交战失利，第十五代将军德川庆喜不得不在 1867 年 10 月 14 日奉还政权给明治天皇，从此宣告江户幕府结束。

镰仓幕府的创始人源赖朝，室町幕府的创始人足利尊氏，这两个人都是源义家的后代。从这个意义上说，幕府的“开创者”出自源氏家族。源义家又名八幡太郎，或八幡大菩萨，八幡神，拥有镇守国家、去除灾厄、保佑生产、育儿等各种功德，也是源氏家族的守护神。自镰仓时代起还被视为武神。祭祀八幡神的神社，在日本有逾 400 家及其支系神宫逾四万家。

据传，创建江户幕府的德川家族的先祖也出自源义家后裔的支系新田家族。倘若这一传说有史可查，可以说“日本的幕府制度诞生，与源氏家族有着无法割舍的渊源”。

历史与大众结缘，成为人生的智慧，多取决于史书。历史，不仅仅是过往，更多的是赐予后人取之不竭的人生智慧。那些历史事件是如何发生，那些历史人物是以怎样的姿态生存在那个时代，我们对他们应该怎样做出公允的评价，我们又应该怎样启发和借鉴流传至今的伟大历史经验？

我以为，担心国民与民族历史常识渐行渐远的海音寺潮五郎，热衷于史传文学的撰写，重要理由就在于此。

纵观长达八百六十余年的日本战国史，时而由幕府统治日本全国，时而由皇府统治日本全国。幕府统治时期也好，皇府统治时期也罢，一旦幕政或皇政出台的政策有损武士阶层的利益，日本国内就会循环往返地出现倒幕捍皇或者倒皇建幕的武士群体，甚至还出现南北皇朝，战火四起，硝烟弥漫，生灵涂炭，怨声载道。两者之间争斗不息的根本原因大约是：皇政奉行概念主义，皇朝之所以治国理政是天赐，与勤王等大小武士的誓死捍卫无任何关系，故而日本皇帝名曰“天皇”；与之相反，武士奉行现实主义，坚持功劳与利益成正比，坚持以利益是否受损作为标尺。他们崇武尚武，认定“没有武士阶层，就没有统治阶层”。皇府与幕府的存在，都是武士用生命和鲜血换来。归言之,武士阶层与天皇阶层之间是一对天敌。

其实，两者都无视民主，漠视人民的权利。皇政也好，幕政也罢，评判政府的标尺应该交到国民手中。只有让日本全体国民起来监督政府，才能跳出政权交替的历史周期率之怪圈。

话说倒幕复皇运动风起云涌导致江户幕府崩溃进入明治天皇时期，也颁布过日本国宪法，因其本质是巩固皇政的法律保障，是崇尚武力巧夺豪取邻国的战争宪法，以致把日本国民推到了战争火海，最终在吞下巨大威力的两颗原子弹后不得不向世界宣布无条件投降。

第二次世界大战败北后，日本在美国的主宰下进入和平宪法治理下、天皇只是象征的民主法治新时期。从那时起，日本七十余年的变化有目共睹，连续在物理学、化学、文学、和平领域荣获诺贝尔奖，迄今已逾二十个，可谓脱胎换骨，翻天覆地。

剖析《武将列传·战国摇篮篇》《武将列传·战国烂熟篇》等史传文学作品，都曾连载于文艺春秋社创办的《全读物》杂志与《周刊现代》杂志，是海音寺潮五郎根据责任编辑约稿、视编辑为读者代表，兼顾读者希望知晓的顺序所写。海音寺潮五郎原打算写出一百人物传或二百人物传，再根据时代顺序和地区分类改排后提交出版社编审、校对、付梓。然而由于撰写史传文学作品的工作量浩大，加之年迈，最终仅完成三十三名武将传记时便由文艺春秋社出版问世了。

现今，日本有许多作家在撰写优秀的史传文学作品。而在海音寺潮五郎撰写史记文学作品的年代，仿佛苦行僧在创作路上孤独行走，没有一个人同行。每每写成一本提交出版社前，他总是费尽口舌请人撰写书评，却无人乐意揽活。急性子的海音寺潮五郎不得已在每完成一部史传文学作品后，自己废寝忘食地撰写书评。

现在不同了！许多优秀的作家以海音寺潮五郎为榜样，交出了不少优秀的史传文学作品。更难能可贵的是，怀着对历史负责任、投身于史传文学的作家多了起来，乐意撰写书评的人多了起来，相应地让读者惊吓的虚构历史人物的作品也少了起来。

海音寺潮五郎撰写史传文学作品非常严谨，一是一，二是二，绝不搞四舍五入拉郎配。他在每次写一部作品前，都要大海捞针，收集大量史料，经过严格比较，去粗取精，去伪存真，让列传人物复活，让他们能在现实世界里生存的真实一面栩栩如生，展现在读者面前。

过往和历史，也都是文学。假设哲学是孕育所有学科之母，那么历史就是诞生所有学问之父。无论经济学，还是社会学，无论政治学，还是伦理学，都在历史长河之中。历史是一条涵盖所有学问、波澜壮阔、浩荡流淌的奔腾大河。

正因为海音寺潮五郎以对历史负责任的态度，始终满怀不让人们与历史生疏的满腔热情，四十年如一日，投身于史传文学的创作事业。如今，海音寺潮五郎虽已去世四十年，但他留下的史传文学作品依然经久不衰，作为权威的历史书籍为广大读者首选，出现在大大小小的图书馆里，出现在家家户户的书架上，出现在爱读史传文学作品的读者手上。

叶荣鼎

2018 年春节前夕于上海寓所

目　录

足利尊氏

一

源义家，是足利尊氏的始祖，也称八幡太郎，或八幡大菩萨，八幡神，拥有镇守国家、去除灾厄，保佑生产，育儿等各种功能，也是源氏家族的守护神。自镰仓时代起，还被视为武神，祭祀八幡神的神社在日本有逾四百家及其支系神宫逾四万家。

源义国是源义家的次子（《东鉴》史书称其为长子），家住下野足利庄园，人足利式部大夫之称，是足利家族的祖先。

源义国初娶上野介藤原敦基之女为妻，生下源义重不久，妻子亡故，后来信浓太守藤原有房之女为妻，生下幺子源义康。一般而言，丈夫在爱后妻胜过前妻，爱幺子略胜过长子。源义国的确深爱幺子源义康，但不知是否还有其他原因。

于是，长子源义重离家出走，移住嫡亲外祖父遗留下的上野新田，改名为新田义重。由此，幺子源义康自然而然继承了源义国的足利家业和足利庄园。上述情况并没有书面记载，是根据源义重的嫡亲外祖父系上野介藤原敦基推断得出。改名为足利义康。

从一开始，足利家族就是财大气粗，与之相反，新田家族则先天不足。之后也始终没什么惊人变化。

在足利家族，足利义康娶源赖朝生母（热田神宫住持藤原季范之女）的胞兄范忠的女儿为妻（足利义康成了源赖朝的姐夫），因而足利义康的儿子源义兼又成了源赖朝的外甥（源义兼称源赖朝为舅舅）。之后，源义兼娶了源赖朝之妻政子（北条时政之女）的妹妹为妻，由此又与源赖朝成为连襟。而后，源义兼儿子源义氏，娶了北条泰时的女儿为妻，他俩的儿子源义泰娶了北条泰时之子北条时氏的女儿为妻，而源义泰与妻子的爱情结晶源赖氏之子源家时，娶了北条时宗的胞弟北条宗政的幺女为妻。

综上所述，足利家族不光是继承了源氏嫡系血统的名门望族，还与“挟天皇以令大小领主的镰仓幕府权利中心”保持着密切来往以及无法割断的血缘关系，从而使家族兴旺，同宗得以扩大，所辖领地迅速遍及全国，属于当时非常强势的天下豪族。

在新田家族，则与此相反，从始祖外公开始，就与“挟天皇以令大小领主的镰仓幕府权利中心”交往不畅。《东鉴》称，治承四年九月三十日，镰仓幕府创始人源赖朝将军举兵时，遣使驱马带亲笔信欲与新田家族即新田义重结成同盟，可他置若罔闻，相反季节兵力固守上野国寺尾城，还夸耀自己是陆奥已故太守源义家的嫡孙，坚持中立立场，立志横而不流。

新田义重之女（祥寿）是源赖朝公的长兄“恶源太”源义平武士的遗孀，然而作为亲弟弟的源赖朝却对她朝思暮想，还派人送去情书。遗孀不从，把这情况告诉了父亲（新田）源义重。源义重顾忌源赖朝夫人（北条政子），遂迅速将女儿祥寿改嫁送到了新婆家。由此，新田义重不仅得罪了源赖朝，还蒙受了社会上的非难。”

从此，倒霉事接踵而来。背运之时做任何事都落不到好，甚至还受到源赖朝风流韵事的无辜牵连。

源义亲　源为义　源义朝　源赖朝

源义家

源义重　源义兼　源义房　源政义　源政氏　源基氏　源朝氏　源（新田义贞）

源义国

源义康　源义兼　源义氏　源泰氏　源赖氏　源家时　源贞氏　源（足利尊氏）

我觉得，要是查找还有很多。因上述缘由，新田义重虽是嫡亲，但不能成为中心家系，那后来也就没得到过惊人的权势。

与足利尊氏有血缘关系的今川了俊撰写的《难太平记》称，足利家族持有先祖源义家（八幡太郎）的《训诫》。据说，那是源义家亲笔书写留下的，如下：

“自己转世投胎成第七代后的子孙可得天下。”

《难太平记》又称：

所谓上述的第七代子孙，是足利尊氏的祖父源家时，但上天没有赋予它这样的机会。对于没能像《训诫》那样如愿感到遗憾，采用向八幡大菩萨（源义家）祈求缩短自己生命的方式，呈上请求保佑三代后子孙夺取天下的许愿书后剖腹自尽。还称自己确实在足利尊氏和源直义的牌位那里亲眼拜见过上述《训诫》。

上述《训诫》，不能认为系源义家亲笔所写。源义家的时代，是公卿政治的全盛时代，武士只不过是公卿的走狗而已。那样的时代，不可能产生武士得天下的想法。武士们意识到自己的力量，并得知没有自己所在阶层的力量天皇与公卿也就得不到天下之事理，是在宝元与平治之乱以后。因此，武士出身也能得天下这一观念的产生，不可能上升到平清盛与源赖朝以前的时代。

《训诫》，仅《难太平记》里有，而其他书籍里没有，因此那是伪作，正如前面叙述的那样。然而，足利家族传承这样的文书，而且足利家族成员都长期确信无疑那是源义家祖先亲笔遗嘱，则有可能是事实吧？足利尊氏，是前面叙述过的源氏后裔门第，因而对于源氏家族得天下后第三代灭亡，以及由曾是源氏家族之家臣的北条氏独揽幕府实权，并且也包括自己家族在内的天下武士必须看北条脸色行事的形势，无疑万般后悔。于是，在某时代伪造这样的遗嘱，把它作为祖传《训诫》传给后代的吧？八幡太郎源义家也是足利尊氏的祖先，也是在武士中间作为半神英雄受到追捧的人物。不知道是谁伪造的，但可谓用心良苦。

上述理由，也是促使足利尊氏着手夺取天下事业的最根本理由之一，又由于是南北朝抗衡时足利家族与新田家族抗争非常重大的事态，因而姑且作简单叙述。

二

足利尊氏姓名出现在历史上，是元弘元年即公元 1331 年以后。当后醍醐天皇（日本第九十六代天皇）讨伐幕府的密谋泄漏，其本人不得不秘密出逃到笠置（京都南部）的时候，作为追捕者，幕府派出六十三名将领从关东朝那里攻打，可其名单里出现了叫作足利治部大辅高氏（当时是该姓名，有书称足利高氏）的名字。

由水户藩学者们根据光四方之名，收集《太平记》各种不同版本以及其他书籍后编纂的《参考太平记》称，由于当时足利尊氏父亲源贞氏逝世后仅过了十二天，因而足利尊氏没有遵命，可是幕府不从，强行命其出发，所以足利尊氏非常憎恨北条氏。

这时的关东局势，攻打笠置，攻克该城后逮捕了后醍醐天皇，继而攻下了楠木正成固守的赤坂城。可无论何种书籍里，都没有提及足利尊氏在当时发挥了什么作用。也许只起到了不值一提的作用吧？！

其次，他的名字出现在社会上是三年后的三月。这年的前一年，幕府将后醍醐天皇迁至隐岐，拥立持明院统的光严院为天皇。可紧接着，楠木正成又东山再起大举进攻，大塔宫护良亲王（皇室成员担任将领）也向吉野举兵。这年的闰二月下旬，后醍醐天皇从隐岐回到伯耆，各诸侯国里出现了勤王（效忠天皇的将领）军队暴动的态势，于是幕府决定再让关东势力进入京都，让名越高家与足利尊氏担任大将军率部前往。

当时，足利尊氏因病拒绝进京，可幕府不允，一天时间里再度派遣使者催促。足利尊氏发怒：

“前些年我在给家父奔丧之际，蛮不讲理地被赶去打仗。如今又是这样。他北条算什么东西！原本不就是我们源氏家族的家臣吗？受这种家伙横施淫威，实在是懊恼不已。好，好，既然他提出如此无理要求，那我只有下决心了。进京后，站在天子（后醍醐）这边，攻下六波罗后使我家族东山再起。”

《太平记》里有他暗自下决心的记载，可是与后来的情况进行综合思考，好像这不只是足利尊氏一个人的主意，而是与其同母所生兄弟源直义商量后决断的。

就这样，他踏上了去京都的征途，可由于下了这样的决心，不仅带上同族随从，还决定连老婆孩子都带上，这使得幕府起了疑心，把其夫人与孩子当作人质送到了镰仓，还要他提交誓约书。

足利尊氏与源直义商量，源直义答道：

“对方既然那么说了，最好还是照办。如果我们做的是正事，那么即便冒犯，神佛也会赐以宽恕，再说将军夫人出生于赤桥望族，赤桥先祖也会保佑我们，加之公子公主尚年幼不便远行。如果能带上头脑清醒的随从，无论到哪里，即便遇上紧要关头则也安然无恙。”

足利尊氏夫人的娘家，是北条一族。进入镰仓鹤冈八幡正面牌坊的地方，虽现在有石造拱桥，可在镰仓时代那曾经是木桥，红颜色。红颜色木桥附近有北条氏一族，因而被称为赤桥望族。在世代相传过程中，这里出现过执政官员，也出现过辅政官员，是盛名在外的家族。足利尊氏的夫人是该赤桥家族的当主北条守时的妹妹。这北条守时虽然没有实权，但他是幕府这时候的执权官（实际执权的是北条高时）。

源直义的这番话，说得非常好。因此，引导足利尊氏夺取天下的人是源直义。可见，他是既有魄力又有谋略的人物。

时年，足利尊氏二十九岁，源直义二十八岁。

足利尊氏与夫人一起递上誓约书，北条高时僧侣喜出望外，设宴招待足利尊氏，款待后取出放在锦囊里的东西说：

“这是阁下先祖八幡太郎传给令族各代继承人的白色旗帜，可从源赖朝公开始夫传妻传到了二位尼（担任二品官的尼姑）其妻政子（政子是源赖朝的妻子，也是北条一族即北条时政之女）手上，现在又传到了我们北条家族。这是稀世珍宝，可它留在我们家里派不上什么用。我把它作为这次送别赠物献给你，希望你打起这面白色旗帜征服这次暴动闹事的罪魁祸首。”

说完，他不仅把这面旗帜给了足利尊氏，还拿出十四配有白色马鞍（前凸部和后凸部皆用银裹的马鞍）的马，十套白色镶边（所有边角用银镶边）的盔甲和一把用黄金锻打的军刀。

足利尊氏带上家族和随从三千余骑先于名越高家三天，即三月二十七日从镰仓出发了。

《太平记》称，足利尊氏于四月十六日到达京都，第二天便派出使者朝拜住在伯耆船上山的后醍醐天皇表示归顺。可是《难太平记》称，在三河的八桥（误写成八矫，把木字偏旁写成了矢字偏旁），将母亲清子之兄上杉宪房作为使者，与当地领主同族的吉良贞义商量的时候，贞义答道：

“这决定好像迟了。”

再者，《梅松论》称，来到近江的镜之宿时，母亲娘家的上杉重能与同族的细川和氏披露了早已领受的后醍醐天皇圣旨。当时，后醍醐天皇正在向全国所有有可能站在自己这边的武士们发送谕旨，因而后醍醐天皇不可能不给清和源氏第一大族的当主足利尊氏发送诏令。

所谓上杉重能与细川和氏在镜之宿披露谕旨，构成了两个不同的诠释版本。也就是说，也可认为两人在足利尊氏从镰仓出发前奉命去了伯耆，领受谕旨，在镜之宿等候足利尊氏到达后披露谕旨。也可考虑为，当后醍醐天皇知道这两个很早以前就作为关东派遣军部将来到近畿的人是足利尊氏很亲近的一族和姻亲情况后，便派遣带着传给足利尊氏谕旨的使者去他俩跟前，而这两个或早已知道足利尊氏本意或早已洞察到北条氏好景不长的人，遂接受了谕旨，在迎接足利尊氏进京到镜之宿后披露谕旨。

撰写小说时，必须选定其一，可是作为历史记载，没有必须选择其一的必要。总之，只要知道当时领受了谕旨，那无论采用何种解说都没关系。不管怎么说，足利尊氏接到了谕旨。足利尊氏离开镰仓时在幕府商量的内容称，足利尊氏到达京都后，立刻与紧接着到达的名越高家一起向伯耆挺进攻打后醍醐天皇的大本营。然而到达京都一看，京都局势不容乐观。

播磨的豪族赤松则村纠集中部地区的勤王军队（捍卫天皇的军队），奉左近卫中将千种忠显之命在也可称为京都咽喉的山崎与男山安营扎寨，每天持续不断地前来攻打京都。

其实，在足利尊氏他们从镰仓出发的时候也是这样，但传说没什么大不了。事实上，攻打以坂东精兵为主力的六波罗军队，西国的勤王军队（效忠天皇的军队）处于弱势。就交战来说，六波罗军队虽可谓常常获胜，但人多势众。而勤王军队虽一败再败，却人数不断增加。可六波罗军队一胜再胜，却人数不断减少。

归言之，是“气势”。然而，这也是由于后醍醐天皇在武士阶层唾弃北条政治之际散发了谕旨，使许多武士改变了初衷。

《太平记》称：

“被视为顶梁柱勇士的结城九郎左卫门尉（亲光）嘲笑两六波罗在不停的交战中获胜却不足以吓到西国敌人，同时转变成敌对势力，加入到了山崎阵营。此外，来自各地的军队或五骑十骑或因水路辗转途中疲劳而回到家乡，或瞅准时机归属敌军的过程中，朝廷军队尽管吃败仗却气势越来越大，而武士军队虽打胜仗却兵员日益减少，每况愈下。”

三

由于是这样的形势，足利军队与名越军队一到京都，六波罗军队便喜出望外。召开军事会议，姑且扫荡盘踞在山崎与八幡的敌军，将四月二十七日定为总攻日，名越军队从鸟羽道展开攻击，足利军队从西之冈展开进攻。《梅松论》称，足利尊氏朝伯耆展开进攻。

名越是血气方刚的年轻大将，以守卫淀、古河和久我埂的赤松则村僧侣圆心的军队为攻击目标展开猛攻，浴血奋战。消除疲惫休息的当儿，名越被悄悄接近的赤松军队勇士一箭射落马下，于是全军七千将士乱作一团败退下来。

足利尊氏于拂晓离开京都朝西行进，由于早就传话归顺朝廷，因此渡过桂川后便设酒宴停止前进，消磨时间。这当儿，传来名越战死、全军败北的报告。

“好了，出发。”

足利尊氏骑在马上，指挥全军五千余骑翻过大江山（老之阪）。翻越过后便是丹波的筱村，是距离京都仅四里路的地方。

据说，这筱村地方是足利同宗的所持领地。高柳光寿博士的《足利尊氏》和雄山阁出版发行的《传记大日本史》里收录的本多辰次郎著《尊氏传》，都采用了这一说法。

足利尊氏在村里的筱村八幡神社里升起营帐，将旗帜竖立在神社主殿旁边的柳树上，向神社献上许愿文，首次表明了志向。

这时，当足利尊氏把上响箭附在许愿文上献给神社之际，弟弟源直义以及随从一族直至家臣都争先恐后地献上誓箭，于是誓箭在社坛上堆得犹如墓地那般高。

这时，据说足利尊氏将密信飞也似地快递到全国豪族们的手里。该密信，至今也有许多保存着，充其量那是边长十厘米左右的信封，里面边长四厘米左右的小纸片上，写有工整的字迹，制作成可以封藏在使者发结或者针脚里的模样。如下：

自伯耆奉旨来此，恳请提携与合力。

足利尊氏叩上

天下武士们非常清楚足利家族的门第与威望，由此，镰仓幕府的权威开始下降，既然社会秩序如此混乱，则很容易让武士们对于足利尊氏的密信仿佛久旱气候迎来及时雨般。通常，习惯受人支配的人们担心处在无人支配的境地。一只手举旗的同时，另一只手当然是推进尽快夺取天下的步骤，贵在神速。

不用说，足利尊氏没有这样的聪明才智，理应是逐渐觉悟的。足利尊氏是在财大气粗的大家庭里成长，受到人们的呵护，没吃过苦，大大咧咧，无吝啬习俗，稍胆怯，但招人爱，也就是说，只不过是少爷气质而已。引导足利尊氏立志夺取天下的人，是源直义与重臣高师直。这两人观察力都十分敏锐。颁布这封密信，我觉得也肯定是这两人的才智所为。

《太平记》称，足利人马于九日驻扎在筱村，从附近各地来了许多加盟者，兵力达到二万五千人。不用说，这数字有夸张成分，但兵力数量大幅度上升是可能的。五月七日，足利尊氏与驻扎在山崎与八幡的千种军、赤松军互相商定后朝京都开拔。

战争在许多地方同时进行。《太平记》称，战斗相当惨烈。

镰仓幕府麾下的武士们在足利尊氏与名越进京前就已经神情沮丧，加之现在视为顶梁柱的名越大将已经战死与足利尊氏大将的易帜，按理不可能再有称心如意的战事。逃窜到六波罗后，好歹坚持到夜晚，趁着夜晚逃走的士兵不计其数，于是六波罗的两个地方官北条时益与仲时奉花园太上皇（南北朝时的南朝天皇后醍醐的前任天皇）与光严天皇（南北朝时的北朝天皇）以及持明院统之命，带上同族子弟随从等向东逃窜。

这时，是草寇们到处袭击该时代失败者的时机。光严天皇被射中左肘，时益被草寇射穿头骨死亡，形势严峻。尽管那样，还是一路上遭到打击和追赶，当逃到现在米原附近的番场时，前方山上飘扬着旌旗的大军已等候多时。这是附近各地的闲散人员组建的军队，以龟山天皇第五皇太子、成为僧侣隐居在伊吹山脚下的护良亲王为首领。

就连坂东武者他们也神情颓丧。

“唉呀，这下完了。死在草寇手上是身后耻辱。”说着剖腹自杀了。

据说，这一自杀举动，最终引来了总共四百三十二人争先恐后剖腹自杀的壮烈惨景。那是用悲壮和悲惨这些字眼都无法形容的凄惨情景。

光严天皇与花园太上皇目睹了这一血腥场面，正说着“魂飞魄散，简直呆若木鸡”的时候成了草寇们的阶下囚被带往京都。

在日本历史上，南北朝争夺是极其愚蠢的篇章。皇室分成两派，相互侮辱，致使老百姓生灵涂炭，民怨沸腾，百姓苦苦挣扎在水深火热之中。其愚蠢可恨的程度，比起接下来的那场大战还有过之而无不及。这场大战打了八年零一个月才结束，可是南北朝对抗却持续了六十一年零三个月之久。

四

在攻打六波罗的前五天，也就是五月二日半夜里，足利尊氏可能与作为人质留在镰仓的夫人登子以及四岁的亲生儿子千寿王（即后来的足利义诠将军）秘密取得了联系，这母子俩从大藏之谷馆神不知鬼不觉地从人间蒸发了。

得知这一消息后，《太平记》称，整个镰仓城内乱作一团。平民百姓不知情，但幕府上下惊动了吧。可长崎堪解由僧侣与趣访木工左卫门僧侣直到这时还不清楚京都形势，因而听从使者意见在前往京都的途中，与从六波罗那里过来的早马在骏河的高桥（现在的饭田，在庵原之南和江尻之北侧）见面了。

早马说："名越大将已经战死，足利尊氏大将已经易帜成了敌人。"

于是，两人开始朝镰仓返回，在返回途中经过的浮岛原（现在的东海岛原町。很久以前，这一带黄濑川与富士山之间的五六里地不仅沼泽地，而且连地面也柔软，因此一直被这么评价）那里，遇上了迎面走来的一群修行者，人数大约有十五六个。他俩总觉得这群人模样可疑，便上前寒暄询问。

这伙人，由足利尊氏与妾生育的长子足利竹若和伯父良遍法师以及同一寺院的十三个僧侣组成。也许接到来自足利尊氏的密信，或许听说社会传言后为了躲避危险，化装成修行者马不停蹄地朝着京都赶路。

数个来回的一问一答后，良遍法师因回答不出而露出马脚，索性在马背上剖腹自尽。

"既然那样，就不能允许内部有野心的人外逃。"

他俩说完这话，便刺死了足利竹若，还杀死了其他十三个同伴后扬长而去。虽然这说法在通俗本《太平记》里，但所有不同版本都称：先活捉了足利竹若，入夜后悄悄将其刺死。

足利竹若的父亲足利尊氏才二十九岁，他本人可能十二三岁吧。可怜的是，他成了父亲夺取天下大业的第一个牺牲品。

六波罗沦陷的第二天即五月八日，新田义贞以勤王军队的名义在关东举兵。新田义贞此前作为关东军队的一名大将参加了攻打楠木正成固守的千早城战役。可其间一接到护良亲王的命令后便称病返回了上州。当时，是那一年的三月左右。他也与足利尊氏的心态一样，对于以源氏嫡系自豪的家族不得不听从曾经是自家家臣的北条氏的任意使唤这一变化感到耻辱，同时也可能预测到了北条氏气数已尽的预兆。

他与足利尊氏不同，将自己的生命托付给了效忠后醍醐天皇的事业。尽管有这说法，可我不认为那是出自于纯粹的勤王（效忠天皇的将领）心态。因为我觉得，当时的武士们叛离后醍醐天皇后当然是选择隶属于足利尊氏，可自始祖以来就一直与足利家族对着干的新田家族，绝对不会容忍足利尊氏重建幕府的野心。

还有，是因为后醍醐天皇熟知这两个家族之间的恩恩怨怨，并将新田义贞作为足利尊氏的劲敌提拔重用。像这类阴险伎俩，被视为平安时期失去实权天皇的最得意之作。被视为才智过人的天皇，大多使用上述手腕。后白河、后鸟羽以及后醍醐都是那样。新田义贞一生扮演勤王（效忠天皇的将领）的角色，我认为那是因为其祖传秉性以及中了后醍醐天皇的离间计而只能就范的缘故。

按我看来，该时代近似纯粹勤王角色的也并非楠木一族莫属。对于这楠木家族，最近竟然有学者说他是可疑人物，可我自己的诠释已经在《楠木正成传》里作了阐述。

且说，新田义贞于举兵的第二天，也就是于五月九日开入武藏。这时，新田义贞军队与来自后越的一支军队汇合后仅五千余骑。可

《太平记》称，当时适逢足利尊氏家族的随从纪之五左卫门根据上月从镰仓消失的足利尊氏亲生儿子千寿王的命令，率五百骑前来助阵，于是关东一带的武士们迫不及待地争先恐后赶来汇合。一天时间里，新田军队就扩大到了二十七万七千余骑。

无疑，这数字是夸张的，但聚集了许多兵力多半是事实吧？仅四岁的幼儿、足利尊氏的亲生儿子，终于也这么心领神会。这大概是颂扬足利尊氏的威武吧？《太平记》偏爱楠木，因而存在着过于贬低足利尊氏的倾向，但是读来非常可信，不可无视。

《增镜》称：

"且说关东地区早就有人心里盘算，例如足利尊氏一族，新田义贞，如今又以足利尊氏的四岁幼儿为大将军，从武藏一带开始发动战争。"

《神皇正统记》称：

"上野国里有叫源义贞的人，与尊氏成了一伙，图谋社会混乱……"

由此可见，在京都的公卿之间，通常认为新田义贞是足利尊氏的远亲。

且说，新田义贞和足利尊氏的联军与镰仓军队的交战，于十一日在武藏野的大平原拉开序幕，到十五日两度交战，互有胜负。十五日晚上，相模那里的三浦军队赶来加入到联军，于是镰仓军队在十六日交战那天溃败后逃窜。

联军转为追击，从三面逼近镰仓，二十一日开入镰仓，于次日彻底击败北条家族。终于，自源赖朝以来建立的幕府王朝在这里宣告灭亡。

关于北条家族的灭亡，还有凄惨的说法，如下：

“北条高时在东胜寺自杀身亡，同族随从八百七十余人一起自杀。”

到了后世江户时代，室鸠巢在《骏台杂谈》里为这一事实惊叹不已。尽管说北条高时僧侣是百施恶政的昏君，可在其临终时刻出现了古今历史上未曾见过的场面，即出现了许多勇士。这也是对北条家族代代施仁政的惜别。还有人说，那也是镰仓幕府时代注重廉耻风气的结果。确实是那么回事。

五

就这样，六波罗也消亡了，镰仓幕府也因被占领而灭。于是，后醍醐天皇于六月五日从伯耆返回京都再度登位，立志返回政坛的夙愿终于得以实现，开始恢复王政，着手天皇亲政的新政治。

新政的第一件事，是论功行赏。

足利尊氏在武士中间获得最高奖赏，即被授予“副三品”将军（相当于现在的中将）。《梅松论》称，足利尊氏被封为太守武藏、相扑以及其他数个地方的将军。《太平记》称，足利尊氏被任命为武藏、上总、常陆的太守将军。这说法不是很清楚，但总而言之，他是兼任数个地方的太守将军。在此基础上，他还被赐封了许多庄园和职务。

另外，有说足利尊氏是从这时开始，把自己的名字由高氏改成尊氏的。足利尊氏曾用名“足利高氏”，该“高”字是北条高时赐封的。也有说后醍醐天皇将自己“尊治”名字中的一个“尊”字赐封给了足利尊氏。我觉得后者说法大致是正确的。避开天子的名字是礼仪，因此在特地改名时，解释为赐封是很自然的。

新田义贞的官爵在“四品”之上，为越后镇守将军，兼管上野和播磨两地，即守卫上述三地。楠木正成守卫河内与摄津，没有被赐封爵位。

对于这次论功行赏，朝廷上和社会上从一开始就议论纷纷。

“楠木正成得奖太少，足利尊氏与新田义贞得奖太多。楠木正成从一开始就奋起杀敌，王政才得以恢复，也是由于楠木正成固守千早孤城，百出奇兵化解了幕府军队的几十次猛攻，不屈不挠，持续应战。许多地区加之勤王军队受到他效忠天皇精神的感染后，不断出兵助阵。倘若以功论赏，只有楠木正成才应该有资格获得一等奖。要是与楠木正成的功劳比较，可以说足利尊氏与新田义贞是胜局基本奠定后出兵的。因此，纵然他俩攻下了敌军大本营的六波罗和镰仓，对全局也没起什么大不了的作用。”

正因为这议论纯粹，所以很锐利。但就现实社会来说，所谓奖赏，不是纯理论上的与功劳对应分配。由于不可通过行赏搅乱社会安定局面，从而不得不考虑获奖者的身份与地位。所以，对于尽管立大功但身份卑贱的人，奖励则少；对于即便没立大功可身份高贵的人，奖励则多。这是不得已为之的做法。如果遇上门第与阶层制度森严的时代，则还要变本加厉。

现在，足利尊氏是清河源氏的第一门第，是家族枝系遍及全国的大望族；新田义贞是次于足利尊氏的门第。与此相对，楠木正成则是河内的小望族，甚至今天也是犹如压根儿不知其父辈名字的门第。其次，足利尊氏也好，新田义贞也好，他俩并非没有立功，而是携手推翻了敌对势力的东西两大阵营。进而，还有许多武士响应他们的号召举兵对抗幕府。按照这样的顺序论功行赏，作为后醍醐天皇当然是经过深思熟虑的。

但是新政权首要的论功行赏工作，从整体看是非常失败的。后醍醐用半生时间好不容易如愿的天皇政治，没过数年就化成了灰烬。究其最直接的原因，即便归集于这次失败的论功行赏也不为言过。

倘若也追究镰仓幕府灭亡的根本原因，说到底也是出自论功行赏不公正。当元朝军队两次入侵时，日本全国的幕府直属武士（发誓效忠幕府的地主武士）们在前后三十多年里，没有解除战时体制，从北九州一直屯兵到长门海岸地带保家卫国，击退了来犯。

施奖励于战功者，是古今通用的做法。可是，这种战役即便获胜也不可能得到一寸土地。幕府尽管犯愁，也还是做了安排，赐予了少量土地，不用说，获赠者都牢骚满腹。正因为长期的战时体制导致直属武士们囊中羞涩，其愤愤不平的程度不得不进一步加剧。他们产生了不信任幕府政治的情绪也属必然。

同时，生活艰苦，自然而然地形成了与同族之间的领地争夺战，与领地接壤邻居之间的边境争夺战。有关借贷问题的争执，也频频发生。这些纷争，当然都向幕府有关部门提起诉讼，请求仲裁。可是在幕府看来，纷争太多，仲裁不完。就是仲裁，也理应不可能有很尽情理的仲裁。于是，使用贿赂等手段的人自然多了起来。从而受诱惑的机会增多了，堕落的官吏当然也就多了起来。相互影响，导致直属武士们对于幕府的不信任感一个劲地加深。

因为这样的缘由，于是在后醍醐天皇揭竿而起之际，大多数直属武士就这么轻易地与幕府分道扬镳，跟随了后醍醐天皇闹起了倒幕革命。

当然，为后醍醐天皇而战的武士们都希望得到土地作为赏赐。《太平记》称：

“元弘大乱之初，天下男士聚集在属于官方军队里，根本没其他奢望，只希望打仗带来立功受奖。既然如此，盼望天下太平后继续尽忠获得奖赏的人们是成千上万，不知其数。”

可是，应该赐予武士们的土地没有了。并非一开始就没有。起初有很多，是因为北条这大望族灭亡了。其北条家族一伙的所有领地和合在一起虽有许许多多，可它们都成了后醍醐天皇的领地和公卿的领地，剩下的土地所剩无几，都给了歌舞伎者、足球技能高超者、游艺技术精湛者、衙门小吏、宫女以及僧侣们，从而变成了武士们“如今六十六国里无自己立锥之地，也无可去谋生的军营”之悲惨状态。

天皇以及辅佐天皇的公卿们，长达一个半世纪离开实际政治舞台，然后又突然掌握政权。因此，可以说这种掌权用权的迟钝笨拙是理所当然的。但还有另外一件不可忽视的现象，是当时包括天皇在内的官府社会里弥漫着骄傲自大目空一切的氛围。他们确信，唯有官府阶层的人才是社会的中心，而其他人应该为他们服务。

北畠亲房是当时的一流学者，在公卿中间属于学识最高的人物，却在《神皇正统记》里如此写道：

“关东北条高时灭亡，后醍醐天皇时来运转，不是依靠人的力量（不是武士们的力量，而是神的旨意）。从某种意义上说，武士等族到底是历代朝廷的敌人。幸亏他们表明自己是天皇的臣民才没有灭其家门。这也应该承认是莫大的皇恩。如果指望天皇赏恩赐地，那应该是今后出类拔萃地效忠立功以后的事。如果认为由神的旨意赐予天皇的复兴大业，是武士自己的功劳所致，属于无耻之极。”

连亲房这样的人也信口雌黄，令我们目瞪口呆，可这是当时官府阶层的共同心态。

如此傲慢的自尊思想，是根据什么而产生的呢？我认为，无疑是以最高贵族的意识为基础，再赋予其思想性的理论支撑，直至发展到成了信念的地步。

这是摘自《大义名分论》。朱子学从镰仓中期让禅僧将该书带到日本，当时被称为新注解，随后在以后醍醐天皇为中心的公卿们之间盛行的情况，因为复杂繁琐所以没有举例，但史实证据要有尽有。

朱熹所处的时代，是北方蛮族“金”滋生野心，入侵中国后建立国家，把汉族宋王朝廷赶到了江南，是汉族痛感危机的时代。朱熹认为，对付入侵，需要激昂颂扬民族精神的学说。他效仿孔子编纂春秋的态度，简编了司马迁著述的《资治通鉴》，制作了通鉴纲目，严格区分了王霸中间的正义统治者与非正义统治者，以正统天子为绝对善政的主体，将背叛正统天子的人定为“恶”，将俯首效忠于正统天子的人定为“善”。这就是《大义名分论》。

在朱熹所处的时代，这部书作为激昂颂扬由不同民族保卫中国和保持民族独立之民族精神的思想丛书，富有价值。可它传到日本，到了后醍醐天皇时代，被那些一直在暗地里图谋复辟皇权的后醍醐派接受了，将其作为证明自己图谋正确的理论。

“国家的正统统治者是天皇。正统天子打倒了武力政变的幕府，恢复被夺走的大权是绝对善事。其根据，即便在朱子学说里也显而易见。”

大凡是上述说法。日本的勤王论，这以后常以朱子学说为理论基础。维新时代的勤王运动兴起，也是朱子学说在德川时代三百年里十分盛行的最大原因。

深信自己是绝对善政主体的天皇，以及该天皇身边供职的公卿们，可能还觉得以傲慢自大的意识与信念藐视他们以外的普通人是极其理所当然的。

兼好法师属于这时代的人，其著作《徒然草》的第一百十九段写有这样的内容：

“镰仓的海里有鲣鱼，在那里它是头号鱼类，也是近来倍受赞扬的海鲜。然而，镰仓的老人有这么说法，‘这鱼，我们年轻时都没在有相当身份的人们面前出现过。’其实，那鱼头，下层社会的人们也不吃，是扔弃物。一到乱世，连这样的东西也挤入上流社会。”

这是对武士的讽刺。鲣鱼的“鲣”与“胜”的日语读音相同，意为鱼中强者，因而长期作为武士的隐语使用。兼好作为朝廷官员只晋升到左兵卫佐，即便出生门第，作为朝廷官员也极低，可是即便这样，作为朝廷官员群体里的最底层官员，也如此蔑视武士。

由于普通官员都持这样的观念，因此朝廷也就没思考过，不可以在奖励舍命打天下的武士之前将领地配给游女和游艺徒事宜。所以，自持有功的武士们从各地来到京都，亲自去万里小路三条坊门的恩赐局申请功勋要求领赏，然而回答没有应该配给他们的土地。无论等到什么时候，他们的诉求也不可能得到解决。武士们怀着满腹怨恨回到家乡。

《太平记》称：

“武士们扔掉申请书，停止了诉讼请求，对于立功无禄怀恨在心，带着对于政道不公的藐视而返回各自家乡。”

对于新政权的感情，变成了与曾经对待北条氏那样的感情。

新政失策的地方还有许多。

关于领地的诉讼案件，是由零星诉讼仲裁所判决，可是这种判决极其杂乱无章。倘若寻找宫女通过这种血脉关系向天皇求情，即便诉讼方无理也可判决为有理。或者即便胜诉，而这事关重大的当事领地却作为奖赏不知什么时候已经被判给了他人；或者一处领地出现了四五个领主。总之，不足挂齿的现象很多。所有现象，其根源都是因为不擅长掌权的官吏滥用权力和不懂业务。

彼时，后醍醐天皇又计划在皇宫里大兴土木，命令各领主将领地收入的二十分之一上缴皇室。领主也都是武士，是为天皇而战的成员。眼下，战争结束还没多久，战争带来的经济创伤还十分严重。对此，领主们不可能不抱怨。

此外，由于皇政恢复，中央政府派出的地方长官握有强权，因而在当地定居的武士们即当地的守卫官与领主自然而然地被迫执行天皇的命令。虽然像足利尊氏与新田义贞这样的大武士也听从这类中央派出的地方官号令，可那是极少数，其他大多为下级公卿。这类公卿大都自己住在京都不去任地赴任，指派代理人代替自己打理任地的政务。人们心里都揣着一本账：有的人昨日还是穷公卿却一夜暴富，有的富公卿让人代理行使被赋予的职权等等。无疑，多为提拔贫穷时关系亲密的地痞代理自己行使职务，使用代理人去压迫地方上的大小领主。因此，地方上的大小领主不可能不恼火。

再说，后醍醐天皇又废止了地主称号。所谓地主，是指发誓效忠于幕府的拥有土地的官员。所以只要没了幕府，这称号理所当然废止。可是长时间里，这成了显示区别于一般百姓的身份。既不变换又冷不丁地废止称号，当然引起了地主阶层的不满。《太平记》称：

“不知什么时候，大地主名门与平民平起平坐了，愤愤不平的财主何止千万。”

还有许多激化的矛盾，新政一个接一个地颁布招来全国武士们不平和不满的政策，仿佛在故意找武士的碴。

武士们的心里涌起的怀念幕府政治之情，不言而喻。

“还是过去的政权好呀！”

“还真是那么回事。虽说北条高时僧侣时代十分蛮横，可尽管那样，没像现在这么折腾。”

武士们开始窃窃私语。

说到底，他们不是厌烦幕府政治及其本身，而只不过是对于北条家族感到厌倦。确实是那么回事，幕府政治不是唯源赖朝的野心和北条时政的野心而形成，是根据当时日本社会需要应运而生的一种政治形态。

源赖朝以前的法律政令之政治形态，虽来源于大化革新构成的天下土地和人民都归皇室的垄断形态，可是历史的长期发展过程中，大部分土地成了庄园形式，大部分人成了庄园人形式，而且都已私有化。拥有该庄园与庄园人的实际主人，大多是拥有该庄园与该庄园人的地主，也就是起初被称作居民与武士后来被称作大领主和小领主的那班人。

采用法令执政的皇朝政治，不适合这种现实变化。这是理所当然的。这是一种适应天下土地人民全部公有化时构建的政治组织。倘若公地公民只有全部土地的百分之一（《神皇正统记》所说），那就不可能发挥作用。毋庸置疑，政治生态在皇朝末期充满了矛盾。

源赖朝实施的幕府政治，确认该所在领地的地主系社会组成的最有力成分，构成掌控该现实的体制。不用说，实现幕府政治在于他的野心。该政治生态的确立以及成功，在于符合社会的要求。

所以，只要现实不发生变化，幕府政治的社会需要将持续。武士们冷淡镰仓幕府最高长官北条氏，响应后醍醐天皇复辟的号召，再共同打倒包括北条在内的幕府。但是直到今天，人们还在怀念幕府政治带来的是保护他们利益的生态。

事实上，幕府政治影响着这后来的六个半世纪，直到明治维新前夕，该热能理应还在非常强有力地发挥。尽管后醍醐天皇为皇政恢复作出的努力看上去十分悲壮，然其本质只不过是最愚昧且滑稽时代的错误喜剧而已。

由此，后醍醐天皇的统治完全具备了建武时代复兴大业没过几年不得不瓦解的条件。

六

足利尊氏一族的举兵起初，该决心不是在于效忠天皇，而是在于实现“兴家业，机会来时夺天下”之祖训。在丹波筱村举兵的同时，散发密信给全国名流武士们以及纪之五左卫门奉仅四岁的千寿王之命加盟新田义贞军队等举措，都是为夺取天下事先埋下的伏笔，同时也理应掌握了前章所述的全国武士阶层心理变化。由于足利尊氏秉性憨厚，也许对此没什么特别感觉，但其身边有源直义与家宰（管家）高师直在。他俩捕捉信息敏锐，无疑在笼络这些武士的人心方面积极出谋献策。即便武士阶层，也希望有代表自己利益的掌门人登场。如此一来，武门第一名流以及足利尊氏气质的非凡轩昂，加之人缘以及憨厚，则成了凝聚武士人心的魅力。有关上述情况记载，《梅松论》称：消灭镰仓幕府政权后，关东诸将只能在二阶堂里的千寿王跟前供职。可根据前后情况推算，武士们也肯定已经频频出入于京都的足利尊氏左右。

对于后醍醐天皇而言，他无疑感觉到，眼下让足利尊氏晋升将使其成为身边最危险的人物。于是拟实施拿手的谋略。为了讨好足利尊氏，一方面频频晋升其官位，一方面阴谋除掉足利尊氏。

有关上述情况，《神皇正统记》称，北畠亲房不知天皇暗藏杀机，非常气愤。

“不知什么时候足利尊氏跳级晋升为四品官阶担任左兵卫督军，我还没来得及恭喜，转眼间足利尊氏又被授予三品副官衔，紧接着又瞬间摇身一变成了二品参议大员。就连其弟源直义也被提拔为四品副马匹管理长官。”

还有人觉得奇怪，说足利尊氏等人原是源氏一族，但在源赖朝时代和源实朝时代都没有享受过亲戚待遇，而是沦落为仆人待遇。足利尊氏等在我们这里也并没立什么大功，却不知为什么受到如此超出寻常的提拔。

后醍醐天皇通过厚待足利尊氏，拉拢他以遏制他的叛意滋生。虽说这一解释也从逻辑上行得通，但我不那么认为。足利尊氏的官位越高，其威望在武士们中间就越高，其野心理应也就会越发膨胀。

后醍醐天皇如此高智商，理应察觉到了足利尊氏的野心。我想，他无疑制定了麻痹足利尊氏后乘其不备将其消灭的周密计划。

作为皇朝，对于憎恨但因势力强大难以对付的臣下，最上策的是封赐官爵，使其官迷心窍，随后出其不意灭之。据说，平清盛、源实朝、足利义满、丰臣秀吉等人，也都上了这样的圈套，而最终还死于诅咒。在醍醐三宝院里，留有朝廷委托撰写的诅咒丰臣秀吉的咒文。丰臣秀吉在醍醐一带观赏樱花后，遂于三月得病，两个月后去了天国。诅咒，咒骂，在现代人眼里只以为是荒诞而已，但过去人们都很迷信诅咒，对待诅咒都非常认真。后醍醐天皇则巧妙利用，频频让文观法师和圆观法师编写这样的咒文。

但对于足利尊氏，后醍醐天皇没那么做，好像是采用更加直接的方法，悄悄命令大塔宫护良亲王讨伐足利尊氏。护良亲王诚惶诚恐地接受了命令，当他密令各地武士出兵之际，已经有两三封密令到了足利尊氏的手上。足利尊氏怒气冲冲，将这一情况上奏给后醍醐天皇，后醍醐天皇装作气呼呼的模样大骂护良亲王：

“岂有此理，处以流放。”

后醍醐天皇降旨逮捕护良亲王，将其交给源直义处置。源直义把他带到自己的任地镰仓，囚禁在二阶堂的东光寺里。由于当时记载里有土牢，因而后人误解成土窑。但土牢是储藏室的意思。源直义把东光寺内的储藏室当作牢房，将护良亲王囚禁在这里。

上述是以《梅松论》的记载为基础撰写的，可《太平记》是根据讨伐足利尊氏是护良亲王个人的决定而与后醍醐天皇无关这一原则书写的。

《梅松论》称：

“亲王叛乱的真实原因在于天皇。亲王受到惩罚被带往镰仓囚禁在二阶堂的药师堂之谷，在那里自言自语：比起恨武士，他更恨天皇。”

《梅松论》是一本偏爱足利尊氏的书，但综合前后情况推断，关于这一情况，我相信上述说法。

后醍醐天皇经常做这样的事。这事发生在北条家族尚未灭亡时三年前的元弘元年（一三三一年）四月。深受后醍醐天皇信赖的吉田定房，送密文给幕府，透露了后醍醐天皇讨伐幕府的密谋。幕府惊愕，逮捕了天皇周围的可疑分子圆观、文观、藤原俊基等臣子，带到镰仓进行审讯，圆观与文观因受天皇委托诅咒幕府的行为浮出水面，便处圆观与文观以流放，处藤原俊基以拘留于关东。藤原俊基于第二年遭到杀害。这就是“元弘之变”，从而导致楠木正成等勤王军队相继举兵攻打。可问题是这吉田定房的密告。这情节出现在《北条九代记》里。然而，吉田定房与北畠亲房、万田小路宣房一起被称誉为“三房”开明公卿，后醍醐天皇早在还没有登基时就已经对其十分信任，元弘之变后对他的信任还是不减事发前。因此，像吉田定房那样的人做那样的事从道理上讲不通。因此，《大日本史》也根本不可相信。有学者解释说，眼看后醍醐天皇的密谋暴露，需要周围的人挺身而出牺牲自己以助天皇金蝉脱壳。于是，吉田定房被迫充当告密者。可这是无奈的解释。还有听来可信的解释说，由于危险，后醍醐天皇不得已使用了将定吉田房定为告密者这一招术。因此，后醍醐天皇一直不减对他的信任。像这样解释，我认为合乎逻辑，暂时牺牲护良亲王是权宜之计。

像这样丢车保帅的损招，或许不只是后醍醐天皇的惯用招数。也许，一来到人世间就处在社会最上层的人们，即便受人服务，也绝对不会产生为人服务的意识。因此，这些人的道义观与普通人的道义观几乎大相径庭。他们对于牺牲别人利益保全自己则毫无顾忌。

发生护良事件的年代，是建武元年（一三三四年）十月。第二年七月，北条高时之子北条时行发兵进攻信浓。

北条时行的举兵计划规模浩大。首先，从镰仓幕府时代开始就与幕府关系非常友好的西园寺家全力支持他。当时的西园寺家户主的地位，是大纳言官（天皇身边的谏言官）。可是据说，他在西园寺家的别墅北山殿，后称金阁寺，朝拜外出路过的后醍醐天皇后，企图谋杀后醍醐天皇。这是第一谋杀计划。他精心制作了陷阱，只要后醍醐天皇踩上浴室门口的踏板，就会掉落到下面的陷阱里。陷阱的地面，铺设着磨得明晃晃的刀丛。如果第一谋杀计划成功，则北条时兴（高时之弟）在近畿，北条（名越）时兼在北陆，北条高时之子北条时行在甲斐、信浓和关东，将同时揭竿而起。

他不仅周密制定了上述计划，还将准备工作进行得有条不紊。这也是因为人们冷淡新政权强烈企盼振兴幕府政治的氛围形成的。

可计划泄密了。《太平记》称，后醍醐天皇做了个怪梦，梦里有人对他说了句奇妙的话。或许有告密者吧？！西园寺大纳言官以及在京的大部分重要人物被捕。

得到风声出逃的漏网官员们，有的去了北陆，有的去了信浓，把这一消息报告了北条名越时兼与北条时行。时不我待，于是他们揭竿而起提前起义。总之运气不错，武士们闻讯飞马前来助阵，加盟者一路上络绎不绝。名越时兼的部队也精神振奋，北条时行的部队则摩拳擦掌，与相继赶来的朝廷军队交战且大获全胜。于是，起义军队人数日益增多，以势如破竹之气势兵临镰仓城下。

当时，足利直义奉将军之宫成良亲王的命令以关东地方长官的身份驻守在镰仓城。他见难以防守，便决定奉将军之宫成良的命令朝西转移，但走到山内时突然想起囚禁在二阶堂里的护良亲王。

“倘若给他自由，则不利于我们足利家族。”

如此思索后，喊来家臣渊边伊贺守义博，命令他快马加鞭去二阶堂刺杀护良亲王。

当时的东国武士像家犬一样忠诚，只知道主子，不知道主子上面还有主子。他毫不踌躇，表示遵命，带上主从七骑直奔二阶堂，途中准备好棺轿后朝东光寺跑去。拂晓时分，将棺轿停放在储藏室前面。

“这里那里到处是战乱，危险已经来到阁下身边。为请您离开这里，我们特地前来迎接。”

渊边向护良解释。

即便昼间，储藏室里也光线昏暗，时值清晨却还是伸手不见五指。护良拨亮灯芯，朝着神龛念经。陪伴他的只有一个人，那就是受护良宠爱的阿南贵夫人。

护良目光锐利地注视着渊边。

“你是来要我命的吧……我察觉到了……”

他喊道，随即扑上去企图夺下渊边的军刀。

传说护良不仅天性刚勇，而且喜欢武功，平时经常习武，因此也许十分自信。可他在这牢房里已经被囚禁了半年左右，几乎都是坐着，所以脚下无力。渊边重新握刀，使劲砍打护良的膝盖，护良跌跌撞撞地倒在地上。渊边骑在护良身上，用膝盖压住其双手，拔出腰刀正要割护良脑袋时，护良缩脑耸肩，冷不丁地一口咬住了刀尖。这当儿，一个使劲刺，一个拼命咬，争夺十分激烈，以致刀尖被护良咬断了一寸多。

“糟了！”

渊边扔下那把断刀，抽出护身刀朝着护良胸部连刺两刀，待其瘫软后，左手抓住头发朝上拽，右手用刀敏捷地剜下了护良的脑袋，再飞奔到储藏室外面光线亮的地方仔细察看，只见被咬断的刀尖还夹在被割下脑袋的牙齿中间，两只瞪得圆睁睁的眼睛似乎还像活着的人眼睛那般闪闪发光，那愤怒的表情让人毛骨悚然。

于是渊边自言自语：

“这样的脑袋还是别带回去给主子看吧！”

于是把那颗脑袋扔到旁边的草丛里扬长而去。

后醍醐天皇得知这情况惊恐悲伤万分，全身僵硬、手脚不能动弹。

镰仓城一回到北条时行的手上，迄今潜伏在那里的北条家族的余党便迅速赶来，又形成了幕府卷土重来的态势。

《太平记》里没有记载，可《梅松论》和《难太平记》称，北条时行派出自己的部下追击源直义，在骏河的手越河源（安倍川西岸）与之交战。《梅松论》称，源直义军队获得了胜利。但是《难太平记》称，源直义军队遭到了惨败。源直义打算剖腹自杀，幸亏渊边奋战阵亡才得以逃脱。这大概是事实吧？！《太平记》的第一誊本里，也是那么说的。

总之，源直义一直逃到三河的氏作，而后派使者快马加鞭去京城求援。

在京都，后醍醐天皇以及朝廷上下都目瞪口呆，赶紧商定征夷大将军的人选。

足利尊氏自荐为征夷大将军奔赴前线。《太平记》称，后醍醐天皇恩准了他的请求，并御准了可以相机处理关东八地的事宜。然而《梅松论》说，天皇没有恩准。我以为，《梅松论》的说法正确。任命足利尊氏为征夷大将军，令其率领大军去关东，等于放虎归山，为虎添翼。无疑，他去那里以后肯定在关东地区构建藩镇割据的架势。足利尊氏重建幕府的图谋犹如和尚头上明摆着的虱子，后醍醐天皇不可能没有察觉。

为慎重起见，先在这里解释一下。其实，后醍醐天皇聪明过人，很有气魄，只是由于奉行的政治哲学出自朱子学流派的概念哲学，以其舍万，无视现实，导致其政治回到了失败的路上。由此可见，后醍醐天皇与足利尊氏之间的对抗是概念主义政治与现实主义政治之间的对抗。

且说足利尊氏频频请愿，但后醍醐天皇不仅根本没有恩准，还突如其来地于八月一日任命成良亲王为征夷将军。

于是次日，足利尊氏留下这样的说法后率部东进。

“说到底，我不是为自己，是为天下。”

虽一直以来都这么挂在嘴上，但是足利尊氏早已打算利用这种机会成为征夷大将军后重建幕府，偏偏后醍醐天皇任命成良亲王（皇室成员担任将军）为征夷大将军。倘若听任后醍醐天皇的摆布，他就不可能实现自己的抱负，于是决定按照自己的意愿擅自去了关东，在那里重建了幕府。但我不是这么想的。作为足利尊氏，无论这里如何，倘若不去关东地区则有失武士脸面。败于交战的将领，是自己的弟弟，发生战乱的地方，是自己的分属领地。尽管成良亲王是皇族成员，但如果与他同去平定，作为武士的脸面则等于荡然无存。他无疑觉得，这“无视自己存在”的任命是对自己的极大侮辱。从源平时代开始到当时的武士，经常都是用这种气魄磨砺男人的。

就朝廷来说，得知足利尊氏留下这话擅自东行的消息后恼羞成怒，但是没有力量去制止他的行动，默默地目送他离去。

《梅松论》称，足利尊氏就这样离开了京都，一路上网罗了大量对新政权感到不快的武士。《太平记》称，离开京都时，足利尊氏手下只有五百骑，可途中飞马赶来投奔的武士络绎不绝，很快扩大了三万余骑，与等候在氏作的源直义军队汇流后形成了五万余骑大军，浩浩荡荡地朝前推进。虽这数字与其他说法比较后可信性差，可赶来投奔的武士人数逐渐增多则是真实可信的。

蜷缩不动会使北条军队的士气直线下降，不如出兵迎战，于是在浜名湖畔的桥本（新井附近）那里与足利尊氏大军遭遇。北条军队为存亡而战，背水一战，十分顽强。尽管兵力处在劣势，可最后一天也与来敌反复激战了三十多个回合，最终败北后趁夜晚退守到了中山，但仍然与追敌展开激烈战斗。后来在退到镰仓的过程，又反复与来敌交战了十五个回合，一直抵抗到几乎全军覆没。这过程中，北条军队的四十三个重要将领剖腹自尽。他们死前都剥下自己的脸皮而面目皆非，由此让人联想起北条军队的主将北条时行可能也在其中。但他确实不在，可能去了某个地方。

就这样，“北条时行之乱”平息了。这天，是足利尊氏占领镰仓后的第二十三天。

在浜名湖畔大获全胜的捷报传到京都后，朝廷赶紧派人拿着任命足利尊氏为镇东将军的任命书赶来。该名义，不是足利尊氏擅自离去，而是受朝廷派遣。这么做，也许是为了保住朝廷的面子，或许估计用这种方式多少能钳制住足利尊氏重建武士政权幕府的行动，也或许如果失败则可叱责以及非难其擅自离京。既然大获胜利，则不可叱责，但也不可沉默，无疑只有赞扬。但要是赞扬，那就必须视其为奉朝廷之命去关东平乱的，否则有失朝廷面子。大凡最后的推测是正确的。朝廷心有余而力不足，立场苦不堪言。

足利尊氏一进入镰仓，便在二阶堂向将士们论功行赏。

不久，近卫府中将中院之具光作为后醍醐天皇的特使来到这里，不仅表彰足利尊氏的功勋，还传圣旨说：

“将由朝廷向全体将士颁奖，希望大家快些返回京都。”

足利尊氏晋升为副二品参议，就是这时候。

“遵旨，我们马上返回京都。”

足利尊氏老实巴交，回答后派人把特使送回京都。源直义细心、敏锐，进谏道：要我们返回京都是朝廷设下的阴谋。

“返回京都危险。”

由于源直义再三进谏，足利尊氏觉得也有可能是那么回事便断念了。《梅松论》是这么叙述的，如下：

足利尊氏做出了放弃回京都的决定，还着手大兴土木。他们在若宫小路的源赖朝公馆的旧址上建造了新宅，不仅住了进去，就连高师直以下重臣们的公馆也都建造得十分气派。高柳光寿博士说，除把三浦高继变成相模大介外，还在昔日源赖朝的分支地盘上，把后来并入镰仓幕府领地的上野、信浓、陆奥、丰前等擅自分给了部将们。

很明显，足利尊氏摆出了自己是源赖朝继承人且着手重建幕府的架势。

这样的步骤并不是由足利尊氏着手。对于答应回京的足利尊氏，弟弟源直义坚持强调此举危险。分析一下足利尊氏丝毫没有预测到危险就憨厚回答打算返京的盲目草率决定，可见他不可能拥有特别的才智。犹如烧好饭菜后，无疑都是由源直义递碗筷给足利尊氏。他制止足利尊氏返京，多半不只是害怕危险，而是雄心勃勃，力图实现祖先在《训诫》里赋予的使命，决不错过已经到手的机会。

在全国武士中间，好歹也有站在足利尊氏对立面的新田义贞。新田义贞在实力上远远劣于足利尊氏，但门第归门第，加之后醍醐天皇为使他俩相互制约而在官位晋升上也使其与足利尊氏并行，因此也有不少与其交心的武士。后醍醐天皇操纵的相互钳制方策，可说非常成功。足利（源）尊氏家族与新田（源）义贞家族，是在同一祖先基础上再加上姻亲关系仅仅缠绕一起的两个家族。足利尊氏一获得反对新政权武士阶层首领的地位后，新田义贞便自然而然地成了拥护新政权武士阶层的代表，他以护良亲王为榜样成了足利尊氏的对抗力量。

《太平记》十四卷称，两者反目的原因是新田义贞举兵时，正逢足利尊氏长子千寿王受人欢迎、且纵然好不容易推翻镰仓而武士们也不离千寿王身边之际，也许新田义贞出于嫉妒，在鹤之岗八幡神社里找出了先祖八幡太郎的旗帜，上面有两个家徽。

“虽是奇特宝物，可如果不是中黑旗帜，那我家里没有必须做的事。”

听他这么说完，跟随千寿王的足利派武士们要求道：

“如果是两面‘引两家徽’，那就应该根据足利家族的旗帜，请让出那面旗帜！”

然而由于新田义贞不答应，因而说了马上就要交战之类的话，但那根本算不上什么原因。后醍醐天皇巧妙利用了新田义贞的立场，即根据始祖以来姻缘也决不可能置自己家族于足利家族之下的立场，才是首要原因。在《太平记》的同一书卷里，刊登着足利尊氏请求讨伐新田义贞的上奏文。但其中有这样的句子：

“奸臣们对陛下说自己坏话，这些人都是义贞的同党。”

另外，《梅松论》称：后醍醐天皇受到新田义贞与护良、正成、名和长年等人的悄悄纳谏，对足利尊氏起了杀意。这显示了后醍醐天皇离间谋略的成功。

重建镰仓幕府后，足利尊氏首先要做的是表明讨伐新田义贞的意图。足利尊氏向天下武士到处散发传单，号召驱赶天皇身边的奸臣，并奏请后醍醐天皇将新田义贞灭之。两者反目为仇可另当别论，但既然到了这样的地步，作为足利尊氏绝对有必要讨伐新田义贞。那是因为，为了幕府的安稳决不可让朝廷拥有武力，但是打倒新田义贞等于从朝廷夺走枪杆子。

然而，正由于踏出了这一步，足利尊氏反倒懦弱胆小了。《梅松论》称，足利尊氏甚至处罚不服从返京命令的部下，还将一切政务交给源直义执掌，自己只带领少数心腹部下待在净光明寺里闭门不出。虽有许多人将这一事实解释为足利尊氏的狡猾，可我不那么认为。这懦弱是足利尊氏的天性。还有重建镰仓幕府，我想这也肯定是源直义和高师直无数次纳谏才说服了优柔寡断的足利尊氏。纳谏内容如下：

“错过这种好机会将会如何？不可忘记祖先的遗训。历代祖先的神灵也正看着我们呢。”

足利尊氏的这种懦弱，出自他对后醍醐天皇厚爱自己的感恩心理。这将在下面的章节里予以解说。

七

由于足利尊氏的叛逆意图趋向明朗化，后醍醐天皇大怒，决定分别任命尊良亲王与新田义贞分别为上将军和大将军从东海道进军，任命忠房亲王和洞院之实世为大将军从东山道进兵，命令他们从两道予以两侧夹击，再命令义良亲王带领驻扎在陆奥的北畠显家军队从背后偷袭镰仓城。

《太平记》称，这命令一传到镰仓，源直义与高师直双双来到足利尊氏前面，要求迎战进行自卫。但足利尊氏没有吭声，片刻后好不容易开口说道：

“我蒙受天皇厚恩，招致大怒的每一条都不是我所为。你们最好不管什么都按自己喜欢的去做。但我向来谨慎从事，打算详细申辩。因为我根本就没有背叛天皇的想法。倘若天皇不宽恕我申辩的理由，那我就削发为僧，留下书面告诉我的子孙后代，我足利尊氏没有不忠于天皇的念头。”

他怒气冲冲地说完，走进里间拉上移门后不再出来。可是《梅松论》称，足利尊氏为了迎战任命高师直之弟高师泰为大将，便下达命令：

“在三河的矢作河一线迎战！因为这里是皇上赐封我的领地，可以进行自卫。但不要越到界限外面！”

我认为，这上面所说都是事实，至少可以判断为足利尊氏的心理是这样的。他如此懦弱胆小，如此与人为善，来自小时候受到了上乘的培养。我想，这一点正是他受人欢迎的地方。

总之，高师泰出兵在矢作川迎战却败北了。足利尊氏方面的源直义，率领第二支军队在骏河的手越河原迎战来敌，也以失败告终。

在这里，《太平记》的说法与《梅松论》的说法又分道扬镳了。《梅松论》称，听到源直义于手越失败并在箱根筑起死守防线的报告后，足利尊氏说：

“如果源直义死了，我即便活着也失去意义。虽然丝毫没有违反圣旨的想法，但我不可能眼睁睁地看着源直义战死。我这么做，八幡大菩萨也会保佑我成功的。”

说完站起来，率兵奔赴箱根。

《太平记》称，源直义在手越河原战败后返回镰仓，发现足利尊氏不在寓所赶紧打听，方知足利尊氏接到矢作战败消息后打算立刻出门去建长寺做和尚，被大家劝住。当时他已经剃度，但还没有成为出家之身。

源直义惊愕，与高师直以及其他重臣商量，伪造了十多封后醍醐天皇的密旨，内容是数落足利尊氏一族的罪行，还说即便他们出家为僧也绝不宽恕，必须全部杀之，望全军将士乘胜追击。他俩把假密旨拿到足利尊氏面前进一步进谏：

“这是前些天手越交战时从死亡的敌兵盔甲里找到的。既然天皇已经如此打算，那我们一族的命运已经到了尽头。请无论如何打消出家的念头，扭转我们家族落败的现状。”

此刻，足利尊氏也精神振奋起来。

两种说法不同，可当时的氛围相同。足利尊氏的心理确实是那么回事。

接下来，无疑要在箱根和足柄一带与朝廷军队拉开殊死一战。出乎意料的是，原属于朝廷军队的盐谷高贞，突然易帜投降了足利尊氏一边，于是朝廷军队大败，四处溃逃。

消息一传开，各国武士相继叛离朝廷，迅速站到了足利尊氏一边。赞岐的细川（他属于足利尊氏一族），近江的京极，美浓的土岐，信浓的小笠原，常陆的佐竹，能登的中院，越中的普门，播磨的赤松，备前的加治，安芸的武田，九州的大友、少贰、岛津，都纷纷揭竿而起，集合到足利尊氏的旗下。再建幕府的势头日益高涨，犹如万事俱备只欠东风。如此转变，理所当然。皇政复兴，将在这里土崩瓦解。

新田义贞他们败退到京都，足利尊氏兄弟把足利义诠（千寿王，当时六岁）留在镰仓城，亲自率领大军开往京都。当时临近年关。《太平记》称，大军的将士人数达八十多万。这数字当然不可信。我觉得可能有十多万。京都那里则布阵加强势多、淀和山崎的防守力量。

战斗于元月元日即新年的头一天打响，连日激战。打到十日，山崎防线终于被撕开一个大口子，关东军队势如破竹，潮水般涌入京都。后醍醐天皇见状带着神器逃到了比睿山。

可是三天后的十三日，北畠显家率领的奥州军队以及常陆、上总、下总的官方军队总共五万人到达近江的坂本。因此，足利尊氏军队难以招架。北畠显家于十四日在比睿山行宫恭候，拜见了后醍醐天皇。

二十日，朝着东山道进兵的忠房亲王以及洞院之实世，也与新田义贞等一起率部回来了。待朝廷的全部军队集结后，集中诸将领举行了军事会议，从二十七日起开始了夺回京都的战役，激战了四天。朝廷军队强大，每次战斗，足利军队都士气不振，四天后惨败，各军队四散逃窜。足利尊氏拼命逃到了丹波。京都被朝廷军队夺回，后醍醐天皇又回到了京都。

接着，足利尊氏落败到九州，途中经赤松则村的劝说，悄悄派使者去了京都，请求光严太上皇持明院统（前面出现过）赐以太上皇圣旨。在凑巧败落逃到备后的鞆之津时，太上皇圣旨到了。于是，足利尊氏出示了太上皇圣旨竖旗呐喊，向各地招兵买马。竟然振兴幕府政治的大将军都手持锦旗，大领主和小领主都表示十分同情，在足利尊氏到达下关的时候，长门的后东，周防的大内，筑前的少贰，大友等中部和九州的武士们都策马快速赶来。由此，足利尊氏军队再次士气大振。

足利尊氏跑到九州，与平氏曾经跑到九州相同。作为朝廷，理应模仿源义经迅速展开进攻，可他们没那么做，错失了大好战机。《太平记》称，这一责任应该归咎于新田义贞。新田义贞立的战功这时候受到了行赏，又正值后醍醐天皇赐予被誉为天下第一美女勾当（人名）担任贴身侍从，遗憾的是，他为此小别政坛延缓了进军征讨足利尊氏的计划。于是，投靠足利尊氏的各地武士们分别趁这时候积极备战。但是这情况，除《太平记》以外，其他书籍都没有记载。我的判断，是因为把后醍醐天皇作为最高绝对权威，直至战术面也由后醍醐天皇决策的后醍醐朝廷组织的缘故。这一方面，源义经与新田义贞的立场不同。后醍醐天皇与源赖朝的战术眼光也不同。源义经去讨伐驻守四国屋岛平氏的时候，后白河太上皇甚至担心首都的安全，派出使者到已经出发并行进到渡边（今大阪市内）的源义经跟前令其停止前进。对此，后醍醐天皇多半也担心放手新田义贞造成的不良后果吧！

在九州，肥后的朝廷官吏菊池、阿苏氏等人听说足利尊氏要来，便招兵买马打到筑前，击败了足利尊氏势力的少贰、大友，并使少贰自杀，占领了太宰府。

二月十九日，足利尊氏渡河至九州到达筑前芦屋，得知视为依靠的少贰贞经已经战败自杀，吓得魂飞魄散。

三月一日，足利尊氏移师到宗像，二日在博多附近的多多良浜与菊池以及阿苏的联军交火。

《太平记》这么描写当时战事的。

朝廷联军兵临城下时，足利尊氏从香椎宫的高台远眺，看上去敌人大约足足有四五万将士组成的大军，而自己一方仅三百骑，从装备上看有一半左右既没有战马也没有盔甲。装备，少贰和贞经事先是准备好的，可打败时被烧毁了。足利尊氏悲观地说：“以现在这样的兵力是无法与敌方大军匹敌的，就像螳臂挡车那样，是多余之战。与其被无名鼠辈之敌割下脑袋，倒不如现在就剖腹自杀。”

源直义听他这么说完予以了严厉的批评，而后带兵奋战，终于赢得了胜利。

《梅松论》称，足利尊氏是一千人，敌军是六万余人，战斗到一半时，源直义撕下了自己衣服上垂直的右袖送到足利尊氏营帐说：

“源直义在这里殊死迎战，趁敌军疏忽得以脱身转移到长门以及周防，早先制定的目标一定能够实现。”

说完，众将士都留下了眼泪。

苦战是事实。也许有《太平记》里传达的那般情况，说他俩确实是栩栩如生的兄弟性格。

经过一番苦战，阻力军队好不容易反败为胜。正因为敌我双方力量悬殊，所以这胜利带来的宣传效果非同一般。九州一带瞬间旗帜飘荡，申请归顺的武士们络绎不绝。足利尊氏走进太宰府给将士论功行赏，到处出示光严太上皇的谕旨，向各地招兵买马。

二十四日，北畠显家奉义良亲王之命从京都出发向奥州进军。这是因为奥州（地名）出现了加入足利尊氏的势力，侵犯当地官府，奥羽（地名）的形势危在旦夕。可是与足利尊氏盘踞在九州伺机东上的危险相比较，不值得一提。如果暂时搁置奥州去消灭危机源头的足利尊氏，奥州等日后也肯定能立刻回到后醍醐天皇怀抱。可是将处在优势的北畠显家军队分一部分到奥州，明显削弱了京都兵力，不得不说这是一大败笔。新田义贞与楠木正成为什么对这样的分兵下策不吭声呢？不像过去那样，现在有关对于楠木正成的评价出现了各种各样说法，但尽管如此，谁也不能否认他是著名的战术家。即便新田义贞，打仗也不愚笨。倘若仅以会不会打仗论英雄，那他们打仗的能力远远超过足利尊氏。像他们那样的战将，为什么不清楚如此易懂的主次比重呢？真不可思议。也许他们向后醍醐天皇进谏过？但当时的武士心态，在后醍醐天皇面前还是胆小拘谨、不敢再三强调自己的主张吧？

如前所述，后醍醐朝廷的组织机构形式是天皇独裁。这应该是后醍醐天皇必须洞察利弊且作出英明决断，然而他缺乏战术眼光。

八

四月三日，足利尊氏踏上东进的征途，聚集沿途参军的士兵，于五月五日到达备后的鞆之津。花了一个多月的时间，多半是因为一边等候军队聚集一边稳步前进的缘故。在鞆之津召开了军事会议，决定分成水陆两军，水军由足利尊氏亲自率领，陆军由源直义率领。水陆两军并驾齐驱，于十日从鞆之津出发。

二十五日达到摄津，与摆开架势等候在这里的新田义贞和楠木正成的军队交战。这就是兵库凑川之战。朝廷军队大败，楠木正成在壮烈的战斗后自杀的情况，正如读者知道的那样。

败讯传到京都，后醍醐天皇又带着神器来到比睿山。第三天，源直义进入京都，第四天足利尊氏也进入京都，八月十五日，光严太上皇之弟君丰仁亲王登基，号称光明天皇。

打那以后，后醍醐天皇的命运再也没有起死回生，于三年后怀着悲愤惆怅的心情与世长辞。虽说其后代后来也就任过皇位，可他的生涯就是一出悲剧。南朝历史惨不忍睹。如果追根刨底，其根本在于无视社会现实强制推行朱子学思想与神国思想混杂在一起的概念主义政治哲学的“后醍醐之错”。当时的日本现实，是需要官府保护被称为大小领主的私有利益。作为后醍醐天皇，如果打算将天下占为已有，就必须像源赖朝、足利尊氏、丰臣秀吉和德川家康那样施政。虽前景茫然，但只因为大小领主们也预感到私利有望受到保护，才响应天皇号召站起来打倒了北条家族。然而由于明白不是那么回事，所以期盼振兴幕府政治转而投向足利尊氏。

现实不以概念论而变化。在漫长的历史长河中也有看似变化的时候，那必定是其概念论转变成现实需要的时候。明治维新就是如此。世界正在成为统一国家时代的时候，突然作为开放国出现在国际社会的日本，统一国家成了当务之急。在这里，勤王论应该与现实需要统合。这是因为实现国家统一需要中心，而自从有了国家以来相传为国民信仰的皇室最具号召力。

无疑，维新志士们没有确切把握住，而是凭感觉和本能的感受，尽管勤王运动使日本成了统一的国家，后来还实现了明治时代与大正时代之盛世，但由于长期没有确切把握住，从而使隐患在进入昭和时代时爆发了，最终酿成了第二次世界大战。

九

战败后，日本历史上人物的社会评价也出现了很大变化。被称为神圣英雄的楠木正成在人们心目中的膜拜程度直线下降。与此相反，足利尊氏在人们心中的膜拜程度直线上升。许多人赞其大英雄、大政治家，颂其充分解读了时代的现实，抓住时机建立了幕府。但我不认为他是那样的人物。足利尊氏不是战前史学家所说的那种十恶不赦的坏人。这是事实。他出生在大家名门，确实持有在良好教育下形成的品行。

他是通情达理的武士，楠木正成死于凑川，被送到京都验明正身后曝首于六条河原时，他让人取来楠木的首级说：“论公论私都是长期友好相处，实在是遗憾之至。显然只有首级，但他的妻子可能还想看看吧？”

说完，郑重其事地把楠木首级送给了楠木正成家属。

足利尊氏也易于感受和感激别人的恩义。在决定谋叛前以及决定谋叛后，他还都想到后醍醐天皇曾经对自己的特殊待遇而踌躇犹豫，且一直挂在嘴上。当听说后醍醐天皇去世后，他一个劲儿地唉声叹气。《天龙寺营造宫殿的记录》称，足利尊氏因悼念以及恐惧怨灵，进行了庄重且长达七天七夜的追悼仪式，又根据梦窗国师的建议，为长期祈祷后醍醐天皇冥福建造了天龙寺。那以后的文和三年，规定誊写所有经书时，所有许愿书里都要写上"请求通过本次许愿消除一切怨恨"字样。

上述情况，也是出于当时的人们共有的害怕怨灵之心情，但也可视为足利尊氏缅怀后醍醐天皇的证据。

他确实厚道，不是吝啬之人。据说每逢一些节日和仪式举行日等之类的重大日子时，来自许多大小领主的贡品像山一般，可一到手立刻送给了别人，傍晚时分连一件礼品都没有剩下。无疑，这也是出自其受到良好教育的人格魅力以及与人为善的性格。可是，他不知道去如何改变这种性格。

在足利尊氏幕府时代，各大领主过分庞大、幕府始终缺乏力量制约的现象，系所有幕府里最弱的幕府，被评论为"难以驾驭大领主的幕府"。要说根源，是因为其性格所致。他毫不吝啬地把领地分给各大领主。也有当时南朝大敌当前的原因，担心不这么做难以留住各大领主的心而可能遭到众大领主的倒戈。但尽管那样，大凡也是有的放矢。如果他是赞美论者挂在嘴上的大政治家，那理应他不会打造许多无法驾驭的特大领主。

到了晚年，他与关系那么密切的源直义反目为仇。为打倒对方，兄弟俩轮番向南朝投降。这应该笑他俩都没有上乘的品行。先是源直义投降，不久由梦窗国师仲裁达成和解而重归于好。但是事隔不久又关系恶化，轮到足利尊氏向南朝投降。南朝怎么也不接受他的投降，因此足利尊氏提出了下列条件：

“皇位事宜，一切都由陛下决定。”

南朝天皇采纳了。尽管万般无奈，但这么做受到了北朝各位的冷眼。事实上，北朝天皇、太上皇以及皇太子，已经成了南朝的阶下囚。不知道责任也得有分寸。就这，为什么还可说他具有名将气质是大政治家呢?

说到底，足利尊氏只是望族大家的家庭里形成的所谓大度、与人为善、懦弱胆小、极有人缘的公子哥而已，因而他是机器人。相反，其弟源直义有才能，善于洞察时势，利用门第使夺取天下目标成为现实。赞扬源直义是洞察力高度敏锐的大政治家和大英雄，只是为了否定战前史学家对他的不公正评价。

然而，源直义靠他自己一个人夺不了天下。只有把足利尊氏这种极有人缘的人格制作成招牌，源氏家族再夺天下的目的才能得以实现。从这个意义上说，可说这对兄弟是最佳搭配。

楠木正仪

一

众所周知，人都有走运和背运的时候，生前有，死后有。随着时代思想的变化，对先人价值的评论便会发生变动。

历史上，有很多因受到上述评论而变动的人物很多。凡是被誉为英雄豪杰的历史著名人物，可以说都无一幸免。但是，类似对于以楠木正成为首的楠木一族膜拜程度，大幅度下降的例子还不太多。

一直到战国末期，楠木正仪一族被视为国贼。虽说楠木正仪是南朝忠臣，但从北朝立场来看，由于他执拗且不断反抗，南朝皇室血统毁灭消亡，北朝皇室血统一直在皇位上，因而被视为国贼。赞美楠木正仪一族忠诚的《太平记》，是南北朝对抗最激烈时撰写出来的书籍，内容非常有趣。当时持续战乱，识字的人在整个国民中占不到百分之几。总之，那是持有相当地位武将也连自己名字不会书写的时代，普通百姓就更不用说了。倘若无论多么有趣的书籍都没有人看，也就一文不值。

战国末期有叫楠木正虎的人物，后来成为织田信长与丰臣秀吉的文书。但是，他把这呈给皇室并通过松永久秀请求：

“请删掉我的祖先是国贼的说法。”

当时的皇室，正处在生活拮据之谷底的境地，是天皇抄写、书写彩纸和短册、过着夜盲症生活的时代。经皇上应允，从楠木正成以后才被删去了楠木正仪是国贼的说法。

到了江户时代，做学问形成了高潮。类似做学问的热潮，到了太平时代自然则更加空前。也是因为德川家康这人喜欢学问以及奖励学问人。识字的人多了,《太平记》也就自然而然地受到了广泛阅读。

如前所述,《太平记》是有趣的读物，既有勇敢顽强的战争场面，也有哀愁委婉的恋爱场面，还甚至出现了妖怪故事。理所当然，具有读解能力的人们常常从妖魔缠身的梦中惊醒。

就连《解读太平记》的职业解读人也诞生了。这职业解读人逐渐演变成“讲谈师”的过程，大家都早已清楚。

二

我在这里说一点多余的话：读者中间，应该有人知道军事科学吧?

原本，其起源也许与讲谈师相同。

所谓军事科学家，即研究战略战术的学问的人，在中国几千年前就有，叫“兵家”。该领域还诞生了《孙子兵法》《吴子》《司马法》《尉缭子》《三略》《六韬》以及《李卫公问答》等七种好书。经常说到各种技能的秘传，被称之为虎之卷。这说法出自《六韬》里的《虎韬》。

因上述经纬，中国早就有了专门战术家。《孙子兵法》的作者孙武、《吴子兵法》的作者吴起等都持有该技能，受聘于诸侯而出人头地，立下了赫赫战功。可是，日本没有专门的军师。不用说，战争进行时当然存在兵法。远在奈良朝时代，日本就从中国大量引进了兵法书，有书称，吉备真备等人因为具有相当军事才能才立下战功。

八幡太郎（源义家）跟着大江匡房学过兵法。这也是日本家喻户晓的著名故事。

传说武田信玄的家臣山本勘介僧侣道鬼是专职军师。这说法经过了江户时代，因而人们确信无疑。但是今天的学者都不信上述流传。据说山本勘介僧侣道鬼虽是真实人物，但他是武田信玄的家臣山县三郎兵卫昌景雇佣的身份低微的侍者，充其量是率领二三十个步兵的小头目。

要说这山本勘介僧侣道鬼为什么被称之为武田信玄的军师，那得提到有一个是山本勘介僧侣道鬼的遗腹子叫妙心寺派僧侣。他凭着持有的点滴文采撰写了武田信玄一代的军事题材小说。在书中，他把山本勘介僧侣道鬼美化成非常伟大的人物，将他夸大成武田信玄的军师。据说，这本由他撰写的读物是《甲阳军鉴》原本，成了“甲州流派”军事学的教材。

“甲州流派”是日本军事学的起源和开端。那以前的日本军事学都是根据中国兵书的，从某种意义上说，是进口军事学。

创建甲州流派军事学的人叫小幡勘兵卫景宪，是武田信玄留下的家臣小幡昌盛的遗腹子，以《甲阳军鉴》为基础研究战术战略，整理武田信玄兵法之大成，是博采众长而自成一家的军事学流派。

小幡勘兵卫景宪以新的军事专家问世，因此日本也要与中国相同设立专门军师。这也有利于本国军事技术的对外宣传。当然，也就不能否定山本勘介僧侣道鬼作为军师的实在性与重要性。

小幡勘兵卫景宪创建日本军事学，深受时代的欢迎。所谓武家，原本是军团组织，一旦情况迫在眉睫就必须立刻出动的预备役。可是一到了太平时代，持有实战经验的人都逐渐离世。因此，万一需要时则陷入窘境，对于如何编队，如何布阵，如何对战等毫无所知。军事学是教导上述技能的学问，因此很快被接受了。

热门专业不胫而走理所当然。棒球选手和歌手年少且获得几百万元出场费，因而想成为棒球选手和歌手的少年少女大有人在，家长也全力以赴望子梦想成真。同理，在小幡勘兵卫景宪的麾下，聚集了许多学习军事学的青少年。

其中，小田原北条氏一族北条氏长，是卓越的杰出人才，在师传下勤学苦研开创了北条流派军事学。在小幡勘兵卫景宪与氏长的弟子中间有山鹿素行，这人经过师传努力钻研后开创了山鹿流派军事学。

上述是小幡勘兵卫景宪系列军事学。与该系列军事学相对，经整理后建立了上杉谦信战术的越后军事学。此外，有长沼军事学、楠木军事学等相当数量的军事学。

可是正如阅读了甲州流派军事学的由来就可知道的那样，设作军事学材料的是军事小说。甲州流派以《甲阳军鉴》为教材，抽出武田信玄的战术观点和信玄武将的心得观点加以系统化。但不用说，各流派军事学都分别以类似军事小说的书籍编写而成。

既有上述组织能力，又有文采，再加上祖先拥有出色武将且运气佳的人们，先后成长为出色的军事学家。但仅能说会道通晓事理、尚缺乏其他资格或者背运的伙伴们，尽管有想成为军事学家的意向，却没能朝该方向发展，最终成了只能阅读讲述军事小说的讲谈师。

军事学家也好，讲谈师也好，都来源于军事小说。所以，请品尝今天也还在以讲谈师那般高高在上能说会道的口吻。那是没能成为军事学家的武家浪人流传的余韵。现在，单口相声演员与讲谈师都上着有日本家徽的服装、下着和式裙裤。可是在大正时代以及大正时代以前，清口相声演员是身着条纹的和服便装，而只有讲谈师才上着有家徽的服装、下着裙裤。

今天，讲谈师还是应该被称为老师，清口相声演员也应该被称为师傅。

哎呀，话在有趣的地方跑题了。自从《太平记》受到热读，理所当然有了对楠木正成的重新认识。起初，其也受到了军事学盛行风潮的影响，使楠木正成的战法技巧受到了热捧，居然与诸葛孔明并列被称为“楠木孔明”。

楠木流派军事学等是在这种风潮里形成的。不用说，《太平记》是教材。据说，由比正雪等是研究楠木流派军事学出名的。但是，他一开始好像是阅读军事小说，然后走出阅读成为军事学家的。

那以后，儒学更加兴旺。儒教，尤其是朱子学成了时髦。自从一提出“民忠国，臣忠君”的说法，便形成了从国民道德立场上重新认识楠公的评价现象。在这里，呈现了楠木家族大热潮，称其为“日本历史上史无前例的神奇大英雄”和“前无古人后无来者的大忠臣”。这种热潮，持续了三百数十年直至这次战败而止。战败后，情势急转直下，形成了一歌颂楠木正成便受到指责的局面：

“那家伙难道不是右翼分子吗！”

如上所述，纵观随着时代变化而时起时伏的“评价楠木家族成员”，唯楠木正仪受到的评价始终走低。

三

尽管人们对楠木正仪的膜拜程度直线走低，但他是非同寻常的战争高手。不愧是楠木正成之子，总是打“巧仗”。至于他的口碑欠佳，是因为他的言行不像其父其兄长那样一是一，二是二。可如果我们不考虑时代的特定条件一概而论，既不妥当又不客观。人既有直线行进的时候，也有曲线行进的时候。我一直觉得，不设身处地思考则不可妄加评论。

兄长楠木正行与楠木正时在四条埂战死的时候，楠木正仪是什么年龄呢？说到底，还是很不清楚楠木氏家族成员的年龄。一般是根据《太平记》记载的年龄，说楠木正成在凑川战死时是四十三岁。这年，他在樱井车站诀别时说：“亲生儿子楠木正行今年十一岁。”可见，楠木正行在四条埂战死时为四十三岁，但还是不清楚其弟楠木正时与楠木正仪的年龄。

并且，楠木正成的年龄和楠木正行的年龄，唯《太平记》里有记载，其他可以值得比较的史料根本就没有，因此不知道他俩真实年龄究竟多少。在历史学家中间，也不是没人从多个视角思考过，结果主张楠木正行的当时年龄可能是五六岁。

但在这里，我们暂以《太平记》为基准吧！那么，即便视楠木正行、楠木正时、楠木正仪为同一母亲连续生下的同胞手足，也勉强为二十一岁。事实上，如此接近的生育相隔时间极其罕见，因此充其量大约十七八岁吧。

他还这么年轻，多半受命看家而留在河内吧？

南朝方面败于四条埂战斗，作为支柱且复兴楠木家族的人们几乎都战死了。在吉野，由于不知道敌军何时来犯，南朝皇室扔下吉野宫殿一直退避到山里的十津川上游的贺名生，在那里建造了简陋的皇宫后才平静下来。高师直在南朝官员们逃走过后没多时就赶到了，放火将皇宫以及整座山的神社佛阁悉数化为灰烬。

《太平记》称，从那时起，楠木正仪在石川河原建造了城堡，与高师直的弟弟高师泰相互对峙，时而是楠木正仪带兵主动攻击，时而是高师泰带兵主动攻击，双方反复交战。

当时高师泰率领三千余骑，却一年数月里没能前进一步。如果分析，那只能认为楠木正仪一边率领数量不多的残兵败将，一边实施巧妙战术作战。由于没有可供参考的书籍，因而只有根据战争状况进行判断。应该说，楠木正仪当时还是少年，可谓英才少年。

发生四条畷之战的时间是正平三年（北朝贞和四年）正月初，足利尊氏的弟弟源直义憎恨高师直的任性和凶恶，第二年秋天在京都制定了暗杀计划。危险的是，这一计划泄漏传到了高师直那里。高师直大怒，差遣使者急速去高师泰那里搬救兵：

“左兵卫督源直义图谋杀我，这关系到我们一族的存亡，望火速回京。”

高师泰率兵急忙朝京都返回。当时的武士们大都不讲理，为自己的利益而战，特别是在北朝的武士中间，这种倾向更为严重。虽然都明白这道理，即如果这时候把军队全部撤走，楠木军队就会瞬间恢复。可比起这，自己家族的存亡兴衰更是头等大事。高师泰立刻撤兵，朝着京都急行军。

战争是讨厌之物，敌军不幸便是我军之幸，我军不幸便是敌军之幸。总之，楠木正仪在这一期间好像纠正了以往的战略战术，加之在兵力上得到了某种程度的恢复。说好像，酷似暧昧的说法，但这也没有史料记载。

在京都，高师直兄弟的抗议得到认同，源直义从政务官交椅引咎辞职，削发为僧进入锦小路那里的寺庙闭门不出。相反，高师直兄弟俩的势力比原来更强大了，变得不可一世。

为了抑制楠木正仪的势力，畠山国清被派遣到河内。就连高师泰也只能对峙不能制胜，国清当然也无能为力。

处在好不容易得以招架的状态。

第二年十月，足利尊氏为了征伐九州，率领高师直离开了京都。九州那里有足利尊氏的非婚生子叫足利直冬。《太平记》说，这孩子是足利尊氏年轻时与叫越前出的女子一夜情生下的，他不愿意认他，弃之不管。源直义觉得可怜便收留抚养，视为养子，既让足利尊氏见到自己儿子，还让父子俩相互认知。

吉川英治的藏书《太平记》称，年轻时的足利尊氏寄宿在近江佐佐木道誉的城里，某天晚上在朦胧月光下的院子里，冒犯了当时寄宿在城里的美丽“田间舞女”越前出，致其怀孕生下了婴儿，小名叫不知哉丸，长大后改名为源直冬。支撑该虚构情节的，只是根据上述说法。作家进一步发挥想像，构成了这样的光景。

顺便说说吉川君作家，给源直冬起小名为不知哉丸当然是创举，是他根据近江有叫不知哉川的河流而突发奇想起名的。

小说，虽不可完信，但也不可一点不信。希望大家理解的是，小说是以趣味性阅读为主要切入点，其目的是希望形象生动地传播其间的精神、情绪和氛围。这是多余的话。

源直义觉得他可怜便收留抚养，视为养子，既让足利尊氏能见到自己的亲生儿子，还能让父子俩有朝一日相认。

且说如此身世的源直冬，当然觉得养父源直义比生父足利尊氏伟大，接受了源直义的命令后去九州，招兵买马建立了庞大的军队，揭竿反对足利尊氏与高师直。

“我不能坐视不管。”足利尊氏说道，与高师直一起率兵向西挺进。

源直冬与源直义之间有联系，这情况高师直当然知道，如果自己不在京都，不知道这家伙又要耍什么花招，于是打算中途派刺客杀死源直义。

不用说，源直义无疑也制定了计划，利用高师直不在京都之良机采取措施，但围绕该计划的准备工作并没有就绪。当得到刺客们中途折回直扑自己住宅实施刺杀的情报时，遂从锦小路那里的住宅逃走，直奔大和，向南朝投降。

南朝接受了他的投降，于是源直义的势力又眼看着强大起来。

《太平记》称：

“鉴于源直义权宜之计的谋划成功（指为了避开一时大难，向南朝投降获得许可），于是以和田、楠木为首的大和、河内、和泉以及纪伊等南朝方面的武士们争先恐后赶来投奔驻扎在大和的源直义。不仅如此，就连各地武士中间也有许多要求加盟。”

楠木正仪也迅速赶来了。准许源直义投降的，是基于北畠亲房策划、利用源直义声望夺回京都的谋略。南朝方面的武士们迅速加盟到源直义的旗帜下，主要是执行南朝命令所为。

源直义势力变得如此壮大，使迄今独一无二的足利尊氏势力在河内与楠木正仪对峙的畠山国清，也飞马赶来投奔到了源直义的门下。

四

这时留守在京都的，是足利尊氏的长子足利义诠。源直义打算攻下足利义诠后夺回京都城，遂率领七千余骑于正平六年（北朝观音二年）正月七日出发，在京都平野咽喉的八幡山安营扎寨。不知道楠木正仪是否加入其中。

源直义的计划相当周到，规模也十分浩大。当时，作为越中太守驻扎在越中的桃井直常也加盟到了源直义的麾下，从越中那里紧逼京都。时逢冰天雪地，桃井直常冒着大雪，让士兵穿着草鞋徒步行军，并在士兵后面用雪橇运输马匹，经过越前，来到江州，涉过湖水，到达了比睿东山脚下的坂本。

这以前，足利义诠聚集在京都的军队有三万骑，可敌军到达东西两侧要地安营扎寨后士气高涨，因此足利义诠军队战战兢兢，天天都有开小差当逃兵的，到第三天已经锐减成了两千骑兵，再过两三天后仅剩五百骑兵。

“靠这么少的骑兵无法迎战，去西国与父亲会合吧！”

正月十五日清晨，他悄悄离开京都，朝西撤退，过了桂川后没走多少便凑巧碰上了闻急报正往京都赶路的足利尊氏及其率领的军队，不由得喜出望外，又朝京都折回。

在足利义诠悄悄离开京都的同时，原在比睿山上摆开攻击架势的桃井直常军队便开进了京都，在京都城里展开了巷战。鸭川河原之战出现了有趣的现象，一个黑须且似眼睛里灌血、面相酷似豪杰的大汉，身着红绳铠甲、头戴两侧锻打镐形角片和五枚护颈片的头盔，而头盔两侧锻打的镐形角片之间是锻打的太阳状红扇，遮在额前，腋下挟有削成八角形、两端嵌有金属箍、长达一丈多的樫木棍棒，骑在洁白毛色且强悍威武的马上，单枪匹马地从桃井直常军队里蹿出，大声朝着足利尊氏军队自报家门：

“我叫秋山新藏人光政，幼时就憧憬以高超武艺光宗耀祖，还偏爱兵法。我喜欢的兵法，不是指挥军队的大兵法，而是爱宕和高雄的天狗们在鞍马奥僧正那里传授给九郎判官源义经的刀法。我完完全全地得到了该刀法秘传。如果有谁不以为然，快自报姓名来我这里过招！耀眼夺目的锻打宝刀，可以赶走大家的睡意。”

这人看似强悍，以致足利将士面面相觑，无人上前应战。片刻后，从足利阵营走出一将领走到阵前，骑着连钱家徽菊花青颜色的战马，身着线绳穿缀的唐绫铠甲，头戴龙头盔，两侧分别挂着四尺六寸长刀和配有豹皮刀鞘的黄金锻打三尺两寸短刀。他从刀鞘里拔出长刀，随即把刀鞘扔到河里。

“我是高师直家臣，叫阿保肥前守忠实，压根儿就不懂什么兵法刀法的，但实战经历过三百多回，还没留下败走麦城的骂名。到底是纸上谈兵能取胜还是实战勇士可以获胜？来，臭小子，接招！”

他大声叫喊，骑着马冷静地朝对手靠近。他俩相互微笑，紧接着厮打起来。

朝左打过去，没有交上手，朝右打过去，交上了手。秋山新藏人光政举起棍棒哗地砍过去，阿保肥前守忠实轻轻挡住，随即使出全身力气举刀砍去，秋山新藏人光政用棍棒顶住。三度交手，三度分开，可秋山新藏人光政的棍棒被打断了五尺左右，剩下手上握着的仅有部位。这时阿保肥前守忠实的长刀也被打断，剩下护手部位。接下来的过招，就全靠佩剑了。

高师直见状命令道：

“阿保肥前守忠实可以不用军刀，因为手上功夫好。但是他已经没有体力了，如果扭打则对手有利。用箭把秋山新藏人光政射下马！”遂命令射箭手射箭。

秋山新藏人光政把剩下半截的棍棒像水车那样旋转，打落了三十二支箭。阿保肥前守忠实讲武士情义，用身体正面挡住来箭以保护秋山新藏人光政，让自己人停止了射箭。

本章主题是说楠木正仪，现在有点跑题了，不过长篇幅介绍，是我知道并在文献上刊登过的文章中间最早最具体记载刀法的，就是《太平记》里的这一段。我思考过，从这时代开始大致已经形成了有效的刀剑攻防术。当然，有不少武士们藐视说其在实战中不起作用而根本不愿意学。这一现象，一直持续到江户时代初期。

最终，京都之战以足利尊氏军队告胜、桃井直常军队退缩到逢坂山告终，京都重新回到了足利尊氏的手中，可足利尊氏的威信没有上升，其率领的武士们中间，大部分武士出走投靠了八幡山的源直义。如果分析，这是因为高师直不受武士们的欢迎。足利尊氏惊呼：

“如此士气无法在这里继续迎战，看来只有去西国一段时间，在中部地区招兵买马，与关东地区的武士们会合后再重新攻打京都。”

他又经过这么思索后，与足利义诠以及高师直等一起退到了丹波。在那里留下了足利义诠，自己则与高师直一起去了播磨，在那里招兵买马。

源直义指挥大军乘势追击足利尊氏，最终把足利尊氏赶到了西之宫附近叫作越水的小城里。

然而真不愧是兄弟！他俩竟然在那里和睦了，足利尊氏回到了京都。在这友好相处期间，兄弟俩秘密策划，在高师直与高师泰返京途中的武库川堤坝上将他俩杀害了。

愚蠢的是南朝皇室，源直义本来归顺南朝，是利用南朝名义招兵买马躲避一时之急，而现在与足利尊氏重归于好了，也就没什么事有求南朝了，于是立刻背叛了南朝。

但要思考的是，尽管出于权宜之计的需要，可源直义在向南朝投降期间就南北朝合一提出过具体方案。

“让后村上天皇返京实施两朝合并，关于武士的统领让所有武家推举产生。”

这方案由于遭到北朝南朝双方的拒绝而流产了。可是源直义在提出两朝合并方案的期间，多次与楠木正仪协商多半基本属实，因此也许可以视为，楠木正仪也是从内心深处赞同两朝合流这一基本观点的吧？！虽没有任何证据佐证，但从后来楠木正仪的举止分析，应该可以这么考虑。

总之，源直义背叛南朝回到了足利尊氏这边。如今，成为兄弟俩不和之原因的高师直兄弟已经铲除，这兄弟俩的属下们应该重归于好、亲密无间，但现实上行不通。高师直与源直义之间出现的不和谐，其实质是足利尊氏家臣们之间的不和谐。尽管另一方党首高师直已经死亡，但类似派别的现象仍然存在。这种激烈争夺，又在足利尊氏与源直义之间形成了无趣的纠纷。

兄弟之间讲和是正平六年二月，可到了是年七月，这和平又破裂了。源直义离开京都直奔越前大肆招兵买马，再进入关东在镰仓招兵募马。

镰仓是关东地区的中心，如果手伸向那里，关东的精兵将全部跟随源直义。可是，足利尊氏不能离开京都。倘若为了讨伐源直义而进兵关东，南朝则有可能抓住空巢之良机再谋夺回京都，加之源直义在九州举兵引得人心晃动，致使源直冬的势力大幅度增强。鉴于进退两难的局面，足利尊氏提出向南朝投降。

五

不用说，南朝多半也思考过，足利尊氏投降与上次源直义的投降情况都是权宜之计。但当时也决定根据北畠亲房的意见，反过来利用足利尊氏，接受其投降，授予讨伐源直义的谕旨。这时候的北朝势力，也正如书上一直撰写的那样，时而分裂成两大势力，时而分成三大势力，持续不停地折腾。因此，南朝当时如果有一般实力，就可轻而易举地制胜北朝。但南朝这时已经走向衰弱，无能为力。所以，作为正当的王者之师，不得不玩弄绝不可能受到赞扬的阴谋权术。可以这么说，南朝在军事、经济和精神上已经衰竭。我认为，这里有楠木正仪心情必然变得复杂的原因。

这时，足利尊氏与南朝约定的投降条件如下：

废止北朝崇光天皇；

奉还在崇光先帝光明天皇即位时、紧逼后醍醐天皇获得的神器；

使用南朝年号。

也就是说，足利尊氏与南朝约定的，不是南北朝合二为一，而是北朝全面投降。足利尊氏的真意在哪里呢？最可考虑的是，足利尊氏的投降是为了摆脱迫在眉睫的危机。因此多半可解释为如果该危机消失则立刻推翻约定。但也可能是其真实意图。足利尊氏的目的，在于确立武家政治。从他支撑北朝的现状也可得知，只要确立武家政治的目的确实达到，便打算像镰仓幕府那样长期承认朝廷的存在。他过去根本不承认南朝，就是因为后醍醐天皇从根本上否定了武家政治。现在，后醍醐天皇也已经去世十二年，南朝的势力也正日益衰退。

足利尊氏如下思考的可能性大。

“眼下也是南朝人们可以改变观点的时候。如果改变，则希望朝廷同样以过去对待镰仓幕府的态度满足于我，我便可迎接南朝朝廷返回京都，即便俯首称臣也行。”

且说，北朝皇室面上功夫好，但通观其后半生，足利尊氏对于南朝皇室时常有强烈的潜在自卑感，而对于北朝皇室，可能是把他们视为实现自己野心的机器人，不像对待南朝那么尊重。

这两种解释，前者的前提是，足利尊氏是大逆臣，其观点完全充满了恶意。后者是根据当时情况做出的判断。我支持后者。

且说足利尊氏领受了南朝后村上天皇的谕旨后，为了讨伐源直义大举进攻关东地区，打败了源直义军队，不久便在镰仓杀死了源直义。源直义遇难日期，时间是正平七年（北朝观音三年）二月二十六日。

足利尊氏出兵关东地区的时候，让长子足利义诠留守在京都，可这时南朝一直在谋划釜底抽薪，即计划趁守军薄弱之际占领京都。

对于如前所述的两种解释，南朝皇室也许觉得前者即与足利尊氏的约定不可信，或许依然不放弃后醍醐天皇否认武家政治、恢复朝廷一统天下政治的观点，切实推进瞄准空巢伺机夺城的计划。

凑巧源直义在镰仓被害那天，后村上天皇从十津川深处的贺名生出发，向北到达大和的五条，第二天来到摄津到达了住吉，在那里滞留了一会儿。一直到这时候，作为南朝是在按照与足利尊氏的约定推进。足利尊氏已经把南朝尊敬为正统朝廷，归顺于南朝，因此，正统天皇班师回京理所当然。这也没什么不可思议的。

可南朝与此同时，向伊势国司的北畠显能、南朝方的武士、楠木正仪、和田正忠以及其他武士发出了准备动手的命令。这是非常秘密的军队调动。可能也是因为足利尊氏之子足利义诠这人嗜酒好色，脑袋迟钝平庸，使得京都今后的前景极不明朗。

足利义诠得到消息的日期，已经是后村上天皇到达住吉那天以后过了半个多月的闰二月十五日。并且这时得知的情报，只是北畠显能率领由伊贺和伊势武士组成的三千余骑到达了住吉行营。

没想到这个名不见经传的将领也感到可疑，派手下侦察，方才得知楠木氏与和田氏正准备出发。

不久，后村上于十九日带领北畠军队攻上男山，把八幡的特别长官田中法印的寓所当作行营。第二天，楠木正仪、和田正忠以及三轮、越知、真木、神功寺等地的河内与大和的南朝方面的武士们各自带着手下飞马赶到了男山。

不用说，战争即将开始，全京都的人们都挑着行李，开始疏散东奔西走。

足利义诠托法胜寺叫作惠镇的法师派他担任使者询问天皇："如果返驾，我也觉得护卫的军队过多。并且据传，楠木正仪、和田正忠的手下武士们一个劲地正在备战。这是为什么？"

《太平记》称，后村上天皇本人在惠镇赐见并答："天下人心尚未稳定，出于防范才一路带着军队。朕已经接受你们的归顺，实现君臣和睦，根本不会违约。虽有风言风语，但是只有不被那样的谣传迷惑，才是太平的基础。"随后让使者返回京都。

然而二十七日。这日期是《太平记》通行本说的。其他书以及《园太相国历记》上写的日期，是二十日。大凡二十日是正确的吧？！如果这日期真实，那么楠木正仪等武士聚集在男山的日子，或者后村上到达男山的当天是十九日，或者后村上到达男山的日期应该稍稍往回倒吧。

总之，聚集在男山的南朝军队于清晨分成三路涌向京都，第一路由北畠显能率领三千士兵从丹波路进入，在有罗城门遗迹的地方分成两路。第二路由千种少将显经率领进入西八条，点火焚烧民房。第三路是楠木正仪等武士。这支军队的总人数有五千余骑，前一晚出现在桂川的西岸，第二天早晨天快亮时已经渡过桂川，从七条大宫的南侧一带涌入，还一路发出呐喊。

京都大乱。

“哎呀，楠木正仪来了。”

守军全力防守。其中，奋不顾身迎战的细川显氏十分显眼。但敌军是出乎意料偷袭，而守军兵力少，最终败北，足利义诠突出重围逃到近江。

这次交战，楠木正仪到底打出了酷似楠木正成之子的巧战。在七条大宫与细川显氏交战时，打败了显氏的外甥细川八郎，又在六条与细川赖成三千将士交战时，让三百射手爬到民房屋顶上居高临下地射箭，趁敌方畏惧时指挥骑兵队冲入撕开了敌阵。当时，楠木正仪的士兵把盾牌当作扶梯靠在民房墙爬到屋顶上。预测可能会发生巷战，便在盾牌内侧钉上边横档作为扶梯。据说这易于使用。

六

南朝军队占领了京都，抓住了北朝的光艳、光明、崇光三个太上皇以及皇太子直仁亲王后将他们送到男山。但后村上天皇没有进入京都，而是继续停留在男山。好像有什么不放心。

凑巧这时候，新田义贞之子新田义兴与义宗举兵，聚集了源直义的残党直指镰仓展开进攻。当然，这是事先与南朝商定好的。足利尊氏来到武藏，就在现在所泽附近的小手差原迎战，击败了敌军。但是，新田义兴与其堂弟肋屋义治收容残兵败将向镰仓进发。这时，留守镰仓的，是足利尊氏十四岁的四子基氏。他由于遭到出乎意料的袭击，败北后逃到了武藏，与父亲军队会合。总之，在关东也属于中心的镰仓暂时回到了南朝手里。不过大约半月后又被足利尊氏夺回了。新田义兴四处逃窜，去了越后以外的地方。

足利尊氏这次在关东的胜利，也给京都形势带来了变化。被赶出京都跑到近江的足利义诠，手下只剩下近江的佐佐木和美浓的土岐两人，也没有力量招兵买马，三人都非常小心谨慎，知足利尊氏在关东地区获得胜利夺回了镰仓和新田一党被追赶到遥远的越后地方之消息后，据说他们很快聚集了赶来投奔的武士，不久就扩充成了三万余骑的大军。《太平记》里记载的这时候的军队人数靠不住，但是变成了人数相当的大军这一说法，从后来的情况看是属实的。

足利义诠率领大军朝着京都挺进，达到京都前沿大津一带。可南朝军队惧怕足利军队，还没有等到该军队靠近就已经溃退到男山上。足利义诠不费一兵一卒就拿下了东山上的敌军阵地，接下来是夺取京都。北畠显能也可称为南朝总将领，退出了京都，退缩到了淀川一线。他烧毁了淀桥，在河对面布阵。足利义诠也不失一兵一卒进入京都，把下京的东寺作为主阵地摆开架势。这时，北畠显能又退兵了，退到了男山。

像这样的战争状态，不可能不造成士气低落。《太平记》称：

“交战还没有开始，朝廷大将临阵脱逃三次，看来大局已定。”

男山三面被大河环绕，一夫当关，万夫莫开，暂时放下心来，遂将七千余人的军队固守在这里。

鉴于这种保守战法，瓦解从周围开始。先是播磨的赤松氏变心。赤松氏曾站在足利尊氏一边，可抱怨过足利尊氏，归顺南朝后受皇太子派遣，并标榜自己反对足利尊氏，招兵买马，却又突然变心再次站到足利一边，率领军队进京投奔足利义诠。还有，细川清氏率领的四国军队也进京来了。足利尊氏军队顿时士气高涨。于是，退守在男山的南朝军队格外心惊胆颤。

不久，足利义诠率领三万余大军沿宇治路渡过木津川，把营帐面对面地设置在与男山山峰相连的洞之岭上。

男山那里被惊恐的氛围包裹得水泄不通。

"洞之岭如果被占领，那我们与河内以及大和的联系就中断，粮道中断，只有饿死。我们决不能让他们切断联系。"

南朝将领们紧急商定后，派遣和田正忠与楠木正仪击退敌军。

他俩接受命令，率领三千余骑朝荒坂山进发。

到达荒坂，刚摆开架势，足利军队便蜂拥而至，是细川清氏、通显氏、土岐大膳大夫、舍弟恶五郎他们率领的六千余骑。

但是有关这一攻防战，《太平记》特别描写了和田正忠的奋战情况，可丝毫没有描述楠木正仪的激战情况。这个和田正忠，时年仅十六岁。

和田正忠的奋战情节十分有趣，简洁地在这里叙述一下。

在激烈的交战中，和田正忠横冲直撞，如驱无人之境。按理说，在河内的和田家族属于楠木一族，而从何时何地分成两种姓氏则没有确切的说法。楠木氏一族原在泉州和田，始姓和田，然而根据这时代的豪族习惯，和田家族如果没人继承，那就由本家的楠木家族安排人继承，血缘关系就会变得相当复杂。我也认为，岸和田是指居住在海岸一带的和田，那里原本是氏族之姓。

且说足利军队一来到这里便展开了攻山战，把马匹扔在山脚，呼喊着“冲啊！冲啊”的叫声朝上涌来。在山上等候已久的楠木与和田的士兵这么说道：“只要是熟悉大和以及河内的武士们，都会轻松击退……”《太平记》称，守军自正成以来一直受过游击战法训练，他们四处散开跑到岩石背后和崖上射箭，使攻上来的敌军前进不得。

在前面的一名敌军大将叫土岐恶五郎，是精通大刀、神功、长矛的好手，闻名遐迩的勇士。他身披卯花（面为白色，里为黄绿色）用线连缀的铠甲，头戴锻打锹形、系有水色斗笠印记飘带的头盔，拔出五尺六寸的大刀扛在肩上，高举铠甲左袖遮住光线，同时沿着遥远的山路径直跑来，在前沿便停住脚步，面带微笑。他那势不可挡和从容不迫的气势，令和田士兵战栗。

和田正忠从盾牌背后观察土岐恶五郎。

这时有将领大声说道：“这家伙好酷！”

说完，猛地扔下插在前面的盾牌，握住三尺五寸小砍刀跳了出来，自报姓名后冲上前去。

这时，细川清氏的家臣关左近将监，迅速从恶五郎的旁侧冲到前面，挡在和田正忠的前面。

和田正忠与其捉对厮杀。这时，和田正忠的仆役长把箭搭在弓上从小松树背后跑出，蹑手蹑脚地靠近关将监将箭射出。关近左将监被射穿腹部，小腿弯曲倒地。

土岐恶五郎见状，打算跑过去扶起关近左将监。这当儿，仆役长又拉满弓朝恶五郎射去两箭。箭虽然射中了，但只是射穿了铠甲的侧面，身上没有受伤。

土岐恶五郎扯掉插有箭的侧护，朝接近的敌兵挥刀砍杀，砍倒了五六个敌兵后扶起关近左将监，还一个劲地砍杀追来的敌兵，且战且退三百多米左右。

和田正忠大声叫喊："往哪里逃！土岐恶五郎，别让天下人耻笑你。"

土岐恶五郎头也不回，继续逃跑，遇上由雷阵雨冲洗出的一条深沟，跨过去时运气不佳，脚下的崖边哗地坍塌了。土岐恶五郎抱着关将监掉到了下去。他身上特大号铠甲被碾槽般狭窄的崖底卡住，两个人都无法动弹。正在他俩挣扎着时，和田正忠赶到那里用薙刀柄将他俩杀死。

和田正忠没能砍下他俩的脑袋，只能砍下土岐恶五郎扯落的铠甲侧护，作为证据带回后详细上奏了后村上天皇。

天皇非常感动："真是前所未闻的高手。"

这天夜里，楠木正仪没有恋战，率兵回到了男山。对楠木正仪膜拜度直线下降，也在于过早失去信心。不过，他常急中生智。

七

足利军队日益壮大，可男山的南朝军队一个新兵也没有补充。不久，足利军队开始总攻。南朝军队退到山脚村庄奋力抵抗。敌军点燃村庄开始猛攻，于是南朝军队防不住了，逃到山上固守。足利军队刚占领了洞之岭，又包围了男山，然后摆开阵势，筑起栅栏，还制定了十分严密的攻坚战方案。南朝军队展开了夜袭等，可是包围网水泄不通。

实在想不出跳出包围圈打开困境的良策。于是，将领们再召开紧急军事会议，命令楠木正义与和田正忠：“你俩悄悄突围回到自己家乡招兵买马，然后卷土重来。”

两人趁夜幕潜出城门回到河内，可是运气不佳，和田正忠急病死亡。楠木正仪又犯倔了，磨磨蹭蹭根本不想上阵。

《太平记》称：

“楠木正仪说完性格既不像父亲也与兄长不同，有点过于悠闲，光说今天出发明天启程的，却不努力救助被重兵围困处在危难之中的天皇，确实让人揪心。虽俗话说，贤人之子也未必贤人，但有人指责说，楠木正仪的父亲是楠木正成，楠木正仪的兄长是楠木正行，楠木正仪为什么如此既不及父亲又不及兄长呢？”

楠木正仪为什么这样呢？到现在还是闹不明白，可如果根据当时状况判断，可以考虑为如下两条。

其实，首先是马匹和兵员没有召集起来。由于形势变化，加盟足利势力的兵力大幅度地时增时减。这情况已经在前面叙述过。可这一方面，南朝军队的兵力情况也肯定这样。有人认为这时代的武士仅根据伦理判断和决定自己行动。这样的观点过于偏袒。也有人说极其罕见。例如，像楠木正成和楠木正行那样的人们就是这样，正因为稀少，才具有受到百世珍重称赞的价值。然而，大部分人是根据利害关系决定行动的。至于这一点，足利军队的武士与南朝武士在本质上也没有大的变化。要想救出以少量军队在男山处于孤立且受到五六层严密包围的南朝军队，只有冒险。即便楠木正仪招兵买马，几乎没有人响应的可能性大。大凡也可解释为，楠木正仪既万分焦急也束手无策。

其次，男山的南朝军队拘留着作为阶下囚的北朝三个太上皇和皇太子。如果把归还这些人作为交换条件要求解除包围，该谈判未必不可行。不采用这最有效的解围方法，而是策划最困难的武力营救，楠木正仪不赞同。在男山时他献过这一计策，却没有受到重视。

我没有那么性急地去责备楠木正仪的心情。

总之，被围困在男山上的南朝军队，固守在这里已经五十多天，左盼右盼，援军还是没有出现，不仅已经断粮，还不断出现逃兵和降兵，终于步入到山穷水尽的地步。五月十一日半夜，剩下不多的士兵簇拥着后村上天皇悄悄逃到了大和。这是艰难的撤军。敌军发现后，后追前堵。据说，后村上天皇身上的铠甲也被两支箭射中。皇室里一人战死，大臣中间也有数人战死。可见非常危险。这时，北朝的皇族成员也被一起带着仓皇逃跑。作为南朝，想过不给足利尊氏留下任何可以视为天皇的皇族成员；也想过，如果没有可以奉为天皇的人，那足利尊氏就会被天下人抛弃。

遗憾的是，有一个皇族成员从南朝的严密监视下漏网了，他就是光严太上皇的第三皇子弥仁亲王。足利尊氏立他为天皇，叫后光严天皇。由此，南朝的如意算盘落空了。

后村上天皇回到了贺名生。这年冬天的十一月，楠木正仪与背叛足利归顺南朝的吉良满贞、石塔赖房一起进攻摄津，赶走了足利势力的代理太守这一情节，出现在《园太记》里。上述战斗以什么方式进行，没有记载。

这时代的武士，在（昨天还是北朝，今天又成了南朝，今天还是南朝，明天又成了北朝）这种多变的形势下，犹如猫的锐利眼光那般，按照自己的野心、自己的欲望和私愤的需要，频繁改换门庭，变化无常，以致形势多变。因此，如果详细叙述，只会恶作剧似地把诸位读者引向厌倦和思维混乱的境地。

从正平八年到正平十六年的八年间，支持足利尊氏的强有力一族以及重臣背叛足利归顺了南朝，而南朝通过这一势力收复京都的经历达三次之多。并且其间，南朝的指路人北畠亲房去了天国；北朝的中心人物足利尊氏也离开了人世。在这三次收复京都的战斗中，楠木正仪立下的战功不容置疑。正如前面所说，楠木正仪是不可多得的战争高手。

尤其正平十六年九月，楠木正仪与摄津太守佐佐木道誉的嫡孙佐佐木秀诠以及其弟佐佐木氏诠交战，他不仅打败了对手，还割下了兄弟俩的首级，战况也非常精彩，同时也善待了那之后战斗中捕获的敌军俘虏。当时，佐佐木军队的战死人数达二百七十三人，溺水死亡人数达二百五十多人。这期间又交过战，又捕获了大量俘虏。可是楠木正仪施以恩惠，把他们送回到了京都。

“楠木正仪继承父亲与祖先的仁德，是讲情义的人，因此这么多俘虏一个也不杀，让赤身裸体的俘虏穿上窄袖便服，还送药给伤病俘虏，让他们回到京都。虽然他们为成了俘虏感到羞耻和伤心，但没有不高兴的。”

正平十六年十二月，南朝收复京都的时候，正是佐佐木道誉战败丢了京都的时候。

“我们家肯定成为有相当地位的大将住所。”

打扫完房间后，铺上干净的榻榻米，挂上画轴，陈列漂亮的花瓶、香炉和烧水壶等，书房里挂上了王羲之的书法挂轴，书架上排列着韩退之的文集，储藏室里放上用香木制作的枕头和缎子被褥。在面积 21.72 平方米的一般侍从室里，三竿上以排列的形式挂有鸟、兔、野鸡、天鹅等，放有三个石块的大桶里盛有快要溢出的醇酒，寓意请将这种鸟兽作为下酒菜喝酒。佐佐木道誉还留住两个居士，叮嘱他们：

“占领军中间无论谁来我家，都要求他们捐献一件东西。”

一天，走进这道誉住宅的正是楠木正仪。

两居士郑重迎接，道出佐佐木道誉的吩咐，请求捐献一件东西。

原来，佐佐木道誉在足利尊氏手下时也是老奸巨猾著称的男子，是南朝最憎恨的武将之一。可是，楠木正仪这次来到这里非常感慨。不仅告诫士兵要细心保管好建筑物和器具物品，丝毫不要损坏它们。那以后不久，由于南朝军队无法守住要从京都撤退，楠木正仪留下了远大量远超那天来时的酒菜，还把自己秘藏的铠甲以及一把白复轮大刀在储藏室里，并且留下属下看护，嘱咐要完好无损地悉数交给佐佐木道誉，随后离去。

据说，当时人们中间有人笑话这种做法：“楠木正仪被那个最狡猾的家伙耍了，被骗走了铠甲和大刀。”

可说这笑话的人错了。无论对手如何狡猾，可这样的你来我往是礼仪。

正平十六年的年底，南朝暂时收回京都，是因为接受了足利一族成员、重臣细川清氏不满二代将军足利义诠申请归顺南朝的请求。细川清氏说：“如果赐准拙者归顺，则归还京都，请君主还驾。”

当初提出这一申请时，南朝召来了楠木正仪征求意见：“细川相模太守这般那般要求归顺，你怎么看？”

楠木正仪多次提案：

“自足利尊氏离世以来，足利势力在交战中被击败后丢下京都逃到地方多达五次之多，但是朝廷军队都没能保住京都。这是因为对朝廷军队有归属感的武士不多，也就是说，是天下人心还没有向着朝廷军队。暂时夺回京都毫无意义。即便不借助于清氏的力量，仅小生一人的力量也很容易办到。然而一旦收复了京都，敌军便立刻举兵夺回。每逢这种时候，也许各地武士都会加盟朝廷军队吧。倘若没有武士前来奋战，我们只有再次扔下京都撤离。如果觉得撤退是耻辱，就要制定固守京都之策。这么做，敌军则有可能在全国范围招兵买马从四面八方涌向京都吧。要是这么翻来覆去，哪有好的防御方法呢？从多种角度反复思考，再综合将来思索，鄙人不认为现在这时候收回京都是良策。”

但是，天皇好像不高兴。

“在下虽这么建议，但不坚持己见，一切服从圣上旨意。”楠木正仪补充说。

他的父亲楠木正成于延元年时对于从九州打到关东地区的足利尊氏军队，拱手让出过京都，使其顺利进入京都，而后切断其于地方之间的联系，使其孤立，等到其无力坚守时上奏讨伐，但没有获得恩准而去了湊川，在那里度过了最后的悲壮时刻。楠木正仪的这时进言，意思是说即便夺回京都，朝廷也有可能陷入孤立境地。但是，楠木正仪从天皇的表情感到进谏难以被接受，于是补充说了无论什么都遵照皇上旨意的话。也就是说，楠木正仪与其父亲楠木正成一样献策，与此同时下了死的决心。这可说悲壮吧。

《太平记》称，当时的朝廷会议上，从天皇以及公卿大夫直至女官和最底层小官都说：“即使一晚也想住在皇宫里，以后离开时可以把那晚当作回忆。”

也就是说，就是一晚上也都想回京都住，把短暂的返回京都当作一辈子的念想，即便以后去农村生活也行。

由于这样的原因，天皇恩准了细川清氏的归顺，楠木正仪与细川清氏一同攻打京都，总之一时夺回了京都。可十二月八日进入京都，二十六日却因形势所迫不得不放弃了京都。楠木正仪的预测中的了。

八

这以后的南朝，细川清氏回到了四国招兵募马，楠木正仪与和田正忠一族在河内进行练兵，各国归顺南朝的武士也相互通信遥相呼应，同时推进振兴南朝的计划。可是细川清氏在四国被同族的细川赖之打败遭到杀害，于是，南朝高涨的士气犹如火被浇上了水直线下降，向北朝投降的武士此起彼伏。

楠木正仪与和田正忠一族商量：

“这样下去，在各地的南朝官府都将全部灭亡。需要在这种时刻来一个大的动作鼓舞我方士气。”

随后召集了八百余骑，其他是农民武装即民兵六千余人，讨伐了神崎的桥诘。

正如前面叙述的那样，摄津的太守是佐佐木道誉，可他住在京都，让箕浦次郎左卫门在摄津守护和统治。箕浦次郎左卫门率领五百余骑在南朝军队来到神崎桥之前烧毁了两三座桥，为射杀渡河来犯的南朝军队严阵以待。

楠木正仪指挥队伍向桥对面强渡，再指挥另一支队伍朝着株濑强渡。由于株濑那里水深且激流，箕浦次郎左卫门抚摸下巴说道：“做傻事！派兵强渡那里能成功吗？！像楠木正仪这种家伙在这种困境下连计谋也傻乎乎的。”

说完把兵力集中在神崎桥的守备上。

楠木正仪那天夜里在自己阵地上燃起熊熊篝火，摆出按兵不动的假相，悄悄向上游移动了两千多米，从那里的三国渡口渡河后绕到敌军身后到处放起火来。

箕浦军队见身后到处火光，又见到烟雾中飘动的旗帜，可是河对面通红的篝火仍继续燃烧着，因而一点也没有察觉到敌军，还一个劲地以为手下士兵不注意导致失火。

须臾天亮了，后方十多个地方的村庄烟雾缭绕，伫立着一字排开架势的敌军阵营，所有旗帜迎着拂晓之风荡漾着菊徽水纹（日本家徽菊花图案里的水纹）。留给箕浦军队的，是惊讶和骚动：

“哎呀，敌军已经过河了啊！如果是平地骑兵战斗，我们人数不及对手，还是固守城池交战吧。”

说完，正要朝净光寺村的要害折回，只听见那里传来“冲啊”的呐喊声。

“啊！净光寺村也早就落入敌人手中了吗？”

大家越来越吃惊了。

箕浦战战兢兢。《太平记》称，一个叫中白一揆的士兵，曾作为向导参军入伍的，可他率先逃之夭夭。于是，这支由当地武士们组织的队伍也不知什么时候一哄而散，溜得一个不剩。

终于，箕浦军队四处挨打，主帅箕浦次郎左卫门险些丧命，逃到远处的尼之崎，藏身于寺院，于第二天逃到了京都。

这时，赤松光范兄弟俩固守在兵库北面的多田部城，可楠木正仪大军压境于兵库，在兵库与凑川之间的乡间放火烧毁了所有房屋。赤松兄弟在多田部城与山路城一带严阵以待，企图等到楠木正仪军队达到后予以痛击。楠木正仪没有展开这种消耗时间的愚蠢攻城战斗，而是快速离开了。

像这样的战斗，只要确保胜利这一名誉就足够了。这种名誉对诸国来说，必然夸大其词，大长自己一方的气势威风。古代现代的名将，遇这种场合都必然这么做。

九

五年后的正平二十二年，即北朝贞治六年，第二代将军足利义诠死了，足利义满走马上任为第三代将军，是年仅十岁的少年将军。足利义诠死亡的一个月前，任命细川赖之为足利义满的辅佐官。

这细川赖之是个了不得的人物，据说他之所以成了足利义满将军的坚实臂膀，主要取决于他的聪明智慧，为策划南北朝合二为一而在暗中制定计划。

不仅楠木正仪感到南北朝对立毫无意义，似乎还在担忧这种对立会导致日本全国分成敌我两大阵营，战火不断，是祸害百姓的根源。使用这类暧昧的说法，是由于没有值得参考的文献，只能根据情况推理。

正平二十三年三月，南朝后村上天皇驾崩，第一皇太子的宽城亲王登基，号长庆天皇。有关长庆天皇继位，好长时间没有得到认可。在学者之间，从很久以前就估计宽城亲王好像登过基，可是到现代一直没有得到过皇室的认可。后来八代国治博士的学位论文研究成果，受到了皇室认可，才于大正十五年颁发诏书，将其列为历代天皇之一。这长庆天皇登基的次年正月，楠木正仪归顺了北朝。这到底是什么原因呢？

就现代学者的普遍说法，楠木正仪是响应细川赖之的呼吁，在南朝内部为南北朝统一不断努力。后村上天皇也相当倾向这一意向，可他去了天国，现在是长庆天皇即位。长庆天皇是南朝皇族里的强硬派，对楠木正仪的上述立场非常不利。据说，楠木正仪可能是这一原因不得不转向归顺于北朝的。

这说法，其实也没有得到确实的文献证据，是基于这十三年后在后龟山天皇即位时楠木正仪又归顺于南朝等现象作出的判断。可是，我总觉得难以接受上述说明。

总之，楠木正仪通过细川赖之申请归顺于北朝。那天是正月二日。《花营三代记》里有这样的记载。

通常认为，楠木正仪好像是打算保密相当一段时间，作为他的计划，可能是先这么进行，再渐渐扩大相同政见者，在南朝中间酿成和平氛围直至最后实现统一。可足利势力认为以此为契机是一举端掉南朝势力的好借口，立刻将布告散发到楠木正仪的大本营、南朝方最有力的武力供给基地河内与和泉。布告上面说：

“楠木家族的户主楠木正仪已经归顺于我们，各位也最好以他为榜样。”

大发雷霆的，是楠木一族与和田一族以及其他忠实于南朝的武士们。

“这是楠木一族的耻辱！自楠木正成公以来绝对忠诚天皇的家族荣耀到哪里去了！他现在已经不是楠木一族的户主了！”

于是，他们团结起来一起攻打楠木正仪。

由于计划在实施上出现了差错，形成了尴尬的局面。作为楠木正仪，多半不可能有与同族交战的心态，似乎是苦不堪言的交战。这消息传到了京都，细川赖之向足利义满进言，为了救助楠木正仪，派出了赤松大夫法官光范与细川右马助赖元。这两人到达前，楠木正仪已经离开居城撤退到了天主寺。据说那年是三月二十三日。

四月二日，楠木正仪进京，那天夜里与细川赖之见面，第二天晚上拜见了足利义满第三代将军。

十

归顺北朝以后的楠木正仪，好像确实背运了。他拜见了足利义满，二十天多后回到了河内，可是整个家族都成了敌人，领地也不安全了。这第二年的建德元年（北朝应安三年）十一月一日，和田正武等人涌向楠木正仪居住的赤坂城堡，楠木正仪不敌离开城堡逃到京都。

足利义满打算派遣诸将讨伐，可这些将领有的去了，有的没去。这也没有特别取得战果的记载，也不清楚受命讨伐的武将去还是没去，总好像让人不可思议。但在那个时代，这种情况不稀奇。足利将军对于手下武将们的统帅力，与以前的镰仓幕府时代，与后来的织（田信长）丰（臣秀吉）时代、德川幕府时代相同，都是难以想象那般微弱。

此年夏天，足利义满让楠木正仪回到河内，为加强他的力量，决定派遣大量武将率兵前往，可是武将们意见纷纷：

"做这类事，整个家族众叛亲离的楠木正仪，初战就会守不住他那领地的。我们出力援助，等于竹篮打水一场空。"

没有越过淀川朝南进兵。

细川赖之闻讯向足利义满进言后，重新严令各路武将渡河向南进军，因而楠木正仪终于得以回到了河内。总之，征南大军从京都出发是五月五日，而渡过淀川朝南进军是八月二十八日。《花营三代记》里有上述记载，由此可见各路武将的踌躇状况。

北朝军队的这种踌躇，正如迄今经常叙述的那样，是当时武士私欲满腹的劣根性所致。但作为这种场合，也还有其他特别原因吧？！也就是说，对于楠木正仪，他们从感情上觉得不是同路人。

“这家伙是足利家族历代仇人楠木正成之子以及楠木正行之弟，原本是应该处斩首的凶徒，我们不应该豁上性命为他卖命。”

无疑，有这样的情绪。即便后世的德川时代，在考虑世袭大领主的旁系大领主，尤其关之原战役对于西军所属大领主的感情时，也是容易理解的吧。

如上如述，一般认为，楠木正仪作为北朝所属的武将生活是很不愉快的，北朝与足利家族对于他的待遇也漠不关心。他在南朝担任过左兵卫督，而在北朝没有授予同样的军阶，经过数年后才终于被授予中务大臣（掌管诏书文件的审查与天皇事务）。在官衔级别上，中务大臣比兵卫督低一级。任职数年后才被授予的官衔，却比以前的官衔低一级，楠木正仪不可能觉得高兴。

基于上述情况出现怀念南朝的心情时，南朝里对于北朝持强硬态度主流派中心的长庆天皇已经退位，从此成了后龟山天皇时代，于是楠木正仪又归顺了南朝。

关于这长庆天皇与后龟山天皇之间的让位，被推断为发生了许多纷争，也被推断为不是平稳的让位。人穷智弱，处在多年逆境的南朝，发生了许多内讧。不只是一个人的事情。

楠木正仪归顺于南朝，复职于左兵卫督，又与北朝军队交战，以后升任参议。可是大约于元中七八年离开了人世间。那是再次归顺南朝八九年以后的时候。

如上所述，楠木正仪的履历与父亲兄长相比阴暗面过多，当时以及后世都不是正面评价，可我对于楠木正仪表示同情。

南北朝对立时的楠木正成时代和楠木正行时代，伦理意义重大。

在整个日本列岛是非不分的时代，揭示臣民忠于国家与天皇的政治道义、一生贯彻该政治道德、为其殉职完成壮烈之死，不仅让天下人与后世理解道义的贵重，还具有重大意义和价值。但是到了楠木正仪时代，南北对立带来的灾难过于深重。南北之间的对立，加之没有尽头连绵不断的战乱，百姓民不聊生，怨声载道。武士们出于一时的愤怒、不平和私欲、私利，时而归顺北朝，时而归顺南朝，并且南北朝双方也都出于权宜之计非常轻易地接受武士们的归顺和背叛。民忠于国、臣忠于皇的政治道义已经从根本上崩溃。就连视政治道义为根本的南朝皇室里也频频发生丑陋的内讧，任意折腾。

“南北朝对立，如今也已经没什么意义，对立不是只带来危害吗！”

楠木正仪正是如此思考。他头脑聪明、思维缜密，因此我觉得我的这一判断可能不会错。只是楠木正仪观点与南朝天皇及其公卿意向之间的摩擦，以及楠木正仪与其武士们固执己见的冲突，他们视楠木正仪为叛徒。虽然南北朝不久统一，可那是在他死去两年后的元中九年（北朝的明德三年）闰十月。无论到哪里，他都是背运。我为他的志向感到悲哀，为他的背运感到悲伤。

他是那时代风格罕见的武将，是值得怀念的武士。即便他关怀俘虏以及对待佐佐木道誉在京都住宅的做法，也可窥见他的上述风格。《吉野拾遗》里流传的佳话更值得我们对他的思念。接下来的章节叙述这一话题，以结束本稿。

十一

前面叙述过，赤松光范兄弟作为北朝大将，以加强摄津国的守军力量，固守于兵库北侧的多田部城。楠木正仪烧毁了兵库凑川的住宅，没有前往这兄弟俩严正以待与之决战的多田部城，而是迅速撤离打道回府。赤松在摄津，楠木正仪在河内。由于是邻国，因此经常交战。其中一场交战，即住吉之战，赤松的家臣叫作宇野六郎的人死在战场。六郎的幼儿熊王当时才十岁，幼小的心里已经萌生报仇的念头，他一边流泪一边对光范说：

“楠木正仪是我家父的敌人，我要想方设法杀死他。我这就去河内，托人找关系在楠木正仪身边工作。现在我还幼小，楠木正仪一定会放松警惕留我在其身边，于是我就可以报仇雪恨。纵然不麻痹大意高度警惕，但在我侍候他的七八年里总会出现报仇的机会吧？务必赐鄙人这一机会。”

光范钦佩这一想法，但说道：

“你年龄还没到，把你派去敌国我不放心。另外，你的父亲已经为我牺牲，如果你再为我搭上性命，那我就显得更无能了。”

虽没有其他可供参考的书籍，但宇野六郎是为救当时一场战斗中处在危难时刻的光范而战死的吧。

“我长大后，他多半会提防我靠近吧？！现在正因为我幼小，才正是时机。务请赐予去那里的机会。”他斩钉截铁地说。

光范终于同意了，取下一直不离身的刀，给了熊王说：“用这个完成你的意愿。”

熊王带着与自己年龄相仿的一个侍从，去了有楠木正仪城堡的赤坂，站在该城堡边上。这时，一个叫作兵库介忠元（楠木一族的成员）见状，问道：“你从哪里来？”

熊王答道：“我是赤松大夫法官的家臣宇野六郎的儿子，叫熊王。父亲六郎在上次住吉交战中战死。那以后，担任备后太守的家庭成员夺走了父亲留下的领地，把我赶了出来。我无论怎么向家主申诉，可那备后太守讨得家主喜欢，家主也站在他那边。我无可奈何，一边寻思进某个寺庙当和尚供奉父亲的在天之灵，一边到处飘泊。”

兵库介忠元觉得他可怜，先带到自己家百般照顾，之后来到楠木正仪前面说：“这少年虽还幼小，但头脑聪明。”

“我不仅同情还要用他，带他来。”

楠木正仪决定召他来身边使唤。

《拾遗》称，楠木正仪原本有情有义。这意思是说他很有爱心。楠木正仪对别人慈爱有加，因而熊王也仰慕楠木正仪，忠实侍候，好像也忘记了最初的报仇动机。

不久熊王十五岁了，楠木正仪授河内的辖地领地给熊王，可他坚持不接受，说：“谢谢，等我立了战功以后再领受。”

第二年春天的某天，凑巧是熊王父亲的七周年祭日，他正下定决心这天晚上杀楠木正仪为父亲报仇。当天，楠木正仪召唤了熊王：“今天凑巧是黄道吉日，我想给你举行成人礼。”

楠木正仪让家族成员和田和泉太守给他盘发髻，并起名为和田小次郎正宽，授予南朝赐给的铠甲。熊王高兴得流泪。书上有这样的记载。可他的内心世界理应复杂紊乱吧。

他一直到晚上都侍候在楠木正仪身边，时而决心报仇，时而回忆着多年来结下的情感而怯懦，终于忍不住走到走廊上哭了起来。

楠木正仪以及所有人都很惊讶，出来察看。

“怎么啦？”楠木正仪问道，于是他坦白了原因。

“既然这样，我对不起你父子俩，那只有以死谢罪。”

说完，拿刀打算自杀。大家正在一边哭泣一边聆听，可冷不防被喝声吃了一惊：

“住手！”

楠木正仪拿刀的手被熊王的手拽住了。

熊王此刻想轻生，在众人劝阻下打消了念头，几天后削发为僧，用楠木正仪赐给的名字，采用拼音起名为正宽法师，在光范赐给的那把刀上附了一封详细叙述原委的信函将刀送还给了光范。

正宽法师终日不出，住在河内的国往生院（据说在枚冈市六万寺，文艺春秋校对部的调查称净土宗）。他担心去寺庙外面，有可能一看到世俗就会改变求佛之心，从而一步也没有走出国往生院，在那里结束了一生。

这说法像小说虚构。在宇野六郎七周年祭日那天，楠木正仪让熊王穿上成人服装等是旧小说的创作手法。但楠木正仪是“有情有义的人”这一说法，在《太平记》的许多章节里有记载。这，我觉得根本不是编造的，而多半是把它作为实话实说的框架重新写成小说的形式。

这说法在《吉野拾遗》里也有。

楠木正仪之妻是新田义贞的家臣、以刚勇盖世无双的筱塚伊贺太守的女儿。据说，在后醍醐天皇妃侍贤门院作为女官供过职，是被称之为伊贺局的女性。

到底是伊贺太守豪杰的女儿，豪胆，大力士。

吉野皇宫的侍贤门所在地，是西侧连着大山冷清的地方。可由于传说那里有妖怪出没，人们都害怕那里。虽然谁也没有清楚地见到过妖怪的模样，但据说遇到过的人都患病了。

夏季某个酷暑晚上，伊贺局来到院子里眺望月亮即兴吟诗道：

松林风吹忘凉意，

山脚沐浴夜月阴。

这时，有嘶哑声从松树梢上传来：

“心静自然凉。”

她朝树梢上仰望，据说完全是鬼的形状，还长着翅膀，是天狗。那目光比月光还要闪闪发亮，朝地上俯瞰。

“请问阁下是哪一位？”

天狗发牢骚说：“我是藤原基仁，为了后宫豁出性命尽忠心，可没有供奉我的后事。为了诉说这一冤情，我近日在这里出没。但大家害怕，根本不听我诉说。”

伊贺局了解这一情况后上奏了女院，要求供奉藤原基仁，那后来就没再发生这异变现象。

高师直作为北朝军队的大将率领军队攻打吉野时，大家接到通知后都去深山老林避难，但是架设在吉野川上的桥中央近两米的桥面被破坏了。就在大家战战兢兢狼狈不堪的时候，伊贺局在附近折断了许多松树与樱树的粗树枝，搬来迅速架在桥上，随后背着女院，指挥着大家过桥。后来，一叫作圆部六郎的大力卫士想把当时其中的最大树枝折给大家看看，却没能折断。

书上记载说：“在于伊贺局大义凛然，临危不惧。”

过去，当时的情景一直被描绘在锦缎画卷里。不用说，画家构勒出了美丽的伊贺局将大樱树连根拔起的意境图案。

北条早云

一

北条早云的姓名全称是北条早云庵宗瑞，最初名叫伊势新九郎长氏，先简称是氏茂，后简称是长氏。他正由于从一介浪人摇身一变成了伊豆和相模两地的主人，奠定了通过战国时代成为屈指可数特大领主后北条氏的基础。

对于他的准确原姓有许多说法。可自古以来最受人信赖的说法，即其姓出自足利将军重臣的伊势氏。伊势氏家族有叫贞亲的人物。由于根据武家史实其系足利八代将军义政的监护人，因而深受信任，甚至被称作“老爷爷阁下”。这贞亲的弟弟有叫贞藤的人（时任备中太守），其儿子叫长氏。这说法占主导地位。私史也好，日本外史也好，都采用这一说法。可直到现在，才从曾经是越前胜山藩主的小笠原子爵家发现了相当于小笠原家祖先的伊势新九郎（即北条早云）亲笔书物。其中有下列记载:“自己与伊势的关氏是同族。自己家与关氏是从兄弟分开的。”

由此可以清楚得知，其与关氏相同，是出自平重盛之子资盛的伊势平氏。

伊势的关氏是广泛分布在北伊势的神氏、龟山、峰、国分、加太等地的名门望族，但不清楚伊势新九郎长氏的家是何种程度的门

第。《北条记》（又名《小田原记》）里有下列记载：

“有叫伊势平氏葛原亲王嫡孙伊势新九郎僧侣宗瑞的人，住伊势国，壮年时进京，侍奉官府。”

《相州兵乱记》里的记载也与上述完全相同。

但是，详细情况根本不清楚。他生于永享四年（子年），应仁元年理应三十六岁，这年是应仁之乱开始。如果像他这样的人在京都邂逅了这一大乱事件，通常会被认为在其中发挥了相当作用。可是关于这情况丝毫传闻也没有。或许没有遇上好运，没能展示其才能发挥作用吧？！

私史里，引用了《武家谱》这本书：在应仁之乱之际，他在细川胜元奉为核心的足利义视（义政将军之弟、养子）跟前侍奉，伴随到足利义视讨厌这种乱象只不过是权臣之间势力争斗而去伊势的时候，跟着去了伊势。但是后来足利义视因义政将军来信而返回京都时没有再跟随返京，而是选择留在伊势。如果这是事实，那可能是他对于足利义视的前途不抱希望，觉得再跟下去也不会有什么好前程。

应仁之乱是史无前例的大乱，不仅京都街道化为灰烬在长时间无法振兴，而且以此为肇始，日本全国范围内的攻城与平原交战的战事连绵不断，进入到了战国时代。但是，应仁之乱其本身只不过是将军的家臣之间争斗，即重臣之间的权势之争，并且整个社会开始重视起门第。由此，作为门第不怎么样且又是小人物的伊势新九郎长氏等，也许看清楚了这世道，无论怎么尽职立功也难以受到重用，因而不可能热情高涨。

伊势新九郎长氏（以下称北条早云）就在伊势那段时间交上了六个趣味相投的朋友，他们是荒木兵库、多目权平、山中才四郎、川又次郎、大道寺太郎、在竹兵卫等，都是伊势的居民，个个都是勇士，血气方刚，踌躇满志，怀有浓厚功名兴趣。

所有书籍都采用了六人与北条早云是同龄人的写法，但我认为他当时已经年龄相当，四十已过三四。北条早云是大哥辈，而六人都年轻，大凡是弟弟辈份。不用说，他没有高高在上，而多半是以平等姿态与他们交往。既有哥哥素养又胸怀大志的人，在自家门第卑微的时代不会瞎摆架子，相反恭谦以讨好俊杰好汉的心，处心积虑地把他们培养成自己的党羽。

七人常来常往海阔天空。有一天，北条早云对六个人说：

“我们这么下去会默默无闻，出不了头，像我们这样的武士毫无牵挂的，还是干些什么吧？到什么地方去发挥我们身上的长处好吗？”

这群壮志未酬的伙伴，立即赞同。

“好！但是去哪里呢？大哥有什么志向吗？”

“去关东！正如你们知道的那样，我妹妹是骏河太守大领主今川治部大夫义忠阁下的宠妾。依靠她，决不会对身为哥哥的我以及大家冷淡的吧？怎么样？”

大家早就听说，北条早云的妹妹被称为北条阁下，是今川义忠的妾，生有其与义忠的长子龙王丸。

“你是说现在就去侍奉今川家吗？”

“不，不，现在今川家是唯一的立足点。我想在关东地区跟大家叙述志向。关东地势高，辽阔，兵马强悍，是自古以来被称为武士发源地。但是自永享年间关东官府的足利持氏长官谋叛京都的将军家族败死后，竟然出现了两个地方长官，但他们的实权都被称之为管领的重臣们夺走，成了一团乱麻。这状况迄今已达三十多年。

男人要做大事，现在不正是时候吗！”

“好！”

他们一致同意，七人还一起喝了供神水。

《北条记》《小田原记》《相州兵乱记》《关东兵乱记》都称，当时七人一起喝了供神水。

“我们七人无论发生什么情况也决不分裂，齐心协力立功，出人头地。如果其中一人当了大领主，其余六人就是辅佐他的家臣。”

大家一起发了誓，再现了三国志里桃园结义的情景。在他们的前进路上，确实有宏图等待着他们实现。

七人去骏河的年代，书上各有说法，都与前后的史实有出入。如果是文明八九年前后，则误差最小。暂时先设作文明八九年前后，是北条早云四十五六岁的时候。

并且，有今川义忠之妾北川妃是北条早云的婶婶之说，也有她是北条早云的妹妹之说，但今川义忠的年龄比他年轻四岁。如果今川义忠的宠妾是北条早云的婶婶或北条早云的姐姐，那就不可思议了吧？当时，有一个在骏河出生的连歌手名叫宗长（宗祇的弟子），来到京都后成了宗祇的弟子，回到家乡后出入于今川家，也常与北川妃相见。但是，备忘录上写有北川妃是北条早云的妹妹，因此她是北条早云的妹妹不容置疑。

二

七武士远道来到骏河一看，那里发生了非常糟糕的事件。

一、今川义忠在讨伐远州乡村武士叛乱的返回路上到达该国盐见坂（浜名郡和白须贺町东南沿海的小坂）时，遭到乡村武士偷袭而战死；

二、发生家臣与家族之争，家族与老臣们分成两派，翻来覆去地折腾。由于嫡子龙王丸只是八岁小孩，而今川义忠的堂弟范满是个既年长又十分勇猛的武士，于是出现了拥立范满为家主的家族派，与拥立龙王丸的正统派争夺。

上述是《今川记》的记载，但在《应仁后记》与《狱南史》里没有范满这个人物，只是说龙王丸幼小，因而家族派与重臣派相互为争夺权势产生纷争分成两个派系。

家族派是拥戴范满的。

此外，还有更糟糕的事件。当时关东有扇谷上杉氏与山内上杉氏两个管领，扇谷上杉的定正是野心勃勃的人物。趁今川家混乱制定了将骏河纳入囊中的计划，以镇压内乱之名，授兵权于家臣上杉正宪与太田道灌进军骏河。

由于骚乱事件，北川妃与龙王丸感到危险临近，便隐蔽在骏河山西的小川法永（也称荣）富豪家中。所谓山西是这一地方的俗称，指宇都谷岭的西边一带。可《狱南史》称，北川妃母子隐蔽的地方是宇都谷岭东侧的丸子深处，即泉之谷。现在那里也是广阔的山坳，是又名一仙窟的胜地。

无疑，对于出乎意料的骏河形势，北条早云惊愕不已。可像他那样的男子汉，相反肯定觉得显示才能之良机已经到来而踌躇满志。上述情况是他从龙王丸的手下打听到，并也了解到北川妃的隐蔽地点后，一同去了那里。

久违了的兄妹俩相见与第一次的舅甥俩相见是什么情景，没有记载。但是，北川妃母子俩见到北条早云后留下喜悦的泪水是不容置疑的。

北条早云详细地问过情况后铿锵有力地说道：

“看我的，我会漂亮地摆平它。”

说完与太田道灌他们见面。这时候的太田道灌四十五岁，与北条早云同岁。

北条早云说了自己与北川妃之间的关系后，充满诚意地说道：

“权利之争是今川家内部家臣之间的私事，决不是对朝廷持有什么异心。不过，这既麻烦也对不起管领派来的军队，而且还有损家族名声。如果鄙人能够通过游说让两派和解，那就请委托我去试试。万一他们还是不接受，一意孤行，那再请出兵镇压也不迟。”

太田道灌已经清楚北条早云此行目的。

“好吧，我们也非嗜好武力。”

北条早云谢过后走了，说服今川家族与重臣们使之和解。大家让范满退下，同意拥戴龙王丸为家族继承人。于是，太田道灌他们返回了关东。

《甲阳军鉴》称，北条早云去骏河是在今川义忠战死以前，称今川义忠让北条早云镇守益头郡的石肋城。也许是他战死前，但那可能是多年以前，或许是几月以前。如果不是，那今川义忠常常进兵远州，却根本没有出现过北条早云的姓名。因此，他连战功也没有立过则让人感到诧异。按理说，北条早云肯定立过一二次战功。

在《公方两将记》的书里，确实像小说那样有虚构情节，如下：

北条早云以陆奥为目标独自沿海道一路而下，可在萨埵山岭上遇上山贼，被扒去衣服而赤身裸体，于是折回骏府伫立在贱机山的浅间神社境内。这时，一高贵女人坐着轿子在前呼后拥簇拥下来到神社参拜。

北条早云向那女人参拜者说了原委，乞求帮助。

乘坐在轿子里的女人北川妃。她从轿子里看见来者是自己亲哥哥北条早云，吃了一惊，但当时假装不认识，让侍从从随身携带的衣物箱里取出白绢衣服命令道：

“把这给他穿上，再带他到城外某某住宅，要彬彬有礼地接待。”

北条早云被带到骏府城下的商家，因受到优厚待遇而感到不可思议。深夜，来了白天那高贵女人的侍从，赠予他刀和衣服，说道：

“白天来浅间神社的那位夫人是本国太守今川阁下的家室北川妃，就是你的妹妹。她为你落魄流浪表示同情，请示了家主。现在家主决定聘用你。明天派使者来接你。”

第二天，北条早云被召进城里成了今川家族的家臣。

虽说这情节有趣，但只有这本书里这么说，与其他史学不一致，大概是虚构的吧。说北川妃是北条早云的姨妈肯定有错，说北川妃是北条早云的妹妹应该是对的。虽是小事，可这情节里出现了随身携带的衣物箱。但据说，这种衣物箱是过去很长时间以后到了安土时代才开始有的。

且说家里的纷争事态平息后，龙王丸被拥戴为今川家族的家主。《今川记》称，北条早云袭击了范满并将其杀害，为龙王丸除掉了后患。我觉得这事有可能，但其他书里都没有这一记载，因而这也不可信。

总之，北条早云屡建战功，又是龙王丸的亲舅舅，因此授予了富士郡下方庄十二乡。以后战功不断。私史称，延德时代，北条早云还被委托管理骏河与伊豆交界附近的兴国寺城。沿现在的东海道本线原车站笔直走完朝北延伸的路，便可到达爱鹰山脚下。这城，就在那里叫作根古屋村庄的筱山上。

延德时代到第三年为止，是在北川早云五十八岁至六十岁之间，到了这样的年龄，终于爬上一城之主的宝座。即便他那样的人物，要从一介浪人发迹也是这么艰难。

这时代，只有从后世看才是战国时代，但还是乱世时代，因为人们对于旧的传统观念还是保持着非常强烈的留恋和乡愁。现实世界尽管已进入实力时代，但人们的观念远远比其落后，非常呆板迟钝。

理所当然，野史所说的这个年代有不同说法，其他书籍里虽没有明确记载年代，不过写的有趣味、易懂，年代好像比野史说的再往前一点。

总之，北条早云这样当上了一城之主，六个朋友按照约定的那样成为其家臣。

尽管年近花甲，但他的雄心一点也没有减弱。当上一城之主后，相反进一步增添了坚定信念。他被伊豆吸引住了，虎视眈眈地盯着那里，等待着攻克的良机。但看这一点，他成为兴国寺城主也许是出自其希望。

三

这里，有必要解说当时的关东形势。

前面稍稍提及了一下，当时的关东有两个公爵：一个在伊豆北条的堀越，是人称堀城公爵的足利政知；另一个在下总古河，是人称古河公爵的足利成氏。关东公爵的原本职能是关东总督，于是同一地区出现两个总督，令人不可思议。但这是有原因的。

足利将军作为天下统一者，确又是不完全统一者，原因多种，大致三条，如下：

第一，由于不是建立在彻底解决南北朝抗争的胜利基础上，因而南朝的大领主们还保留了强大实力。

第二，正如《足利尊氏传》叙述的那样，在南北朝的纷争中，为了使大领主们成为麾下势力，加之足利尊氏在财物上毫不吝啬的性格，任意授予大领主们领地，于是出现了许多幕府难以对付的特大领主。

第三，由于交通不便，中央命令的下达以及中央文化向地方的传播既不顺利也不迅速。

为了弥补上述缺点，幕府在偏远的地方设置了总督。足利尊氏在九州任命今川了俊（骏河今川家族）为探题（相当于总督）官，设自己的三子足利基氏为关东管领。不久，九州探题官被废止，但关东管领不仅一直保持，还不断强化，终于形成了被社会认为与京都将军地位相同的官衔，与将军相同也被称之为“XX 公爵”，其管领本人也自称“XX 公”。现在，管领职务降格为将军下面的执事。

说到为什么有如此变化，一是由于关东粗暴的风气。性格刚强作风粗暴的关东武士们可以为极其琐碎的事情大吵大闹，轻易发展到战争。并且，一旦发生那样的纷争，祖先开始的代代重叠相连的血缘以及姻缘盘根错节的这类地方大领主们，双方各自袒护的人多，于是乎突变成整个关东的纷争。为了有效控制这一地区，需要加强关东管领的权威。

同时，即便是关东管领，其管辖的地区不光关东，还包括奥羽地区，由此也需要把权威扩大到那里。

世上的事情，往往是朝着出乎人们意料的方向发展。由于现状需要，在不断加强的过程中，关东管领的权势不知不觉地上升到了与京都将军平起平坐的地位。正如前述，终于，将军采用 XX 公爵敬称，管领降格为 XX 执事称呼。

也就是说，幕府一直在考虑为自家的分支，由此造成关东那里自以为与总店地位相等。用于强化幕府的统治措施，相反成了阻碍统治的绊脚石，因此不得不说这是自讨没趣的结局。

幕府苦无对策，一直在等待抑制关东权欲膨胀的良机。不久时机来临，第四代关东公爵足利持氏早就对京都公爵的义教持有叛意，可由于管领山内上杉的宪实不厌其烦地劝说，于是终于酿成不和，导致足利持氏企图谋杀害宪实，可相反发生了足利持氏被宪实杀害的传言。

“果然，好机会来了。”

在持氏的遗子春王和安王召集关东将士策划收复之际，幕府支持了宪实，葬送了春王与安王，关东公爵家族在这里一度消亡。

幕府就这样铲除了眼前的障碍，可关东难以统治的现状丝毫没有变化，群雄割据，大小领主间的小规模争斗没有消停的时候。对此，幕府不知如何是好。

正束手无策之时，关东的大领主们之间也有人思考了许多善后对策。足利持氏的三子足利成氏在“二兄动乱”之时因年幼保住了性命，住在京都，现已十二岁。于是，关东大领主们制定了迎接他的计划，并说服了诸多大领主，联合署名要求幕府批准迎他为关东公爵。

幕府立刻同意，让足利成氏与上杉氏和解，并让他去关东任职，任命为关东行政长官（即关东管领）。可是随着足利成氏长大，开始憎恨起上杉氏来，视他为杀父之敌，加上缠有许多错综复杂的原委，使得两者之间的隔阂加深而终于决裂，燃起了战火。幕府命令骏河的今川氏攻打，足利成氏不敌，从镰仓逃到了召河，以那里为根据地。这是古河公爵的开始。

如此一来，武士中间，有的人加盟到古河麾下，有的人加盟到上杉氏旗下，关东完全变成了两大阵营，硝烟连年不断。

但不管怎么说，（足利）成氏是主，上杉是臣。人原本喜欢善，即使一贯做坏事的人一旦站在批评立场，便支持善。对于上杉氏的评价，确实很差。

于是，上杉氏采取了这种时候经常被使用的手段，就像足利尊氏拥立北朝天子对抗南朝天子那样，提议幕府派大臣来关东担任行政长官。

幕府同意了。派出足利将军义政之弟足利政知。

足利政知沿东海远道而来到达骏河，但这一要求只是上杉党人的一厢情愿，因此古河党人不承认。争吵声越来越大，于是足利政知停止翻越箱根山，而是住在伊豆北条的堀越，从此被称之为堀越公爵。

不用说，这两个公爵都不拥有实权。古河公爵足利成氏略有才干并有野心，有一定实力，而堀越公爵足利政知纯粹是装饰品，毫无实力，只是作为公爵受到名义上的崇拜而已。此外，扇谷与河内这两个上杉管家之间不和。扇谷和河内这两个地方原本是镰仓辖区，基于祖先在那里，从此以后便这么称呼，可当时扇谷家搬迁到了武藏，山内家搬迁到了上州。

且说北条早云成为兴国寺城主的时候，按照早先约定的那样，那六个朋友成为他的家臣。这情况已在前面叙述。北条早云封这六人为重臣，再聘用其他许多家臣，严密守卫戒备。另一方面，他也下大力气改善民政，构筑国力。《公方两将记》称，北条早云常去北条拜访堀越住所，窥探足利政知。足利政知也信任他，经常就许多情况与之进行交谈。

北条早云是怀什么目的拜访堀越住所呢？尽管足利政知只是装饰品而已，可足利政知毕竟是关东公爵。作为从浪人好不容易升为小城之主的北条早云，也许是企图通过得到信任提高自己的等级。但是从后来的行动进行推断，他思考重大谋略的可能性大。

《甲阳军鉴》这本书，由于是甲州流军事学创始人小幡勘兵卫景宪作为自己的军事教科书编纂的，犹如解说为我所用那样，掺有相当的虚构情节。长寿卷第十二篇章称：

北条早云给予大场、北条一带的百姓们低息贷款，于是伊豆半岛的侍者和百姓们都分别于一日和十五日在北条早云的跟前露面，归属于他。对于尤其是经常来这里的人们，北条早云把贷出的款项一律定为年底结账。最后，这些人索性都在北条早云居所的附近建房定居。

北条早云把他们编成七队，自己与六个重臣一起各自率领一队。

北条早云在笼络民心让百姓归属自己方面下了很大力气。出现在后卷里的黑田如水的祖父，也实施了与他完全相同的措施。

《小田原记》称，长享二年十月，也就是延德之年的前年，这种时候注明的年月是靠不住的。北条早云成为兴国寺城主后，韮山城主北条某死了。北条某是北条早云的叔叔，只有女儿没有儿子的北条一族要求堀越公批准伊势新九郎为北条家族的继承人。北条早云承诺，搬迁到韮山城，扔掉伊势姓氏，继承北条姓氏。还有，伊势新九郎根据堀越公爵之命娶北条某的遗孀为妻，让儿子氏纲娶北条某的姑娘为妻。

上述传说大致真实，但说北条某是北条早云的叔叔不见得真实。如果相信《小田原记》，即这是发生在长享二年的事。那么，北条

（伊势）氏纲这人便是天文十年五十五岁去世。如果倒过来计划，理应其于这一年的前年诞生。试想，虚年两岁的孩子结婚可能吗？

《狱南史》的《实录》称：

菲山的北条某，是镰仓幕府末代继承人高时之子时行的幺子，属于今川家很长时间，但北条某病死后没有儿子，只留下遗孀与女儿。同族成员里一个叫田中内膳的人，来今川家迎接北条早云让其重立北条家族门户。此外，尽管北条早云成了菲山城主，但没有离开兴国寺搬迁到菲山居住。也就是说，他同时兼任两城的太守。这大概是真的吧？

我思考的是，田中内膳为何邀请北条早云为北条氏养子？何况，北条早云当时已经年近六十。应该说年近六十的人被收为养子是很出人意料。虽说如果这是继续朝前迈进而不能大意和疏忽的乱世时代，北条早云大度量才会让人放心。

说是战国，但这是德瓦鲁娃时代。站在战国时代前沿的，由于无外乎是北条早云，因此这理由牵强附会。

我想让前年的《甲阳军鉴》记载与上述事实关联起来思考。

早些时候，北条早云已经开始施小恩小惠，与田中内膳有来往，让田中内膳提出邀请。无疑，北条早云也想得到菲山，可更想得到名声不差的北条这姓氏吧。要想在关东提高身价，比起与关东几乎无缘的伊势姓，还是镰昌幕府实权者北条这一姓氏最合适。总之，事先肯定进行了周密的策反工作。

已故田中义成博士说：

战国时代，有《源平轮流夺取天下》这一带有信仰性质的思潮。虽说代替平氏夺取天下的是源平，可三代就灭了，平氏的北条氏夺取天下大权和北条氏灭亡，随后取而代之的是源氏的足利尊氏的这一历史推移，诞生了这种思潮。这种思潮虽说已经出现在《太平记》里，可是足利家族衰弱了，一进入战国乱离之世，这便成了思潮。织田信长起初也一直自称藤原，后来却开始自称平氏。德川家康的原姓是加茂氏，却自称新田源氏的幺子。北条早云也是那样。他向三岛神社献上许愿文：

“足利源氏也早已末代，代替它的是平家。由于自己也是平家的末代，因而希望通过神明的力量振兴家族。”

北条早云出自伊势平氏即关氏家族，因而是同样的平氏，自称是事实上曾经夺过天下的北条氏姓，利用这一信仰是大力收买人心吧。

除收到源平更迭政权这一思潮的影响外，博士还认为：

北条早云拥有夺取天下的野心。但是，他究竟有否夺取天下的野心呢？这许愿文能相信吗？只有从后世的眼光分析，清楚展现了该时代闯进了战国时代。然而，正如多次说过的那样，这是乱世时代。我不认为生活在那种时代的人能预见将变成那样的乱离之世。纵然织田信长和德川家康为夺取天下而自称平氏和源氏的说法不容置疑，那么，北条早云充其量是想成为关东有实力大领主，而采用北条氏是便于实现这一抱负吧？勿容置疑，他是充满霸气的野心家，但当时还没有形成想从一介浪人摇身变成小城主夺取天下的那种想法。尽管同样是战国时代，可这是在还要前面的时候发生的。斋藤道三是北条早云还要晚七十年的后人，并且所持领地是京都附近的美浓，虽然是从一介旅人成为美浓一国之主，但对于夺取天下没有想过。根据丰臣秀吉从一普通百姓飞黄腾达直到夺取天下，也许我们必须视长达一百数十年的战国时代的初期和后期都是相同的。

北条早云当时是接近花甲之人，按理不会有夺取天下的野心。

总之，北条早云继承了北条家族，也在兴国寺当上韮山的城主。如果相信《小田原记》里记载的年龄，北条早云时年五十七岁。

四

那以后的第三年即延德三年四月，堀越公爵即足利政知病死了。于是，公爵家发生了家系骚乱事件。

足利政知有三个儿子，长子叫足利茶茶丸，次子叫足利义遐，三子叫足利润。长子是前妻之子，次子与三子是其与后妻圆满的儿子。次子义遐于四年前成了天龙寺吆喝吃饭的僧人，家中只剩下荣荣丸与润。后来足利义遐由于神奇命运的造化而当上了第十一代将军，即足利义澄。

圆满，来自京都武者小路家族，但也可称得上悍妇，憎恶继子茶茶丸，不停地向足利政知告恶状。这种时候，人的感情十分微妙。起初足利政知也不信圆满说的话，可为了家庭安宁也不可训斥，几乎是当作耳边风。但是，也许年少的茶茶丸不可能明白父亲的立场和关怀，反应过于敏锐，闹起了别扭，日常行动多半也变得逆反和阴暗。据说嗜好喝酒，一喝醉便像疯人那般。如此变化，作为足利政知，也不得不相信圆满说的话了。于是，父子之间还真不和了。

心腹家臣知道真实情况，报告了重臣上杉教朝。随后，教朝便向足利政知进谏，可他已经从心里厌恶茶茶丸，听不进教朝的话。教朝终于发展到用自杀力谏的地步。这在《今川记》里有记载。可是，足利政知依然不改对于茶茶丸的态度。

足利政知之死，是这种对立状态最激烈的时候。《应仁后记》称，父亲死时，茶茶丸十五岁。我认为，他的实际年龄可能还要大上两三岁。在其他书里，没有找到该年龄记载。总之，茶茶丸继承足利政知当上了公爵，可他对于继母圆满非常仇恨，经常撒野，醉酒时还发酒疯，确实非常过分。

圆满听从了亲近自己的家臣们的叮嘱，把茶茶丸抓了起来，称其失心病将他送入牢房，只给予仅维持生命的饮食。

重臣外山丰前与秋山藏人觉得太过分，劝说圆满。但她固执己见，不予采纳。

“茶茶丸阁下失心病的症状还没有消失，如果不这么严厉约束，我们母子的生命就有危险，并且还有可能给关东公爵家族的名声带来耻辱。”

家臣们憎恨圆满，同情茶茶丸，从而茶茶丸从牢里要求什么，他们就瞒着圆满，不管什么都答应。有一天，茶茶丸要求狱警给一把小刀。

“小事一桩。”

狱警递给他小刀——也许给的是插在自己佩刀刀鞘外侧的小刀。

“诚惶诚恐。”

茶茶丸致谢后收下小刀。可他那天晚上刺杀了狱警，打破牢门后再一一刺杀了值班的武士，夺过刀跑出牢房，蹑手蹑脚地来到圆满住所，随即杀了继母圆满和同父异母的弟弟足利润。

综合各书记载，都写有上述情况。可《应仁后记》和《今川记》是把这经过写成茶茶丸在足利政知活着的时候杀了继母和弟弟，之后还攻打父亲足利政知，结果父亲战死。

茶茶丸雪了多年的仇恨，名副其实地成了堀越宫殿的主人。在如此扭曲的家庭环境里，经过如此粗暴野蛮的行径当上公爵，加之年纪轻，不可能有自我反省的意识。作为强而勇猛的武将，之后变得更加粗暴。

老臣外山丰前太守与秋山藏人对此一筹莫展。

“阁下让圆满和润自杀，虽说是不得已为之，但没有从道义上说明原因，并且如果事事都不讲道义，就有可能触怒神灵，神灵就不会保佑阁下。”

一有机会，他俩就进谏。

他俩早就被茶茶丸视为难以亲近的人。对于茶茶丸来说，心情不可能愉快。这两个糟老头子尽说废话！于是，开始逐渐冷落他俩。其他早就对这两个老臣有意见的家臣们，趁机挑拨离间说他们坏话。茶茶丸深信不疑，直至发展到憎恨，最终将他俩杀死了。

由此，堀越官府的家臣们分成两派，相互角逐，混乱不堪。

北条早云早就对伊豆抱有野心。可伊豆原本是山内上杉氏的附属领地，该山内拥有相当势力，与扇谷上杉一起不仅在关东武士中间有威望，甚至在羽和后越的武士们中间也有威望，受人尊敬。北条早云觉得时机未到便一直忍耐着，可其策划真不愧是天衣无缝。当时山内上杉氏与扇谷上杉氏之间关系不和，而伊势新九郎通过与他俩友好交往，等待时机来临。这是远在中国的战国时代秦朝丞相范雎想出的远交近攻计策。

顺便说说多半是当时发生过的情景。

一天，北条早云让儒僧讲兵法七书，儒僧从通俗易懂的自学辅导书开讲：“主将兵法，是尽一切努力笼络英雄的心。”

一读到这里，北条早云说道：“就到这，我明白了，那方法我清楚。”

他让儒僧别再讲下去。也许觉得之所以说兵书，只不过是列举类似自己这样的聪明人所说的话。

且说北条早云分析了堀越公爵家族里的不和之音，做出这样的判断:“最佳时机要到了。”

可他到底还是小心谨慎,《永享记》称他先隐居起来。

“我病魔缠身，并且年龄六十，余生无几，我想现在就扔掉弓箭，安度晚年。”

说完，伊势新九郎把自己的官位让给了仅四岁的儿子伊势氏纲，随后削度号北条早云庵主，还自称养病和寻找弘法大师的遗迹，做好旅行的准备去了修善寺，住在那里进行温泉疗养。在疗养中，他说为了消磨空闲的时光，喊来了附近的渔师和樵夫，时而喝酒时而让他们吃饼，还顺便向他们打听伊豆的地势、人情和民众期望，进行彻底的调查研究。

不久回到了兴国寺城，他还是没有实施进攻计划，而是进一步等待形势的变化。

这时，两上杉之间的不和白热化起来，在上州交战。由于交火地点是山内家族的分属领地，伊豆的武士们浩浩荡荡地去上州支援。守卫堀越宫殿的武士们也是山内家族的成员，倾巢出动。于是，伊豆成了一座空城，堀越公爵住所的卫兵数量也极少。

北条早云召集六个重臣商讨。

“我觉得等了又等的时机来到了，你们认为如何？”

“是天赐良机，不夺下它，反而还要接受灾难。”

六人一致表示赞同。

他们集合队伍清点后有两百余人。

“兵力有点不足，好吧，我们问今川家借兵。”

北川早云迅速去了骏河，叙述来由，要求借兵。

“好，借给你。”

今川氏亲马上答应，出借了三百余人。

顺便说一下，今川氏亲的母亲北川在三年前，与堀越公爵足利政知同在四月份去了天国，可北条早云与今川家之间的亲善关系一直持续着。与其说北条早云是今川家的客座将领，倒不如说应该视作今川家的家臣吧。

北条早云在清水港集合了全部五百余士兵，分乘十艘大船于拂晓启航，一口气驶过骏河湾到达伊豆时，正值正午时分。分别从松崎，西奈（仁科）、田子、安良里等港口登陆，因而从伊豆半岛中部登上了南边的西海岸。

这些满载全副武装士兵的船只一靠近海岸，伊豆的百姓还以为海盗来袭，提心吊胆地背着财产，牵着老人和孩子去深山避难。这时代，经常发生海盗在海岸地带蜂拥而入实施抢劫的情况，并且该海盗多半来自出类拔萃大领主率领的大部队。

北条军队入夜出发，不知道是沿着陆路还是沿着岸边采用海路朝北行进后在江之浦湾一带登陆，但总之第二天到达后偷袭了堀越官府。

这天，凑巧是官府足利政知逝世一周年祭日，正在举行祭祀仪式。偷袭瞬间使现场陷入一片混乱之中。

北条早云军队放火后杀入公爵官府。

茶茶丸逃到附近的大森山（也叫守山），但遭到早云军队的追击，进入山下的寺庙里假装自杀，随后再逃，逃到堀之内的深根津城。可是，北条早云的军队一直在追击，茶茶丸继续逃窜，最后逃到了远处三浦半岛的三浦时高跟前。

北条早云将军队暂时停留在伊豆，自己住在韮山城，着手开始安抚百姓的工作。他是野心家，又是现实派，深知笼络人心最具效果。由于他分发了早就积蓄的钱财谷物，安抚民众，收买了武士们的心，因而国中地区的百姓和武士对于他的评价非常高。天城山北边的民众也乐意服从，并且那里好多地方的武士们（小领主家族）也争先恐后地归顺北条早云。

另外，他亲近受到士兵粗暴对待在深山避难的百姓们和天城南侧的民众们，告诫广大士兵严禁野蛮对待民众，并在国内各地竖立了警示牌。

一严禁入屋拿要任何用具，即便分文不值之物也严禁抢夺；

二伊豆地区的武士与百姓都别外出，外出的尽快返回住宅。

上述条款是强迫命令。凡是违令者，毁其庄稼，烧其住宅。

警示牌上的文字表达了上述意思。

这些条款也在社会上到处流传。他巡视各村，见农家病人多，以及三四五人共枕同睡的现象，感到奇怪，便寻问情况。

百姓回答说："我们染上了传染病。这传染病是于稍前开始传染的。一旦感染上则发烧剧烈，要持续五六天发烧。大多病人会死亡。大家都害怕传染上，于是远离病人。况且，前不久海盗袭来，护理人员都带着钱财逃走了。我们也想逃走，可腰腿瘫痪，也没人护理我们，就被扔在这里。"

北条早云叹息："可怜啊，我来帮助你们。"

说完命令医生分发药物，命令五百士兵分开去每家每户给患者看护，经过仔细调查后还配给粮食，于是大家都得救了。

这工作颇有成效。病人们待疾病痊愈都进山与家族亲戚以及朋友见面，介绍了详细情况："这些兵家与海盗大不一样，是像菩萨那样有情有义的人。"

于是，不仅四处逃离的人回了家，就连远处许多村庄的人也奔走相告，为探知虚实争着前来菲山。据说北条早云一一出具了保证书，保证他们的身份、财产和家族不受侵犯的权利。

这好评也传到了出阵上州的伊豆武士们耳中，虽然他们在自己外出征战中听说伊豆主人更换后感到不安和摇摆不定，可当听到北条早云有情有义地对待当地百姓的消息后，便争先恐后地回家申请归顺。不用说，北条早云也给他们颁发了保证书。

就这样，整个伊豆地区成了北条早云的辖区。据说从发兵开始仅三十天时间。

除天性外，北条早云也有一定年龄了，在思索、分析和心术上都是炉火纯青。那以后的施政方法也恰到好处。他集合国中各村的长老及其家族们说道：“君主是家长，百姓是子女。这是自古以来颠扑不破的真理。可现在到了世界的末日，国君们贪婪，想出各种税目，课以百姓重税，催征成了习俗。国君过着奢侈安定的生活，可百姓却饥寒交迫。这是今天各地的实情，我实在是感到悲哀。我是一介浪人，还是你们的国君，大家是我的国民，这可能是前世有缘吧。我的愿景只有一个，那就是一直祈祷你们过上富裕生活。既然如此，在我的领地里只征田税，其他税一律免征。并且关于田税，我决定比原来减少五分之一。还有，如果政府官员和领主有违法催征或者虐待你们的行为，则不必客气，直接向我诉说。我一定追究各位官员和领主的罪行。”

当时的田税，通常是征收收获的百分之五十，即官府与百姓各分一半。可其中，也有官府六十百姓四十，还有更狠毒的，官府七十百姓三十。除此之外，还设置了各种各样的税目，例如集中劳务摊派，房屋分隔税、山野税。但是，北条早云不仅全部废止了上述杂税，也把田税税率降低成官府四十百姓六十。

不用说，即便仅这样百姓也很高兴，可他深知民众持有讨厌急剧变革的性格，尽可能不改变地头管理官以及各村的规定，仍按照旧的模式。由此，百姓安定下来。北条早云在伊豆的地位是最稳固的。

这时，时逢明应元年秋，北条早云六十一岁。

五

征服伊豆后，北条早云住在韮山城，修筑属于北条领地镰昌时代的北条氏城楼，于第二年九月乔迁于此，并安排代理人守卫兴国寺城。

他拥有韮山城，甚至修筑根本不被认为要害的北条城，并且以该城为居城，可能是为了向国内外显示自己是镰昌时代北条氏的接班人吧。同时也可能是为了表明将在关东一带实现更大的目标。《国史实录》称，北条早云（伊势新九郎）此刻已经萌生霸占关东的野心。《相州兵乱记》里，也有这样的记载。

北条早云于年底参拜三岛明神社，祈求保佑他独占关东。

第二年正月二日，即新年伊始的第一个梦里，他遇上了这样的情景。

宽阔野地里的正中央有两棵大杉树，从那里出现了一只小老鼠，朝着杉树咬了起来，终于咬倒了它们，从小老鼠变成了大老虎。

梦醒后，北条早云作了如下解析：

“两棵大杉树是两个上杉氏吧，老鼠是我吧？！我生于鼠年，也就是说我做了打倒两个上杉、成为雄踞关东的特大领主的好梦。”

解析完了，内心暗自高兴。与此相同的记载也出现在《甲阳军鉴》里，但那可能不是事实。大概由北条家族的后代虚构了上述传闻吧？但如果是象征性地表述北条早云从这时开始已经拥有关东称霸梦想，则富有意义。

从这时开始，北条早云的目光盯向了箱根山对面的小田原。当时，小田原有扇谷上杉氏的直属下官大森氏赖。《相州兵乱记》称，北条早云召集六名老臣这么说道：

“观察了山对面的情况后，两上杉氏相互争斗。这么下去，两家的实力不久后大约会受到损伤而变得弱小吧，虽说这两家都是历史悠久的大家族，不可能就那么快衰退，可总有一天会变弱是不容置疑的。为此，我们也要尽快越过箱根到达小田原一带，否则有可能被别人抢先占领。但是箱根地势非常险恶，加之小田原的大森又是一个不按常理出牌的家伙。不过，这也没什么了不起，我想方设法让他归顺于我们。你们觉得我这想法怎样？”

大家赞同。

于是，北条早云派出使者带去厚礼，表明来意后表示友好。而氏赖不仅勇猛，还是富有智慧的人物。

“这做法不合常理啊！我和他不是长期以来的熟人，也没有必须重新友好的理由。这不合逻辑，不合道理，他甜言蜜语，要求友好，可能是口蜜腹剑，我最好还是提高警惕。”

氏赖这样思考。不仅没有展开与北条早云之间相应的礼尚往来，相反还加强了箱根的守卫这出乎北条早云意料，令他束手无策。

这说法，《相州兵乱记》里也有。

第二年，即明应三年九月，北条早云向隐蔽在三浦半岛的三浦时高那里居住于新井城的茶茶丸发动了军事讨伐。虽说伊豆的统治进行顺利，可那里原本是强行霸占的土地，茶茶丸又是关东公爵堀越家的嫡亲儿子，如果茶茶丸得到山内上杉氏的援助反击，那……一想到这里，北条早云就心急如焚。

北条早云是野心家，也有年龄上的优势，而且忌讳铤而走险，心想要是从伊豆进兵到三浦半岛，仅自己的军队看上去是有危险的，便请求扇谷上杉氏和今川家族派出援军助一臂之力。两家都爽快答应了。北条早云把这些部队与自己的部队合起来，带领着他们向三浦半岛出发。

三浦家族在防守上做了准备，但不很顺利。这与三浦家族内部的骚动有关。

三浦由于没有儿子，于是早些时收养了扇谷上杉氏一族成员上杉高救之子义同为养子，可自从有了亲生儿子后便把父爱转移到了亲生儿子身上，由此讨厌义同的存在，欲杀之。

义同离家出走成了僧人，可是他勇猛拔群，精通和歌，可谓文武兼备，在三浦家族的家臣中间有许多趸族。他们都痛恨三浦时高对于养子义同的态度。

义同一听说北条早云前往讨伐三浦，便去了母亲的娘家小田原大森家族，提出如下要求：

“我觉得解决多年宿怨的时机来到了，我决定加盟北条早云的队伍讨伐三浦时高，请把部队借给我。”

大森家族同情义同，便把部队借给了他。这时，义同在三浦家的追星族家臣也离开了三浦时高迅速投奔到义同麾下。于是，三浦时高无法顺利备战。

义同与北条早云见面后请求道：“请允许在下的部队担任前锋。”

成为先头部队后，义同率领两百士兵朝新井城一路猛攻。

新井城就是现在的油壶。就今天的情景来说，地盘凸起，地势清晰，可当时的这里可以称之为海中岛的地势，东侧略与陆地连接，周围是笔直的悬崖峭壁，被称为关东地区唯一的坚固城堡。可是兵力弱，加之攻上来的敌前锋部队，大部分是详知内情和地势的三浦世袭家臣。新井城仅一天时间便陷入重围，三浦时高自杀，足利茶茶丸也自杀。

这一仗使新井城成了义同的领地。也许因为和战前的决定，义同还成了北条早云的自己人。或许一开始，北条早云就已经与义同约定邀请其加入自己阵营。

时为明应三年九月二十三日，北条早云六十三岁。

后来，这个三浦义同与北条早云为敌。北条早云为了占领这座新井城，前后化了大约七年时间。所以说，人的命运难测。

六

茶茶丸灭亡时，小田原的大森氏赖病死了，儿子藤赖继位。

“等一等，所谓耐心等待必有机会就是这。”

北条早云立刻派使者吊唁，以此为契机不停地送礼取悦对方，使年轻的藤赖轻易上当受骗了。为交友，双方来到了箱根的温泉地带，会谈氛围亲热，最后结成了攻守同盟。

“如果有敌人偷袭韮山，大森藤赖则亲自带领援军。如果发生了攻打小田原的敌情，北条早云亲自带领援军。”

不久，扇谷上杉氏的当家人定正在武藏与山内上杉氏的当家人交战，发生了定正落马死亡的事件。这次交战，北条早云与大森藤赖都作为扇谷的友军出阵，但由于这一突发事件而朝各自领地撤回。

“求之不得的机会来了！就是这场骚乱。我要是拿下小田原，扇谷家也就无路可走。”

他不停地思考着，回到了自己的居城。但不久，他派出使者去了小田原：

“最近在自己领地山上打猎的时候，大量猪和鹿逃到了贵领地的箱根山里，猎物格外少了，鄙人想带上助猎手把它们赶回伊豆。但山的东侧是您的领地，于是我止住了脚步。而且正是因为阁下，因此我知道如果向您提出申请多半会获得恩准，于是派出使者向您请示。您认为如何？如蒙赐准，鄙人则不胜感谢。”

上述开场白，礼仪措辞准确。不用说，藤赖陷入了北条早云的圈套。听了使者的开场白后，他说：“好好，我还以为是什么呢，原来是这事啊。早云阁下始终严守交往礼仪。我们两家友情正如早云先生说的那样。当然可以。请别介意，尽管去。祝北条早云殿下满载而归。”

他爽朗地批准了。

北条早云小心谨慎。我想，他在让使者捎去这口信之前肯定已经去过实地打过猎了。

使者回来把藤赖的意思告诉了北条早云。他心里噗哧笑了，立即着手准备。《相州兵乱记》称：

“选出数百名勇猛聪明的年轻士兵，扮成步行助猎手；再挑数百名熟练的能手扮成训犬师，牵着猎犬，拿着竹枪，做好夜间偷袭准备。让他们从热海的日金山穿越过去，连追带赶地隐蔽在石桥和汤本一带，等待攻击信号。”

不久到黄昏了，他们在一千头牛的角上拴上火把，等到入夜点亮，把牛赶到小田原上面的石垣山和箱根山的上面，同时让别动队从小田原南侧沿海的石桥和米啮（米神）一带吹响海螺，大声呐喊，发起冲锋，放火烧毁从箱根路到小田原城下的板桥村庄。

小田原城里的人们一片惊讶，眺望山上，仿佛也将夜空熊熊燃烧的火把忽左忽右地移动，还传来犹如千军万马的呐喊声。

火势与呐喊声一起向上蔓延点着了城外的市镇。

“唉呀呀呀，大军来了啊！”

市镇到处混乱不堪，惊慌失措。

北条早云率兵冲锋，尽管是六十多个老武士，却都抢先杀入城里。守城士兵不战自乱到处逃窜，藤赖也死里逃生。

就这样，小田原归北条早云了。对于北条早云来说，这意义重大。在他看来，跨越箱根将土地占为已有的这一宿愿实现了，从历史角度看，作为战国时代的特大领主、虎视天下的小田原北条氏的根据地在这里扎根了。

正如前面叙述的那样，北条早云既是战争高手，但在施政上也有特别手腕。一般认为，当时周围小地方的百姓与小领主们都盼望成为北条早云的百姓和官吏。小田原一归于他，相模的大部分小领主则争先恐后地赶来归顺。其中有叫作松田赖重的人物，是后来成为北条氏重臣的松田氏的祖先，是当时相模两郡的豪门望族。不用说，村长层次的百姓也赶来了。

但是，三浦半岛新井城的城主三浦义同不归顺，明显摆出了抵抗的态度。尽管成了三浦家的当家主人，可其是扇谷上杉的出身家族，另外被北条早云打败的大森家族也是其母亲的娘家，怀着这样的心情，他怎么可能归顺从一介浪人爬上领主并且是母亲娘家敌人的北条早云呢！

擅长钻营的北条早云为平息扇谷家的愤怒，要求担任扇谷家的直属下官，还托人再三劝说。

《相州兵乱记》称：

“扇谷阁下还真以为没能攻下小田原。”

北条早云不打无利可图之仗。要说狡猾，北条早云是狡猾，更应该说是老谋深算。

据小田原城为己有的时候，北条早云六十有四。

七

这以后的十七年间，北条早云为扩大自己领地而发动了无数战争的记载几乎没有，仅在伊豆地方志上出现了在天城以南地带进行修建的情节。他为今川家和扇谷上杉氏出兵转战了好些地方。尤其为了今川家，时而出兵远江，时而进军三河，与起义军、吉良氏和德川氏交战。

他虽战胜了起义军和吉良氏，但败给了德川氏。当时德川家族的当家主人与德川家康相隔四代，是德川家康的曾曾祖父，率领一千三百士兵以少胜多打败了北条早云率领的骏远、豆、相、东三河的士兵合起来的一万余兵力。这是北条早云生涯唯一的一次败仗。

这姑且放一下。当时的北条早云多半既是今川家族的直属下官，又是扇谷上杉家族的直属下官。如此两头讨好为官的情况，虽然随着战国时代的发展逐渐减少，但在那之前，并不那么罕见的。

永正九年，北条早云八十一岁的时候，开始着手讨伐三浦义同。

在这里稍稍解释一下三浦是什么样的家族。

三浦氏是坂本八平氏之一，是盘踞于三浦半岛的大家族，从源氏扎根于关东时开始就已经成了源氏家族的仆人。

《恶源太义平传》里提到，他跟着源义朝出战平治之乱，源义朝战败后立志掌控关东而离开京都时担任随从的坂东武士这一姓名。其中有叫作三浦之荒次郎义澄的名字，源赖朝举兵时作为最忠诚的旧家臣加盟。义澄之父义明，八十多岁后在三浦半岛的衣笠城走完了人生最后的悲壮时刻，向源赖朝尽了忠心。这当时跟随源赖朝而出名的和田义盛也好，冈崎义实也好，佐原义连也好，都是三浦一族的成员。

源氏家族灭亡后，自北条氏掌权开始，三浦氏在与北条氏之间的势力争夺中败北，在幕府里的势力消失殆尽，可仍然拥有三浦半岛的全部领地和中郡领地，作为繁荣旺盛的豪门望族一直持续着，直到进入这一时代。

攻进新井城杀害了义父时高后，三浦义同将三浦家留下的领地占为己有，把儿子荒次郎三浦义意留在新井城，自己则削发号为道寸法师住在中君冈崎城（今伊势原市内，据说在城入山濑），统治中郡。

道寸法师（三浦义同）是文武双全的高手，儿子义意身高七尺五寸，筋骨凸出，黑须色浓，力可打倒八十五人，以武艺出众而闻名天下，受到社会重视，拥有无比威势。《相州兵乱记》称，相州就不用说了，武州的百姓们也有许多人赶来归顺。正因为如此，作为北条早云，无疑视他不顺眼，尤其自己年事已迈逐渐衰老，加之儿子还小，从而也许感到不安吧。

“希望趁我活着的时候将他收拾干净。”

北条早云持续谋略了好些年，这一年终于摆好了交战的架势。

流传着这样的说法，如下：

三浦道寸（三浦义同）父子憎恨北条早云暗算大森藤赖占领了

小田原，也憎恨北条早云欺瞒扇谷上杉氏，于是一到每年六七月之际便兵临小田原城下。可是，北条早云一直是只固守不应战。三浦军队大肆糟蹋周围后扬长而去。可无论什么时候兵临城下，北条早云的小田原守军就是不应战。终于三浦军队嘲笑北条早云，每次离开时肯定在马入川边上脱下盔甲又是洗澡又是洗马，尽情纳凉。尽管那样，北条早云守军还是不出城交战。

当然，这是北条早云显示弱小养成敌军骄横气势的计策。有一天，当三浦军队像以往那样来犯后临走之际在马入川洗澡时，突然率兵出城偷袭，打得三浦军队惨败。那以后的战事，每次都以小田原军队胜利告终。这故事是真是假不清楚，可情节有趣所以在这里写下。

且说北条早云赶走了伊豆和相模的守军后，于八月十三日率领军队浩浩荡荡涌向冈崎城。三浦道寸出城迎战，激战数刻后处于劣势，被攻破了一两个城门后固守主城。但在家臣们的劝说下，三浦道寸悄悄突围来到三浦郡的住吉城（在镰仓附近小坪西北侧）。可是，这里也被北条早云的追兵攻占，于是三浦军队沿着小坪、秋谷、长坂等半岛西侧海岸不停抵抗，直至退到新井城。

那以后他们交战多回，可三浦军队都是以失败收兵，三浦道寸遗憾地说：

“像我这样的人怎么可以败给那老朽浪人！”

于是率兵浩浩荡荡地开到镰昌讨伐，但又败北，退到了新井城。

北条早云军队集结在城外攻打，可城墙要害坚固，三浦道寸父子的勇猛也不可战胜，因而久攻不下。北条早云欲断敌军粮，在陆地上竖起栅栏设立哨所，在海上排列船只断绝所有来自海上与新井城的联系。可城里粮食储备丰富，丝毫没有谈和或者投降的迹象。

《镰仓管领九代记》称，这新井城里有取名为千驮橹的大岩洞，堆有千匹马驮来的粮食，用于战时兵粮。

扇谷上杉家的朝兴听说新井城危在旦夕，率兵来到相模中郡企图牵制小田原军队。北条早云分兵一部赶到中郡打得对手落花流水，于是上杉军队逃亡武藏江户。

北条早云继续围攻新井城数年，于永正十五年七月终于将其攻陷。粮绝的三浦道寸父子出城迎战，激战后战死。下列两首诗分别是三浦道寸和三浦义意的辞世诗：

三浦道寸：
杀与被杀皆陶物，
死后都将变泥土。

三浦义意：
纵然生命岁千万，
依然南柯梦现实。

自永正九年开始交战到这时，足足化了七年时间。北条早云八十七岁，并于第二年八月十五日即八十八岁死于菲山城里。他把晚年的精力耗尽在消灭三浦家族的战争上。儿子北条氏纲已经步入三十三岁的壮年，其武勇才干无愧于北条早云之子之名。北条早云死得安然。其遗骸在修禅寺火化。按照遗嘱，遗骨藏于箱根汤本的早云寺。法名为早云寺殿天岳瑞公大居士。

八

北条早云是四十多岁后才履历明了的人物，成为一城之主也是近六十岁以后。因此完成事业的时候，他的思维已经十分成熟，准备工作极其周密。这又是从漫长人生经历获得智慧的成果吧。也许是因为这些优点，使他尽管犹如连鬼神也躲避三舍那般玩弄阴谋权术，也让人丝毫感受不到故弄玄虚。虽然他稳健与老练近似炉火纯青，但其实他是持有善于融稳健、老练、诚实与玩弄权术于一体之人格且持有不可思议性格的人物。

他这种不可思议的性格，令他可以成为战国英雄们的先驱者，从一介浪人登上伊豆和相模的太守宝座，可谓战国时代始于他的足下。

再者，像他那样发迹之路是后无来者的，直至其后人都越来越发达，作为日本屈指可数的特大领主，居然能够连续五代兴旺繁荣，他之后也是持续出现了像其子北条氏纲与其孙北条氏康那样的优秀人物，都源于他们活学活用北条早云的稳健老练且诚实之基础的构筑方法。

不用说，玩弄权术的北条早云是老奸巨猾的家伙。我们最好阅读一下他在袭击堀越公爵府足利茶茶丸占领伊豆后，为安抚伊豆国民，召集伊豆父老豪杰而后发表宣言。其内容酷似古代圣贤的措辞，显而易见，得到的是如下感受：

“老奸巨滑，无以伦比。”

但是，他始终不忘兑现宣言上的条款，还让后代不折不扣地实施下去。如此，单以老奸巨猾结论有失偏颇。勿容置疑，他所作所为不是出自仁爱之心，而是出自自我利益乃至自己家族利益的利己主义。但这，也就是英明君主的目的。儒教解说的那种圣人名君在现实生活里是不存在的。

有北条早云（伊势新九郎）制定的《壁书二十一条》，是告诉家族武士们日常须知，极其温文恳切。历史家推断称，在这洋溢着诚惶诚恐详细解说的语气里，饱含着一个老人的善意。我想，那是把北条早云一定程度上制定的训诫详细告知后人的壁书吧？！

关于他的轶话有两三则。

其一如下：

有一天，偷马人在小田原被抓，被带到北条早云跟前。官员询问理由，盗马人从容不迫地答道：

“我确实偷了马，无疑是盗马人，但我罪轻。”

说到这里，他手指着北条早云说：

“站在我对面的这位是盗国者，他犯有弥天大罪。”

北条早云说：

“这位朋友，我是像你说的那样。”

而后笑着宽恕了盗马人。

说他稳健、老练没错，可说他是豪杰也没问题。

其二如下：

有一天，北条早云命令：

“盲人最无益于社会，让他们活着是国家的负担，只要看到就将他们沉入大海。”

领地里的盲人们战战兢兢，争先恐后逃到了别国，但这些盲人里面有北条早云的卧底，他们以弹拉音乐歌曲和按摩营生成了出入于各大领主跟前的常客，因而最适合侦察工作。

其三如下：

有一天，他这么说道：

“储存金银，从我开始到第三代就可以了。因为到了第三代时，肯定能灭掉两个上杉氏，将关东一带成为我家族的领地；如果成了国君，即便不拿金银鼓励人们，也可以国君的高德重望激励臣民。”

据传，他还说了下列一番话：

“从我开始到第二代，帮助武士们也需要特别规则。二十岁前的年轻人与七十岁以上的老人，即便有功也不予以领地，而是需要赐予金银。老人由于在世时间所剩无几，因而立刻变成其子女的财产。其子女，如果是人才则是好事；其子女如果是蠢才则必须没收。可如果没收，则必然遭致仇恨。二十岁以前的年轻人，难以估计其成人后成为什么样的人物。年轻时优秀，成人后或者变成笨蛋或者频频犯错，这情况世上也不少。这也必须没收领土，但这也必然遭致仇恨。不仅其本人，还会遭致与其有血缘关系的亲戚一族之仇恨。但是，倘若给才能不足者以高超智慧，家中的风气通常就会缓和。总之，予以金银不要留下后患。”

他的用意可谓细致周到。洞察将来的将来，洞察人心微妙之处，是老人的智慧。

斋藤道三

一

京都的西之冈，原本是指京都盆地西边的山脉，山体改变后称那里的所有村落。可是，后来好像只是称现在的乙训郡向日町一带。那里是沿西国街道的驿站，是距离京都一里半左右，包括拥有长冈京在内的长冈、鸡冠井和寺户等地区。

足利十一代将军足利义澄之际，按公元年代说是十五世纪末期。西之冈那里有叫松波基宗的乡村知名人士。松波氏是田原藤太秀郎的后代，家里代代都是皇宫侍奉皇上的武士。可是，到了基宗这一代则辞去侍从职务，解甲归田，居于西之冈。说起解甲归田，似乎是按自己意志隐退的。那个时代是皇室权力衰退相当严重的时候，侍奉皇上的武士等也是处在怨声载道的状态，可以想像他们难以领到薪水的情况可想而知。因此，解甲归田也是无可奈何的选择。

据说，松波基宗曾被授予左近将监的官衔，要是在北朝，该官位相当于四品或者五品。就农村的一般大领主来说，在官阶上都远不及他。但当时，由于其供职的朝廷已经毫无权力可言，因而像这样的官位在生活方面起不到任何改善作用。充其量也就是受村民们某种程度的尊敬。不用说，他不是贫农，但也根本算不上富农吧。他拥有的田地，约 1500 ～ 2000 坪即 7.5 ～ 10 亩。其他，就靠受村民托代写个信或者去村公所陈个情什么的，讨个小钱谋生而已。

明应三年（1494 年），松波基宗家生个男孩，取名峰丸，不仅容貌如玉般英俊，而且聪明伶俐，基宗甚是疼爱。可是基宗知道，那种聪明伶俐，充其量也只能让峰丸作为一介乡士走完人生，又让他有些遗憾。

于是在峰丸十一岁时，他被送到京都妙觉寺，成为日善上人的弟子。

如果是稍后的战国时代，松波基宗也肯定会采用不同的方法。可那之前足利将军家族的权势已经衰弱，社会不稳定，乱哄哄，但还保留着旧的社会秩序。只要不是名门望族出生，仅靠能力最终还是不能出人头地。只有出家的些许人士可以出息发迹，名门望族和富裕力量还是起决定性作用。虽该现象与其他社会相同，但若比较还是宽松的。

妙觉寺系日实上人创建，日莲宗四十四本山之一。如今在上京区下清藏口町，但当时在衣棚押小路。松波峰丸于十一岁进入妙觉寺，因此可能一段时间里作为侍童保留着世俗头发。当时不论僧人还是俗人，同性恋非常盛行，不可能让酷似玉般的美少年出家做和尚。

《美浓国诸日记》称，几年后松波峰丸成为僧人模样，开始以法莲房名自称（此系斋藤道三的曾用名）。他天资聪明，总是语惊四座，让人感到震撼。不但记忆力好，而且理解力强，还有着三寸不烂之舌，何况天生的英俊长相。作为一个有望成为人才的少年，寺内人和施主都寄希望于他。学习究其博大深奥，辨论雄才高于富娄那（传说释伽牟尼弟子中间的第一辩手），透彻理解内典书、外典书、佛书和儒书。

法莲房成了僧人模样后不久，有一少年从美浓国进入妙觉寺，比法莲房小两岁，是美浓国豪族长井丰后太守利的弟弟。少年自称南阳房，也是修行佛道。他仰慕法莲房的学识，视其为兄，某书载有如下说法：

“二人交往甚笃，特别和睦。”

南阳房也是聪明好学的少年，随着修行愈加努力，终于成为一山屈指的学僧，数年后被兄长长井丰后太守召回，当上该国厚见郡今泉村的鹫林山常在寺的住持。

《美浓国诸旧记》称，当时为永正三年二月，可经过计算，永正三年，南阳房只有十一岁，还要经过好多年，至少要在二十岁上再加两三岁吧？！

南阳房回到美浓国后，法莲房也离开寺庙回到家。有这么一种说法：有一天他毅然决然脱下僧装还俗了。我想，有关“这个曾是自己弟弟辈分的南阳房，学识低于自己一档或半档，却成了一山的住持，而自己依然是普通僧人不得不留下”这一情况，他肯定反复也是被迫地思考过。也就是说，这世界也与俗世相同，如果没有门第背景和万贯财产，则不可能出人头地，无论怎么吃苦耐劳，最终也只能待在这既娶不起妻子也吃不上鱼肉的世界。

法莲房幼小十一岁时入寺出家，这本不是他自己的意志，而是父亲强加在他头上的。而且，他既不是以彻悟僧学为目标，也不是为了供奉菩萨以及进入彻悟境界，只是为了出人头地。可以说这是最令人感慨的想法吧。这时候，其父松波基宗已经离开人世。要拜托这种意志，也是容易的。

还俗后，法莲房改名为庄五郎（有称庄九郎），娶奈良屋又兵卫的女儿为妻，成了商人开始经营灯油店。

他的居所附近有山崎八幡神社，与隔着淀川的男山八幡神社一起，都是历史悠久的八幡神社。山崎八幡神社拥有用于灯油的荏胡麻油的专卖权，规定全国的灯油店没有该神社颁发的许可证就不能出售荏胡麻油。庄五郎（斋藤道三的曾用名）当然也从该神社领取了许可证。尽管那样，也必须说这是翻天覆地的变化。如果分析，这时候的庄五郎已经立志“积攒万贯，享尽人生欢乐”。

当时的商业不只是集市买卖，也已经开始像现在这样把自己家装修成商铺出售商品，坐在家中出售商品的形式。可是西之冈这一带待在家里销售，做不成什么大的买卖。于是，庄五郎把商铺销售交给妻子，自己专门从事跑单帮。

当时像这样的跑单帮，不知是用手推车载着商品叫卖还是用扁担挑着商品叫卖。可这个青年头脑十分灵活，不可能做无用功。我想，他多半囤积了大量的油，打造了一辆易于推行的小车，大幅度提升了工作效率。

他是美男子，口才好，据说不知什么时候去业余学校接受过培训，精通歌、舞、音、曲等各种艺术。就凭这些技能，生意肯定非常兴隆。不用说妇女孩子愉快，即便男人，只要跑单帮的人说话带有趣味性，又会唱会跳，没有理由不喜欢。

“谁要是买我的油，我就唱歌答谢他。”唱完了，再唱一首江户小调，接着说，“我再跳个舞吧！”

理所当然，跳舞更让顾客感到快乐。

光这些技能，别人不会，对此他还有罕见的特技：在往顾客油壶里添少许油的场合，他不使用漏斗，而是把一文铜钱放在壶嘴上，通过铜钱中间的孔让油连续流入，并且连一滴油也不沾在硬币上。

“哎，哎，把山崎八幡神社许可的荏胡麻油和精选的荏胡芝麻浇洒在长榨木上，用八层丝绢过滤，那么如果将其当作灯油使用，黑夜也会像正午间那么明亮；要是用作食品煎油，油炸食品就会美味可口。此外，在下在给各位油壶添加这油的时候不使用漏斗。像这样把永乐铜币放在壶口上，油可以呈一条线从这枚硬币的方孔注入油壶。别说铜币表面，就连中间的方孔边上都不会沾上一滴油。要是失败，油钱分文不取。日本幅员辽阔，找不到第二个有我这样技能的贩油郎。想观赏的顾客朋友，请到我庄五郎这里来买油。”

他不失时机地招呼大家，展示技能，取悦顾客。

大家觉得有趣，便上前围观，试着让他添油。结果，和他刚才的说法一样，博得老百姓的好评。于是，人们都不去商店买油，也不问其他单帮，而是在村里等他来，排着长队购买他推来的油。

《美浓国诸旧记》称，庄五郎从大永年开始，每年都来美浓卖油。根据估算，大永元年即 1521 年，他二十八岁。我总觉得，时间还要稍稍前面一些。但有关这一情况，没有其他可以参照的书籍，那就暂定为大永元年。

在美浓，他那弟弟辈分且又是弟子的南阳房，现在号日运（《土岐累代记》称日护）法师，是厚见郡今泉乡的鹫林山常在寺的住持。庄五郎先去那里拜访。

厚见郡是现在稻叶郡的一部分，今泉乡是山岐阜市的南侧边沿地带，现编入岐阜市。常在寺，理应如今还在。

日运法师对于隔了很长时间的面对面相见，既惊讶又高兴。当时美浓与京都之间，路程不远。即便没有与庄五郎之间通过信，与本山町之间的消息相互传送也很快，因此日运法师也肯定知道法莲房还俗后成为卖油商人的近况。但法莲房，也就是还俗后的庄五郎，以与以前完全不同的模样来访，故而使日运法师惊讶了吧。

积压在心里的话多半涉及各个方面。庄五郎也许决定，以后到这一带跑单帮时选常在寺为住宿地点吧。

即便在美浓，庄五郎的生意也非常红火。

“他从京都来，说话风趣，是一个有魅力的卖油人。”

无论哪个村庄，村民都等他来，买他的油。

当然，他也受到许可出入日运法师的父母家。庄五郎不光能说会道，还能唱小曲和跳舞，并且嗜好当时武家阶层流行的连歌（将五七五短歌里的上长句与七七短歌里的下短句连接起来，由数人交叉吟唱）。在这一方面，长井家（日运法师的父母）也如获至宝。当时的长井家，后来居住在成为岐阜城的稻叶山城。

二

简单扼要地解说一下当时的美浓形势。从镰昌幕府初期开始，美浓以源赖光后代且当地武士山岐氏担任过太守而荣耀，可一到了这时代，山岐家族权势衰弱，其重臣门第的斋藤氏也衰弱，相反斋藤家族的主事兼重臣长井氏有权有势。

战国时代，被总结为由下犯上的时代，是权力一层一层地从上面将军家族移往各地大领主的时代。足利将军的权力让渡到管领的细川家，细川家的权力让渡到其主事的三好家，三好家的权力让渡到家宰的松永氏。各地大领主也都如此效仿。

长井家是斋藤家的重臣门第，他们原本是一族。各书籍记载的情况称，长井家是斋藤家在美浓落脚后分出来的一族。但我怀疑，可能是源平时代的勇士斋藤实盛的后代。美浓的斋藤家，出自斋藤实盛的大叔父斋藤宗景，与斋藤实盛没有直接关系。可是，斋藤实盛曾经在武藏的长井家住过。确凿证据，没有找到。

现将话题返回到庄五郎（即斋藤道三）。

有一天，庄五郎要求长井家的家臣矢野五左卫门购油。庄五郎像往常那样把一文铜币紧贴在油壶嘴上，计量注入油壶里的油。纵然像线丝那么纤细从漏斗孔流入的油，却也通过铜币中间的方孔，将顾客购买的量准确计量且注入油壶。

五左卫门一边付钱一边感叹地说道：

“你这手上功夫确实不可思议，竟然娴熟到这种程度，佩服，佩服。要达到如此熟练水准，一定是经过了相当时间的修炼吧！但是，像你这么聪明的人如此下去到头来还是普通百姓。可惜了哟！如果你在武术上达到那样的功夫，也许还能成为流传英名的武士呢！”

五左卫门的点拨，犹如旱地里下了一场及时雨，从身上渗透到了庄五郎的心里，令他豁然开朗，茅塞顿开。他早早回到京都后，把所有的售油具卖了个精光，开始专心学习起武艺来。

首先是长矛。他在近四米长的长矛颈部装上矛头，把一文铜币悬挂在屋后竹丛里的竹梢上，进行从下面将长矛刺入该铜币方孔的练习。关于这一情节有如下记载：

起初他没有掌握技巧，长矛无法刺准，后按枪法潜心钻研秘诀悉心习练功夫，终于掌握刺上千百皆无偏离的神功。

只要有一技之长，学其他则易如反掌。《美浓国诸旧记》称：

“闻师传授，瞬间铭记，激励习武，积累切磋琢磨之功，精通所有武艺兵术，成为名不虚传的武士。”

这本书也是江户时代相当前期的时候出版的，是诸书中叙述庄五郎从出生到侍奉长井家之经历最详细的一本。我也是根据这本书撰写的。但这一说法让人难以接受。

经过一段时间的苦练，庄五郎精通了十八般武艺，成了名不虚传的武士。他不仅武功了得，而且智谋也过人，因智勇双全而使武名驰骋天下。

近四米长的长矛，就是从这时代开始流行的，还说那是从庄五郎开始的。这说法也许可信。讲谈（日本的说唱，相当于中国的说书）里说到，织田信长通过举行长短矛比赛认为长矛更有利，于是让步兵们持长矛作战。当时聪明的武将都研究兵器的优与劣，像庄五郎那样富有智慧的任务不可能不研究。可是，那多半是成为武将以后的事了。

《碎玉话》（武将奖状记）称：

“是庄五郎更名斋藤道三以后的事。”

“斋藤道三（原名庄五郎）让手下士兵持近四米长的长矛作战。那长矛的尖端上装有用绳连接的锷。当两军相接步兵冲在前面时，斋藤军队的步兵则举起长矛从上朝下劈头盖脑地叩击。于是，敌军自然而然地身体朝上仰。变成上仰的形状后，脚便无法站住，于是敌军溃败了。”

可见，斋藤道三成为武将后，就长矛的长短和刺法进行过精心研究。

虽说使用长矛有利，但那是步兵层面的事。将校层次在战场上使用的枪，除特别将校外，通常使用近两米的长矛。要自由灵活地操纵三米多或近四米的长矛，就是力量相当的人也不行。那样的长矛，是防止步兵拿长矛排队冲锋而使用，仅用于初战的时候。

另外，《美浓国诸旧记》称，庄五郎（改名为斋藤道三）掌握了使用火炮的技术真谛，拥有瞄准悬针射击百发百中的技能，后来明智光秀以火炮技术而闻名，但这都是拜庄五郎为师而习得。可是，这也难以让人相信。不过可以相信的是，他非常看好火炮的实用性。不用说，这也肯定是晋升为高官后的事情。

《碎玉话》里出现了如下记载：

“斋藤道三开始侍奉美浓的土岐氏时，由于出身低微，住在城边的草屋里。房屋狭小，没有放长矛的地方，于是打通竹子里的节，把长矛放在竹子里面以防止日晒雨淋，竖在房屋的外面。有一次，土岐带着猎鹰外出打猎时，猎鹰停留在那根内有长矛的毛竹顶端。土岐察觉到不可思议的屋前竖有一杆毛竹，便朝着意识到大驾光临而走出房门施礼的斋藤道三问道：

“这毛竹派什么用处？”

斋藤道三详细地答道。

“这主意好！”

土岐赞赏，后来重用了斋藤道三。

这说法有趣，甚至用上了猎鹰这样的道具，作为小说是好的场景。可这也不能令人置信。其次，他拥有日运上人这一最有力的保护者，即便不那么辛苦，也按理有许多获得认可的机会。

斋藤道三在出入长井家的过程中，悟出沿这条路走下去可以光宗耀祖的道理。凭着天生的聪明和敏锐，与从思绪缜密的商人社会得来的经验。也许，他已经看到武家社会里尽是机会。

“积攒分厘成为富豪极其不易，但在武家社会里可以轻而易举的吧？！出人头地的机会比比皆是，何况城镇市民都深知如何成为富人。但武家不在这规定之列。好，那就改行到武家领域！”

遇这种时候，我想丰臣秀吉也是那样思考的吧？！

于是，他向日运法师陈述了自己的想法并请他帮忙。

日运法师向长井家推举了庄五郎。适逢长井家的家主是日运法师的外甥，系越中太守藤左卫门尉长张。

长张早就非常器重庄五郎的才智和聪明。

“好的，斋藤道三的情况我也早就注意了。我想过，像他那样的人才以一个普通市民默默无闻地走完一生很可惜，他立志成为武士是最佳想法。”

经过引见，长张把他带到当时在川手城、被国人称为员外的土岐政房跟前推荐道：

“这是人才，聪明过人，武艺全能，您最好聘用他。”

川手是现在岐阜市的东南郊区，该地名现仍保存。

土岐政房喜欢斋藤道三，决定聘用，可其外甥土岐盛赖十分反感。

“看了斋藤道三的面相和气质，我要暗下提醒父亲与执事藤左卫门（长张）的是，这人虽精通武艺，有创新思维，但内心和脸上有诈术以及有大谋之嫌疑。有关能说会道以及爱好乐曲，此有图谋之嫌疑，易于使人陷入其圈套。因此，不能冒失与其亲近，如果不拒绝，我们家族不久就会出现灾难。我以为，趁没有发生任何事情之前尽快把他赶走，不能让他在川手侍奉。”

由此可见，土岐盛赖富有智慧，识破了斋藤道三持有心术不正之恶，还预测了未来。但是果真有那样的后果吗？总之，土岐盛赖总觉得不如意吧。喜欢稳健性格的人，与聪明能干的人，往往不投缘。对于斋藤道三，土岐盛赖的心态多半也是如此。

推荐者长井长张热心斡旋，说：

“斋藤道三不是那样的人。”

可是土岐盛赖固执己见：

“别说了，我不喜欢。”

无可奈何之下，长井长张带着斋藤道三离开了。

不用说，斋藤道三不可能心情舒畅，他内心愤愤不平。

土岐盛赖的大弟叫土岐赖艺，与兄长性格不同，喜欢表面印象，长井长张觉得他可能会喜欢上斋藤道三，便带到其住所即方县郡鹭山的城里引见。岐阜市的北郊半里一带有叫鹭山的城镇（如今还保留着），当时土岐赖艺就住在那里（现在虽还保留着方县地名，但已变成稻叶郡）。

正如长张预料的那样，土岐赖艺十分喜欢庄五郎，将他留在身边。数年后，长井家的重臣西村三郎右卫门正元死亡，家中没有继承人。土岐赖艺便喊来长张，建议道：

“你那重臣西村的遗产让斋藤道三继承好吗？”

这是长张喜欢也是他带来引见的斋藤道三。如果土岐赖艺赞同，也就可以封住家里这个那个说闲话人的嘴，便立刻答应，让他继承了西村的姓氏与家产。

这时，斋藤道三使用的是西村勘九郎。书上称，第一次成了本巢郡轻海村的一员，但这意味着他继承了这片领地。这时代，大领主居城外面拉开了聚集其家臣居住的所谓卫星镇的序幕。然而，还是有许多家臣按照传统习惯居住在各自领地里。

斋藤道三领受的本巢郡轻海领地，是今天的本巢郡真正町，保留了真桑的名称，是岐阜市西侧二里左右一带的农村。

三

抓住了发迹机会的西村勘九郎（原名庄五郎），侍奉表现非同寻常。书上有如下记载：

“对家主直至家主身边的人服务非常周到，随着时间推移崭露头角，后来成了土岐赖艺与长井最可靠的心腹。”

通常，受上司器重的人容易遭同事以及部下忌恨。可见他既聪明能干又八面玲珑，与上司与部下与同事之间左右逢源。不久，土岐政房病死，嫡子土岐盛赖继位担任家督，成了一家之主。这对于勘九郎来说，土岐盛赖是仇人，并且自己稍有不慎，这人说不定又要赶自己出美浓。是取悦他还是铲除他以一劳永逸？他决定选用后者。

他常常对土岐赖艺说：

“就令兄土岐盛赖先生的能力来说，担任美浓太守不能让人放心。现在，已故先祖的余威尚存，因而还能维系统治。然而现在天下是在朝着乱世方向演变。如果缺乏武勇就必然被邻国占领。假若从阁下自身角度以及从令家族安全考虑，阁下应该取代令兄担任太守。虽然看似背叛兄弟情谊，但保重自己与家族安全的重要性高于一切。另外人的最大不孝，是在于亡家亡国愧对祖宗，请认真考虑。”

这劝说在各书上都有记载，但起初不可能如此直截了当地进谏。

斋藤道三批评土岐盛赖本人及其政策，有时奉承土岐赖艺本人及其才干，鼓其信心，同时培植弟弟瞧不起哥哥的感情，诉说土岐盛赖对于土岐赖艺缺乏情谊等，将猜疑和憎恨植入土岐赖艺的内心世界。

土岐赖艺的心里一旦滋生自信和憎恨兄长的萌芽，斋藤道三便如愿以偿地成了土岐赖艺没他不可的宠臣。从持有共同敬重的人的时候开始，到持有共同憎恨的人的时候的过程中，变得更加亲密，其实是人类悲伤性格的演变。谋叛计划一旦发展到开始带有现实性而窃窃私语的时候，土岐赖艺便越发宠爱信任斋藤道三了，终于把自己的爱妾深芳野赠送给了他，笼络斋藤道三不让他离开自己身边。当时是大永六年十二月，正是他三十三岁的时候。

深芳野于第二年六月十日生下一子，其实那是土岐赖艺的孩子。斋藤道三给孩子取名为西村丰太丸，当自己的亲生儿子抚养。

《洞堂军记》称，斋藤道三从土岐赖艺那里领受了深芳野，说那是发生在他将土岐赖艺赶出美浓的时候。民间传记和平凡社出版的《新撰大人名辞典》里，都采用了这一解释。

斋藤道三领受了家主土岐赖艺赐给的深芳野，深深地爱着她，自丰太丸后又生了三个男孩，可依然没有改变她妾的身份。但是，斋藤道三也没有把西之冈时代的奈良屋又兵卫之女娶作正妻。那是因为他后来把土岐一族的明智氏之女娶为正妻。

西之冈时代娶的妻子也许死了，或许其出身不适合作为武士正妻而离开的，归结于视出人头地为第一主义的斋藤道三。其与事实基本相同。

西村丰太丸出世的第三个月，早就细心搜集川手城情报的斋藤道三悄悄来到土岐赖艺跟前轻声进言：

“如果赐予些许军队任命鄙人前往讨伐，我可立即攻破川手城，驱赶员外，拥戴阁下登基。”

土岐赖艺询问了部署，斋藤道三明快地叙述了对策，看似胜算的可能性大。

“好，干！”

土岐赖艺下达命令，斋藤道三集合了早就安排好拉入自己一伙的武士们。据说主要武士有三十余人，合起来总兵力人数有五千五百余人。斋藤道三带领这支队伍，兵临川手城下。

由于出其不意，土岐盛赖仓促指挥身边的将士与闻讯赶来的士兵二千余人应战，最终被打败，带领贴身随从逃到越前，寄身于朝仓氏家。

武装政变成功了，土岐赖艺实现了蓄谋已久的野心，成了土岐家族的家主，登上了众人仰慕为员外兼美浓太守的宝座，非常得意。可比他还要高兴的应该是斋藤道三,一般而言，聪明伶俐、善谋略和功利性的人物，往往成见深、记仇。

“活该！”

他在家中大叫大喊，幸灾乐祸，吐心中之快。

并且，在土岐赖艺看来，斋藤道三立下了大功。不得不说，西村勘九郎发迹的路越来越宽广。土岐赖艺欣赏他，任命他担任本巢郡文珠村的佑向山城的城主。九月二十一日，他离开轻海进入了佑向山城。

土岐赖艺从鹭山城暂时迁入川手城。可这里在战国时代不安全，又搬迁到了山县郡的大桑城，坐落在距离岐阜市三四里路的深山老林里的城市。从日本城郭史的角度说，那是城市从山城变迁为平原城市的时代。战争越来越复杂化，城外如果不聚集住宅群并成为这一带的经济中心，就难以适应形势的需要。在这样的时代扔下平原城市，主动进入山野城市居住，这证明了土岐赖艺系平庸至极的大领主。抑或，心怀叵测的新村勘九郎花言巧语使土岐赖艺这么做的。

作为拥戴土岐赖艺为员外的功臣，斋藤道三如今的光景犹如旭日东升。但他还想独自掌控美浓领地的政权。可那么做行不通，因为有稻叶山城主长井藤左卫门长张。对于西村勘九郎来说，长井是大恩人。他能摇身一变拥有现在的身份，原本也是长井藤左卫门长张的推荐。作为西村勘九郎，应该加倍表示敬意才是。

对于恩义，持感恩之心是普通常识，但同时也如持有负债感之说那样，持有沉重负担之感也是人自然而然产生的情感。普通人憋住沉重的负债感，心里想着感恩。但因人而异，沉重的负债感也能变为痛苦，进而变为憎恨。无疑，斋藤道三正是这样。此刻，长井藤左卫门长张成了伫立在他野心膨胀之路上的障碍。无疑，他开始感到憎恨。

另外，长井藤左卫门长张也由于西村勘九郎的势力超越了自己而开始憎恨。

“这暴发户，不能让他忘记过去！”

可以认为，这说法也可能出现在长井藤左卫门长张明显的傲慢态度里。

对于斋藤道三来说，长井藤左卫门长张的存在是无法忍耐的拦路虎，他终于决心杀之。

民间史书里写有斋藤道三使用刺客杀害了长井藤左卫门长张。

“最好的方法是蒙骗长井藤左卫门长张，设宴，让他整天沉湎于酒色和游山玩水，怠慢政务，以致让人疏远他。”

享禄三年正月十三日，数落长井藤左卫门长张主政不良，杀害了其夫妻俩，最终霸占了其全部家产，自己则从此取名为长井新九郎正利，还立刻占稻叶山城为已有，迁入那里居住。

总之，斋藤道三杀害了长井藤左卫门长张夫妇，掠夺了其所有财产与权力。

长井一族被激怒了，商量立刻出兵攻打。

斋藤道三觉得寡不敌众，一溜烟逃到了大桑城，隐藏在土岐赖艺的腋下。

如果分析，这是斋藤道三最初预测的吧。像他那样机警的人不可能预测不出如此变化。

“如果逃到员外城里，那些家伙就无可奈何了。待他们气恼稍稍减弱时再请员外劝说。常在寺的日运法师也可发挥调停作用。他是长井一族出身，其调停也格外有效。”

他肯定是这样设想的。

长井一族怒不可遏，严厉要求土岐赖艺，拒绝他的调解：

“请把油贩子交出来。这忘恩负义的家伙。员外您也十分清楚，这家伙取得已故长井藤左卫门长张的信任，得到大量恩惠，却无情无义地杀害了他们夫妇。我们不割他的脑袋难解心中之恨。”

可这时日运法师挺身而出，与土岐赖艺一起尽力安抚一族的人们，终于使他们与西村勘九郎和睦。虽说书上没有这一记载，然而日运法师的调停介入，多半是西村勘九郎说服土岐赖艺，然后由土岐赖艺恳求日运法师出山的吧？！

就在这和睦之时，土岐赖艺要求有姻亲关系的江州太守佐佐木义秀担任公证仲裁人，于是义秀从江州来到这里担任仲裁人。这时候，义秀将自己名字的最后一个字给了斋藤道三，命名为秀龙，当时改名为长井新九郎秀龙。

这一仲裁也好，获赐的名字也好，无疑都是斋藤道三幕后操纵土岐赖艺运作的。能捞则捞，能拿则拿。将佐佐木义秀作为后盾以后，斋藤道三的权势进一步增强，几乎完全控制了整个美浓。

时年三十九岁。

四

正当计划顺顺当当实施的时候，其野心也在漫无边际地膨胀。坐在一手掌控美浓交椅上的长井新九郎秀龙，开始讨厌土岐赖艺的存在。

土岐赖艺容易应付。如果送美女给他，他便可不问是非唯命是从。但他毕竟是家主，礼仪必须到位。一，那是大义；二，不管怎么说他也是美浓太守。

如果有人装傻主张讨伐权臣挑头募集军队，那可就麻烦了。

然而，只要土岐赖艺在这世上，自己就只能是名义上的陪臣，不能与近邻各位大领主对等交往。

最好还是让他离开这个世界！在今后的日子里，我要伺机让他永远消失。

他下决心了。像过去一样，他的计划十分周密，觉得有必要与关键时刻能助己一臂之力的强势豪族成为姻亲，于是盘点了国内所有豪族，得知可儿郡明智城的城主明智骏河太守光继的三女儿适龄但还没有出嫁，也是美女，性格也随和，而且格外聪明。

明智氏系土岐氏一族，是东美浓随一的名门望族。他觉得，如果与这家结亲，东美浓的所有领主都可以控制在自己手中。

“好，就娶他的女儿。”

诸旧记称，这光继的孙子是日向太守明智光秀。这门亲事，斋藤道三也利用了土岐赖艺，他不仅哀求土岐赖艺命令明智家，还让土岐赖艺做媒。

天文二年二月一日，明智骏河太守光继的女儿来到稻叶山城，名叫小见之方。斋藤道三四十岁，小见之方二十一岁。斋藤道三与小见之方结合后，于天文四年生下一个女儿。这姑娘后来嫁给织田信长。现代作家们把这姑娘的名字称作浓姬，这是引用《碎玉话》(《武将奖状记》) 的名字，便被人们认为就是她的真实姓名。因已使用，也就沿袭下来。

然而浓姬不是姓名，而是汉文式叫法，称从齐国出嫁过来的夫人为“齐姬”，这与称来自越国的夫人为越姬相同，可见只是意味着来自美浓出嫁的夫人。旧记里称其“归蝶”。

该书籍还称，织田信长夫人与明智光秀是表兄妹。不进一步调查则无法确定，算是奇闻吧。

斋藤道三何时正式使用斋藤道三姓名，任何书籍里都没有记载，只能说是婚后两三年里吧。从被授予官位担任左京大夫兼山城太守开始，他丢掉了长井姓氏，自命为斋藤三郎。鉴于山岐家陪臣长井姓不适合担任左京大夫兼山城太守，故而冒用了长井家的主子家斋藤姓氏的吧？！不用说，这是借口。作为新九郎，肯定喜欢高门第的斋藤姓氏。此外，这些官既不必对朝廷立什么功，自己也没有应该被封官加爵的家族背景，因而朝廷不可能什么也不问就赐官。可以认为，以官位为目标政治捐款，也就是说买官。他从一介跑单帮的商人爬上大领主的位置，心里有着出生于名门望族的人不知道的自卑情结以及良苦用心。

天文十年六月，他剃度入佛，号称道三法师。

他从京都招来美女送给土岐赖艺，手上握有权势统治美浓。可是，被授权掌管后渐渐目中无人了。对此，以心情不舒畅满腹牢骚的土岐赖艺的亲生儿子及其弟弟们为中心集结家臣们发动了反斋藤道三的兵变，他一怒之下派出五千士兵迎战。从天文十年三月开始，每天交战，但分不出胜负，两军呈胶着状。

这时，没想到织田信秀即织田信长的父亲，自称仲裁调停从尾州赶来。于是，相当于土岐家姻亲的近江的佐佐木定赖，越前的朝仓义景也快速赶来竭力调停。这肯定是斋藤道三幕后操纵土岐赖艺进行的。只要美浓的大部分侍者站在自己的敌对面，战争就将持续，无疑有损美浓。

近邻的三名大领主也赶来斡旋。调停顺利进行，双方和睦了。

这时，斋藤道三对自己过去的不对之处表示歉意，称对和解表示诚意，于常在寺由日运法师掌剃刀削发为僧，号道三法师。大凡他不这么做，对方的怒火是不会平息的吧？！是年，斋藤道三四十八岁。

斋藤道三隐居了一段时间，经过仔细思考后感到美浓侍者像这样产生反抗自己的念头，是因为土岐家族存在的缘故。正因为土岐家族的存在，产生了对美浓的乡愁，也由此滋生了憎恨自己掌控美浓权势的情绪。

“纵然隐蔽行事，最后也须以暴力除之，干脆孤注一掷！”

于是，和解一年后，即天文十一年五月二日，斋藤道三率领早就同仇敌忾的一万余将士出其不意地围住土岐赖艺的居城，接二连三地猛攻。

城里没有守军，没有提防，于是慌慌张张地致力应战，可怎么也招架不住。不忘土岐一家和世袭主子恩情的武士们闻讯赶来支援，可这颓势最终也无法扭转，城池被攻陷，土岐赖艺朝尾张逃去，寄身于织田信秀的家中。

就这样，美浓不再有可以指挥斋藤道三的人了，他终于成了名副其实的美浓太守。自从作为油贩五郎进入美浓，迄今已有二十多年。从一介游民鲤鱼跳龙门成为特大领主的，从前只有北条早云，现在只有斋藤道三自己。为此，斋藤道三无限感慨。

写到这里，我对于斋藤道三的姓产生怀疑。斋藤道三的姓正如开头所述，通常称他是皇宫里天皇侍从松波左近将监基宗的儿子，但并非没有不同说法。《洞堂军记》称，“出生于京都贫穷的伞张”。《江浓记》说，“以浪人装束，从山城国西之冈来到美浓”。《盐尻》写道，“西边京都某油贩子很会唱歌，经常来往于浓州”。斋藤道三先姓西村，后姓长井，最后姓斋藤，随着身份上升而改变姓氏。如果他真是担任左近将监即皇宫里天皇的侍从之子，那松波这一姓氏在等级上理应超过美浓的陪臣与陪陪臣姓氏。如果寻求门第，则根本没有必要改变姓氏。称他是无名百姓儿子的说法，也许是正确的。

或许还可认为，松波姓氏在朝廷里的门第尽管属于上级，然而在美浓一带还是西村、长井与斋藤等姓无人不知，因受当地人尊敬而采用。总之，事到如今也无法追根刨底。

五

且说斋藤道三当上了美浓太守，他为登上这把交椅所用手段极其恶劣阴险，以致领地内的武士们心里不服，稍有风吹草动，就易帜叛乱。

于是，斋藤道三心生一计，尽管妾深芳野最初生下的儿子丰太丸这时已经十六岁，改名为义龙，却授予左京大夫兼美浓太守官位，再把家督让给他，任命他为太守。其实，当时的人们都知道斋藤道三是土岐赖艺的继承人。

“义龙是继承土岐赖艺血统的人。”

对此，斋藤道三当然算计过，大家肯定全力支持。

计谋获得了成功。

“义龙明明是前太守土岐赖艺的的嫡亲儿子，只要斋藤道三拥戴他为太守，我们就不应该再反对。”

大家放弃反抗，归顺于斋藤道三。

斋藤道三名义上隐居，可实际上继续掌权不放手。

领地内暂时风平浪静，斋藤道三的统治顺利进行。可是反对呼声从国外响起，是最初被斋藤道三与土岐赖艺合谋赶到越前的土岐盛赖。他与这次被赶到尾张的土岐赖艺联袂策划，借得越前朝仓家与织田家的援军，从南从北夹攻美浓。越前军队七千余人，尾张军队五千余人，合起来是一万两三千人的大军。

那是天文十三年八月中旬。

斋藤道三尽管惊讶但还是立刻迎战，即在现在的岐阜市的南边野地里交战。可形势实在不理想。斋藤道三不会打败局已定的仗，立刻提出与之和睦的要求。

作为议和条件，他提议修复川手城让土岐盛赖入住，在大野郡揖斐的北方筑城让土岐赖艺入住。于是，战事结束。

然而，这有其他说法。《江浓记》《织田军记》《信长公记》称，尾越联合军被斋藤道三的小部队打得丢盔卸甲而退兵；还说让土岐赖艺（没有记载土岐盛赖的情况）回到美浓居住。可《江浓记》称，那是取决于尾张的斯波氏与足利将军的仲裁。

不同说法大凡是真实的吧？《信长公记》是织田家文书太田牛一撰写的，是那个时代出生的人记载的，应该是最可信赖的书籍。

另外，《信长公记》说的日期也不同，是天文十四年九月二十二日，此说也是正确的。

《信长公记》《织田军记》《美浓国诸旧记》都称：

数月后，织田信秀为了自己的儿子织田信长，命令织田信长的监护人平平政秀与斋藤道三缔结了娶其三女儿归蝶为儿媳的婚约。这是织田信秀清楚认识到斋藤道三的实力，视这一枭雄为自己儿子将来的外援。这时，织田信长十二岁，归蝶十一岁，四年后举行婚礼。

天文十六年，斋藤道三再次攻打土岐盛赖与土岐赖艺。土岐盛赖自杀身亡，土岐赖艺逃到越前，可朝仓家开始冷眼相待，在依靠同族土岐赖尚流落到关东上总万喜期间，不久患上眼病，最终失明。一直到后年天正年间，土岐家族的旧臣稻叶一铁怜其流落则迎回家中，施舍合力米五百石，配给侍女五至六个悉心照料，因而环境舒适。但是不久，土岐赖艺老死，享年八十二岁高龄。

他与骏河的今川氏真的生涯等，是出生于望族却系战国时代破落大领主的典型变异人物。土岐赖艺活到八十二岁，今川氏真活到七十七岁。作为当时，并且不得不惊讶，想到后半生苦难时寿命会相当长。但那是因为原本性格悠闲以致难以感受痛苦的缘故。

归蝶嫁到尾州后的第四年，也就是天文二十二年四月，斋藤道三下决心见女婿织田信长的面。当时，织田信长二十岁，因父亲织田信秀死亡而成为织田家主已经四年了，但社会上的口碑不佳。

“尾张的织田（信长）上总介是个混混，像他那样的混混不曾见过。”

这样的评价频频传来。例如喜欢异样款式的服装，日常行动时践踏所有礼仪规矩等，都一一传来。《信长公记》称，人们在斋藤道三面前说三道四：

“阁下的女婿是个混混。”

每当这时，斋藤道三便答道：

“不是他浑球，而是你们不明白。”

尽管是恶党，可斋藤道三持有超过常人的洞察力。他相信织田信长粗野以及混混的表象深处理应有什么隐情。

基于上述原因，他想与女婿见一面。

富田在尾张中岛郡木曾川左岸地带，当时处在美浓领地与尾张领地的中间，是附近一带的本愿寺领地。从某种意义上说，是中立地带。因此，双方选择在这里出面会见。当时，织田信长的身着如实展现了混混、粗人那样的奇装异服来到这里。而在会见时，换成最规矩的长礼服装出现，让美浓君臣为之惊叹这一说法无人不知，因此也就不写了。

这次会见结束，斋藤道三与其并马齐驱送行走了大约二十条街。送完在返回途中，斋藤道三召唤心腹猪子兵介武士到自己跟前。兵介骑着马来了。

“你怎么看？我那个女婿。”

“既然这样。”兵介笑嘻嘻后说:“无论怎么重新审视，实在抱歉，那就是个浑球。”

如此在岳父面前挖苦女婿的人，其心理在现代人看来匪夷所思。但是，当时的社会处在战乱时期，除自己以外都是假想敌人，与隔壁领地相壤更要注意。无论外甥的领地，还是姐妹女儿出嫁的婆家所在领地，都必须一视同仁高度警惕。兵介以为斋藤道三会高兴而这样评说。

斋藤道三满脸愁云，伤心之至地说：

“我好后悔啊！我那女儿在那浑球寓所门前拴马呢！”

所谓门前拴马，是当臣下的意思。

这时，斋藤道三刚入花甲之年。

六

斋藤道三第一次会见织田信长的第二年后，斋藤道三开始讨厌起义龙来。

义龙当时二十六岁，《碎玉语》称，身高六尺四五寸，腿粗一尺二寸，比屏风还高出一个拳头。力大，刚勇，魁伟，看似迟钝，其实内心贤明。这本书在关于义龙生母上有不同版本的说法。义龙的母亲是斋藤道三家臣稻叶伊予守的妹妹，那是个身高六尺的杰出女子，也是脸蛋漂亮无法形容的靓女。斋藤道三娶她为妻生下了义龙。说她身高六尺是艳容无法比喻的魅力女子，饶有兴趣，但是这说法难以让人相信。这与前后发生的事情矛盾百出。义龙是深芳野所生，视他为土岐赖艺的继承人是最有说服力的。

关于《野史》，我也拜读了《国史实录》这本书，称义龙病死。可是，其他书上没有这一说法。但是《江浓记》称，“父亲在天之灵的惩罚导致重病，逐渐加重，害怕受到报应。”如果分析诸旧记里的说法“作为儿子，也许逃避不了讨伐父亲换来的上天惩罚，仅维系六年后患上重病非常痛苦，三十五岁时告别人世”。这是事实。

且说斋藤道三讨厌义龙，打算立次子龙重为家督取而代之。天文二十三年岁末，他让龙重在左京亮任官，有条有序地着手仪式准备。

为什么斋藤道三着手这招棋呢？这是斋藤道三按预先计划实施的行动。过去，拥戴非亲生儿子义龙是权宜之计。所以，只要领地内完全屈服于自己的权势，就废除义龙而让亲子龙重取而代之。诸书上，都写有这样顺理成章的话。

但是，也出现其他版本的解释。通常认为，像斋藤道三那样自我意识强烈，出人头地欲望强烈的人专门为自己追求富贵，因而在精力充沛时缺乏向后代传授自强的心情。由此，也没有儿子必须是亲生的特别心情，从而让义龙继位拥戴其为家督。

拥立义龙时他是十六岁少年，对于斋藤道三来说也很可爱。随着年龄渐渐老去，斋藤道三对于亲生儿子的爱也变得强烈起来，一直到出现废除义龙让龙重继位的想法。这种解释，正因为挖掘出了人心灵深处的秘密，真实性也就大了。

并且斋藤道三也不喜欢义龙那看似迟钝的外表吧？即便迟钝的人，小时候多少也有可爱之处，但长大成人后也就暴露无遗了。持有聪明机灵优点的斋藤道三，肯定无法忍受让他感到长相迟钝的人。在斋藤道三的眼里，龙重多半与义龙相反，是给人感觉非常聪明伶俐的青年。

义龙并不知道自己不是斋藤道三的亲儿，对于斋藤道三对自己的爱迅速降温这一骤变深感诧异。一天，他喊来日根弘龙和长井道利说了这一情况。他俩答道：

“理应是那么回事。说实话，阁下是前太守土岐赖艺的正统继承人，不是斋藤道三的嫡亲儿子。您明白了吧？斋藤道三不仅不是阁下的生身父亲，还是夺走阁下亲生父亲土岐赖艺国土并且把他逐出国门的家伙。阁下与他之间是千真万确的杀父之仇。如果阁下与养父之间一刀两断，下决心讨伐斋藤道三，我们领地的所有豪族必定站在阁下这一边。”

义龙或许惊愕或许愤慨，心中燃烧起对斋藤道三的怒火。

上述是各旧记里的记载内容。可《江浓记》里称，斋藤道三跟妻子说了废除义龙拥立龙重的打算后，六岁的三子喜平次龙定在一旁听到了，遂把这一情况告诉了龙重，义龙听到后怀恨起斋藤道三来，开始策划讨伐斋藤道三的阴谋。

这记载难以令人相信。提起斋藤道三的妻子，除了明智氏没有其他人。可是明智氏于这年的三年前即天文二十年三月享年三十九岁告别人世，或许也可认为将妾深芳野误传了。可深芳野是大永六年道三于三十三岁时土岐赖艺赐给斋藤道三的女人。假设当时是二十岁，这时候也理应四十八岁了。如果是六岁的孩子，那么应该是四十三岁的时候。四十三岁的女人生子，即便今天也是罕见的事例。倘若是当时的四十三岁女人，那就更罕见了吧？！

《信长公记》称，长子义龙的性情悠闲自在且老实巴交，而斋藤道三这人也许年老智商减弱，钻牛角尖似地认定义龙迟钝，将两个小儿子视作聪明孩子予以重点培养，还封给他俩官位，以致这两个弟弟都自我感觉良好瞧不起哥哥义龙，使得义龙感到彻底绝望和羞愧而避开别人视线。

《洞堂军记》记载了截然相反的情节，可这根本不合逻辑，与周围的史实大相径庭。

总之，义龙彻底觉悟，打算杀死斋藤道三而出谋划策，悄悄将命令传达给领地内的武士们。这情况，斋藤道三浑然不知。

接下来叙述义龙叛逆，由于书籍不同而年月日也不同，不知道哪本书籍上的日期正确。仅《信长公记》与《江浓记》一致，我也觉得近似可信，也就根据它们所说日期叙述。

天文二十四年的七月二十三日改变纪元为弘治元年。从这一年的十月十三日起，义龙称病闭门不出。八月二十二日，斋藤道三带鹰外出打猎不在家。于是，义龙派长井佐即前面出现的道利去两个弟弟跟前传话：

“我因病情加重，现在对生存已经不抱希望，如今想立遗嘱，请你们立刻过来。”

弟弟们与准人佐一起赶来。准人佐把自己的佩刀取下放在病房外面的房间里，这举动看上去非常自然。于是，两个弟弟也效仿他的举止放下佩刀，走进病房。

“欢迎！”胡须稍长且乱蓬蓬的义龙，假装躺在床上命令侍从说，“我想在身体尚能动弹时与两位弟弟喝交杯临终酒。”

酒端来了，正在喝交杯酒的时候，有人从屏风背后跳了出来。这人叫日根野备中弘根，挥动以锋利闻名长二尺三寸且厚重的兼常钢刀，一刀便砍倒了龙重，拔刀后就势又砍倒了龙定。

义龙把这一情况通知给正在野外里用鹰打猎的斋藤道三。

“啊！这个浑小子，竟然造反！”

斋藤道三仰天长叹，立刻策马赶回，吹号集合兵力，从四周的城边点火全部烧尽，除了把稻叶山城烧得光秃秃的城镇之外，还渡过长良川撤退到山县的山里，多半进入曾是土岐赖艺的居城。

于是，山县的山里与稻叶山相互对峙，都在领地内征兵。可是，义龙除了提前准备，还将武士们的人质都留在稻叶山城里。义龙聚集了大量的兵力，可是加盟斋藤道三的将士非常少。诸旧记里称，义龙聚集的军队是一万七千五百余人，斋藤道三军队的人数只有二千七百余人。

双方经常交战，可是每交战，斋藤道三军队人数便减少。这理应是这么回事。即便双方受损程度相等，但本来人数就少的军队受到的创伤则格外大。就这样年终了，到了弘治二年。

四月十八日，斋藤道三离开县城上鹤山布阵。《江浓记》称，这是一座距今稻叶山约三里左右的高山，是岐阜市西北侧三里地点的船木山。这座山海拔只有一百一十七米，但是，这么一座山凸显在平原上，看上去相当高耸。

斋藤道三决心一决雌雄，来到山上时派使者去织田信长那里传话：

“如赐援军，就把美浓领地让给你。”

也许是欲望所致，但这也是岳父托付的一件大事。织田信长率兵赶到叫作大良的地方。我也不清楚这是什么地方，只有《信长公记》说的“打过木曾川和从飞弹川上摆渡的大河，再一直打到大良的户岛藏坊构”，然而，仅靠书籍与地图的研究是找不到具体位置的，只能推测是距离稻叶山不远的位置。

四月二十日上午，义龙军队离开稻叶山城沿着长田良川的河原朝西北挺进。见状，斋藤道三也下了鹤山，带领军队涌向长良川的河边。于是义龙军队的竹腰道珍率领六百左右的士兵集中渡过河流，朝着斋藤道三的主阵地偷袭。一阵激战，但斋藤道三军队杀死了竹腰道珍，竹腰军队溃败。

“好兆头哟！”

斋藤道三在黑皮连缀的铠甲外面套上黑色防箭袋，坐在床边柜上，摇晃着防箭袋笑道。

为先锋部队失败而咬牙切齿的义龙，率领大部队叫喊声震天，渡河后继续大叫大喊冲向斋藤道三的阵地。

两军拼死交战，斋藤军队以少对多而失败，退到距离战场一里半左右的小野。休息片刻后，又来到长良川一线交战，又被打败了，损失了大部分兵力。

黄昏来临之际，斋藤道三逃到城田寺城。察觉到这一情况的义龙军队不失时机地追来。其中有一个叫长井忠佐卫门道胜的勇士，他有杉先这一绰号。打仗时，这勇士一接近敌阵便毫无畏惧地身先士卒冲锋在前。由于胆小士兵的步伐变慢，队伍时常变成杉树形状，而这个勇士一直犹如杉树梢冲在最前面，于是得了这么一个外号。

长井忠佐卫门道胜勇往直前追上了斋藤道三，挥舞长矛横着把他打倒在地，猛扑上去按倒后正要割下脑袋，突然发现对方是昔日敬仰并侍奉过的家主斋藤道三，刀刺不下去了，于是扶起打算放走斋藤道三，没想到小牧源太道家这时从身后赶来。

“把敌人摁倒后怎么可以放跑！”

小牧源太道家一边责骂，一边挥起长柄宽刃大刀砍下斋藤道三的腿，随即斋藤道三的双腿被砍下而倒在地上。小牧源太道家猛扑上去割下了斋藤道三的首级。

这么一来，长井忠佐卫门道胜也不在乎了，争抢起脑袋来，削下了首级上的鼻子。

斋藤道三的首级被拿到义龙跟前，义龙朝着脑袋说道：

“咎由自取，不要恨我。”

斋藤道三死的时候，是六十三岁。

七

斋藤道三在最后之战的大前天四月十八日，也就是在鹤山布阵那天晚上，派人把作为随身携带的佛像和一封信送到了幼儿手上。

吾儿：

谨此重申，将我的美浓领地一切都转交给织田信长处置。我已经把转让书送到了织田信长那里。你则按照早已约定在京都妙觉寺出家。一人出家，九族就可在这世上继续生存，出家拥有如此功德。我明天打完痛快的一仗后，虽然战死，但我持有天台宗的真谛，纵然被敌人刀剑五尸分身，我也照样成佛是不容置疑的，务必不要担心。

父亲斋藤道三

卯月十九日

最终，幼儿由织田信长收养，当时他十岁左右，与两个被义龙手下杀死的儿子都是斋藤道三与深芳野所生，后来成为斋藤新五郎武士。

看完这封信，让人感受到的是斋藤道三充满伤心的父爱。正因为斋藤道三一直以来被称作坏蛋和奸雄，这样的情感总让人感到罕见。他的信仰也罕见，年轻时入寺被誉为名僧修行佛学，可他还俗后的行为到底也是持有信仰的人的举止。要说他是恶鬼举止也不为过。

在斋藤道三看来，人都是为利用而生。斋藤道三不仅彻底地利用别人，而且一旦失去利用价值就杀之逐之。感恩观念与仁爱观念，在他身上荡然无存。他的施政方法也最残酷。《信长公记》称：

“即便轻罪者，斋藤道三也要处以牛撕酷刑。他最狠毒的做法是，用锅煮酷刑的同时用火焚烧其妻子与其嫡亲兄弟。是惨不忍睹的处罚。”

无论怎么反复思考，也不能认为他是持有信仰的人。

如此残酷的他，不仅二十四小时随身携带护身佛，还叮嘱最小的爱儿为了一族来世的幸福而出家，还说及自己成佛的事，给人以丝毫不合逻辑的印象。

仔细分析，他这种父爱与信仰多半是他年老后形成的吧？！同时也表示了他已经进入衰弱期。《信长公记》把斋藤道三没能看出义龙的内藏的手腕高明而开始喜欢次子和二子的情况归纳如下：

“是年老而致智力下降吧？”

斋藤道三既不信道德，也不信爱情，只信自己力量，一旦判断能力衰退则不可能东山再起。

可以说，斋藤道三就是这样的人，其灭亡就是这样的原因。

后来，义龙没能逃避上天对他讨伐和杀害父亲的惩罚，又或是因父亲在天之灵的诅咒而致重病，三十五岁时告别人世。

毛利元就

一

创立镰仓幕府之际最持有功劳的人，历史上都认为是大江广元。我认为，是他极力劝说源赖朝并使之认同自己创立幕府的主张。

首先，皇朝政府，已经是逆时代潮流且矛盾重重的政府；其次，新政体制，应该以已经成为社会中流砥柱的武士们为中心的最佳结构；与此同时，他提议不失时机地利用时局变化，稳步地推进幕府组织的建立。

大江广元是朝廷法制方面的下级官吏，理应非常清楚王朝政治充满矛盾的现状，善于明辨时事抓住机遇，对政治体制改革非常敏感。

大江广元所持领地之一的相模国爱甲郡里，有叫毛利庄的部落。他把毛利庄让给了四儿子季光，于是季光被别人叫作毛利之四郎季光，季光本人从此也这么自称。这就是毛利家族的祖先。

大江毛利季光在三浦泰村起兵反对北条时加盟三浦氏，败北后与三浦一族一起自尽。其三个儿子也追随父亲自尽。但他的四儿子经光在越后领地，与此乱无关，自己的人身与所持领地都安然无恙。大江毛利经光从许多分散在各处属于自己的领地里，把其中的越后南条庄和安芸高田郡吉田庄给了四儿子毛利时亲。毛利时亲住在相州，让代理官管理自己的所持领地。晚年去了芸州，后在吉田度过自己的一生。大江毛利家族，落户于中部地区，是从这时候开始的。

从大江毛利时亲开始传了八代，直到大江毛利弘元。大江毛利弘元生有大江毛利元兴、大江毛利元就（以下称毛利元就）、大江毛利元纲和大江毛利元胜四个儿子。长子大江毛利元兴继承了吉田三千贯（也有三百贯之说），住在郡山城；二子毛利元就在其附近的多治比（也称丹比）分得七十五贯，居住于长猿悬城。

毛利元就生于明应六年（1497）。明应三年，由于北条早云诱使大森滕赖上当受骗夺取了小田原城。于是，这片领地因为北条早云发动战争而使日本列岛完全进入了战国时代。

在这里，在表示领地大小上出现了“贯”的说法。自织（田信长）丰（臣秀吉）时代以后，为表示领地大小开始专门用“石”这一量词表示稻米产量。如果说是十万石领地，意思是说那领地的稻米总产量为十万石。领主的收入，则根据其拥有的所有土地规定收租比例，不是一概而论。或许，有人上缴总产量的四成；有人上缴总产量的五成；有人上缴总产量的六成；也有更狠毒的交租比例，据说是总产量的七成。假设上缴总产量的五成，则其收入为五万石。其他，还有劳动力摊派。每年，领主要让领地的百姓干几天义务劳动。如果折算领主的收入，即便是十万石的领主也是高收入。

提出“贯“这一量词，也是指领地的稻米总产量。贯，相当于一千文。如果说三千贯领地，则意味着该领地拥有三百万文钱的价值。

永正九年，毛利元就十六岁。《读史备要》记载的“金银米钱行一览表”称，这年京都，一百文钱可买到一斗三升米（《东寺百合文书》也有此说）。如果是三千贯，则可折算成可购三千九百石的产量。假设缴纳一半为税，则净收入为一千九百五十石。假设一石为一万五千日元，年收入则为两千九百二十五万日元，也就是平均每月收入为两百四十万五千日元。倘若将领地百姓免费的劳力摊派折价列入计算，那么，听上去似乎收入相当。可是，领主还必须用这收入养活家臣与侍从。如果有的领地内领主还必须实施行政管理，那经费支出决不轻松。如果今天有的村庄一年税收是两千九百二十五万日元，便是相当贫穷的村庄吧？！

上述是家主的身价，可是毛利元就的收入是七十五贯，折成稻米是四十八石七斗五升，换算成现在的货币是七十三万一千二百五十日元，即月收入是六万零九百三十七日元多。此收入，还要承担家臣与侍从的薪金，还要用于领内的行政管理经费。同时，家主进行战争时必须随同，承担相应军费。可谓苦不堪言。

毛利元就的大弟大江毛利元纲在相合，小弟大江毛利就胜在北地，各自分得领地。这是《宽政重修诸家谱》里的记载。《艺侯三家志》称，三子大江毛利元纲在北地，四子大江毛利元胜在相合；还说，毛利元纲脚上患有痼疾，行走不便。《毛利元就记》把三子毛利元纲的姓名写成毛利弘成，说他在相合；而且写成毛利弘元家没有四子。《毛利记》里只说有三子，没有提及姓名，说他在相合。

请大家记住毛利元就有一个分得领地住在相合的弟弟，因为后面叙述与其有关。

相合在吉田与多治比的中间，也是小盆地。

二

毛利元就的才能首次被认可，《史书》说是永正十四年，也就是毛利元就二十一岁的时候。《吉田故事》《艺候三家志》《阴德太平记》里也是这么记载。

安芸太守兼大领主武田元繁是应在京都开始的足利将军家族内部纷争被征召率兵赴京的，而后于前一年秋天因足利将军家族内部达成合解而返回。可是武田元繁外出期间，中芸州内部已经大乱，各豪族相互攻打，热衷于扩张自己的领地。足利将军在武田元繁返回之际，嘱咐他平息中芸州的骚乱。

武田元繁的居城在佐东郡银山。佐东郡现在属于安佐郡，银山现在叫武田山，在广岛市北侧七八公里的地方。

武田元繁于永正十三年秋天回到银山城，但以接受将军旨意为由，制定了大幅度拓展自己领地的计划，召集志同道合的武士。

“我接到将军的命令，无论采取什么措施都没关系，你们的功劳一定有回报。”

距离武田居城四公里左右北面的三入高松城主熊谷次郎直实的后代熊谷次郎元直，广岛附近的已斐城主已斐师道等人分别率领两百士兵，有的率领一百士兵，有的率领五十士兵……汇合成了三千余兵力大军，从永正十四年二月开始频频攻打芸州内的诸家豪族。这年十月，他们率领部队兵临山县郡的小田氏居城——有田城。

有田城，在今天的同郡八重町内，多治比西侧十二公里的地方。

永正十二年八月，毛利家主毛利兴元病死（摘自《宽政重修诸家谱》)，由于其子毛利幸松丸才两岁，故而毛利元就与老臣合议执掌家政。但毛利元就认为武田元繁攻打有田城是重大事件，对家族的重臣志道广好说：

“将军是吩咐武田平息芸州内部骚乱，而不是命令他去讨伐。作为武田，尽可能在各位豪族中间仲裁，为使他们和睦而斡旋，只有在他们无论如何都不听劝解的时候才能动用武力。可是，武田不分青红皂白便以武力征伐。其心术值得怀疑。现在他们出兵攻打有田，如果攻占了与我们唇亡齿寒的有田城，接下来就必然攻打吉田！拯救有田城，就是保家园。我打算作为后方支援有田城，你认为如何？”

“阁下的打算完全在理，可我们的军队人数确实少。如果作为后方，则守护我们自己城市的力量就弱小了。还是先看一下敌人的动静再说。”志道回答。

十月二十一日，武田的熊谷元直等数人带着六百左右的士兵出现在吉田与多治比之间，放火焚烧百姓住宅。

毛利元就率领一百五十士兵出马，身先士卒与敌奋战。战斗打得十分艰苦。但是，从吉田也有许多援兵赶来，又从吉川国经那里相继赶来的两百余人都骑着战马。毛利元就的妻子是吉川国经之女，并且小田城的小田氏原本就是吉川家的直属家臣，因此持有必须援助的道理。吉川家族的居城在有田城北侧十五公里新庄的小仓山（也称红叶山）。据说，吉川家是地位很高的高官显宦。

战斗一直持续到第二天，毛利元就的军队终于杀死了熊谷和武田，乘胜追击溃败的敌军，割下了七百八十多颗敌军的脑袋。

之前，毛利元就已经打过数仗，可亲自指挥征战还是第一次。事实上，这是一次危险之战。首先，敌我兵力悬殊。武田军队是四千人，而毛利元就军队即便把援军计算在内也只有千人。因此，毛利元就军队尽管骁勇善战，却不断地被强大的敌军摁着打。而且，毛利元就本人也多次遇险。好在他运气不错，首先是敌军熊谷被杀，其次是武田对盟军施压，刚愎自用，喜好挥动长矛冲锋在前，被远处射来的乱箭射中落马，以致毛利军队取得胜利。毛利元就成为英雄人物，在作为大将第一次上阵这一重要时刻，获得了罕见的好运惠顾。

但是，此时此刻的毛利元就不只是收到好运光顾，而且其本人也英勇顽强。《阴德太平记》称，他在乱箭射来的时刻，亲自拽掉被敌军扎得结结实实的栅栏，激励胆怯畏缩不前的下属，最后为了战胜与武田关系亲密的骑马将领，而冲入敌军阵地迎战。通常，担任指挥的大将不应该冒险杀入敌营，于是他在会上受到了批评。当然在关键时刻，大将必须以不可阻挡的勇猛鼓励士兵，激发士气。

光凭运气也造就不了英雄，仅凭才干也造就不了英雄。两者兼而有之方能成为英雄。中国古代谚语说“谋事在人，成事在天”。就是这个意思。

《吉田故事》《艺候三家志》《阴谋太平记》称，毛利元兴死于永正十七年八月，即毛利幸松丸六岁的时候。我是引用《重修诸家谱》的说法。

上述三书称：毛利元兴在京都，毛利元就立刻报告了消灭武田的战况，希望得到将军的谅解。毛利元兴尽管震惊，还是向将军义稙禀报。将军义稙说：

“我命令武田使芸州安静稳定，可却引发骚乱，造成芸州毫无秩序。毛利元就的武功及其平乱行动，令我感动。”

说完派出上使上野民部大夫去了吉田，赐予诏书予以表彰。

从这时候起，在中部地区，出云的尼子氏与周防的大内氏之间的争霸之战持续不断，可芸州凑巧在两者势力激烈争夺的地区。因此，芸州内部仅拥有一个乡或者两个乡，或者最多拥有四至五个乡的豪族们都必须表明立场，否则生存难保。也就是说，要么服从尼子，要么归顺大内。可是，高田郡的豪族们鉴于最高地位的名门豪族吉川家与尼子家有姻亲关系站到了尼子这边，于是大多归属了尼子。毛利氏原本所属大内氏，可毛利元就之妻是吉川国经之女，于是也归顺了尼子这方。

不用说，武士们不是仅靠姻亲亲密关系决定自己去就的吧？战国时代的武士们不可能离开利害关系仅凭亲情友情采取行动的。仔细分析，那是因为当时尼子家是为振兴尼子家而持续涌现杰出人物的时代，从而兵力最强大。不知道其势力将会延伸到什么地方。

从永正十四年开始经过四年，即大永元年年底，毛利元就闪电式地袭击了多治比北侧五公里左右的横田村松尾，杀死了城主高桥大九郎兴光，夺走了高桥家族值四百贯的领地。这是摘自《吉田故事》：

“高桥大九郎到底是毛利元兴夫人的父亲，是毛利幸松丸的外祖父，到处仗势欺人，不仅不听从毛利家族的命令，还暗地里向着大内家族，企图打倒毛利家族占其领地。于是引发了战争。”

《阴德太平记》《芸候三家志》称，高桥大九郎是石州出羽的城主，早就与备后三吉（现称三次）的三吉修理亮互相争夺高田郡的青屋（与粟屋不同，与三吉隔有吉田川）。

大永三年三月，高桥大九郎父子一起带领军队来到这里攻打青屋城，攻占后，被卷土重来的青屋军队杀死。石州出羽城出现惊慌失措的乱象，大喊大叫“糟啦！敌人来了”的时候，毛利元就率领五百余骑策马赶到。

“只要我们在，即便敌军攻到眼前也丝毫不必害怕。我们用吊唁的形式迎战，奋勇向前。让幸存的公主们寻求适当的姻缘出嫁，希望放下心来。”

大家受到安慰和鼓舞，都非常信赖毛利元就，高桥家价值一万六千多贯的领地纳入了毛利元就的支配。

两书还称，毛利元就还指挥军队攻打了青屋城的情节。青屋城是缺水之地，遭到猛攻三十多天，城里便没水了。于是守军把白米朝马身上撒，装作毫不怜惜用水洗马的假相迷惑攻城敌军。但毛利元就识破了这一诡计，不让攻击部队松懈斗志，终于拿下了青屋城。固守城池之际，撒白米佯装洗马的传闻到处都是，不太能令人相信。这时候凡有经验的武士都清楚，即便使用这一诡计也不会奏效。

上述两说，不知何说真实，但我赞同《吉田故事》的说法。之所以这么说，是因为高桥大九郎系毛利幸松丸的祖父这一事实引起了我的注意。毛利元就这时候已经持有霸占宗家本家的野心，理应有必要打倒毛利幸松丸最强有力后盾的高桥大九郎。

总之，高桥家族灭亡后，毛利幸松丸失去了依靠。毋庸质疑，高桥家族的领地全部成了毛利元就的财产。

战国英雄都十分相似，大多进行上述阴险勾当。因手法拙劣而受到当代或者后代的指责，这是前者。或者就是后人巧妙抹掉痕迹，这是后者。总之，不是前者就是后者。

三

毛利家族在尼子家族的侍奉持续了一段时候。

大永二年，尼子经久第一次进入高田郡讨伐毛利一族坂氏的时候，尼子氏命令毛利军队为前锋。毛利家重臣们在与毛利元就商量的基础上接受了。毛利元就充当前锋打败了坂军，使坂氏剖腹自杀，让手下带着坂氏的脑袋到尼子大本营让尼子经久鉴定。

坂氏是毛利元就的六代前祖元春之弟的后代，住在吉田南侧接壤的村后原坂，一直以坂为自己的名字。

这时，毛利元就没有去尼子大本营，为此尼子经久再三派出使者前往，说想与之面谈，务请光临尼子大本营。可是毛利元就接到了密告，说邀请的目的是诱杀自己，便称病无法赴约。《吉田故事》里是这样记载的。不知道这是真是假，或许宗家的重臣中间有人早就知道毛利元就藏有独霸毛利家族的野心，有借助尼子家力量消除隐患的动向。

这年的这一时候，大内义兴出兵芸州，攻占了尼子氏掌控的数座城市，在贺茂郡西边的镜山建城，还打算以那里为基地策划再进攻计谋之际，有报告称九州豪族们入侵了大内氏的筑前领地，于是留下藏田备中太守信房与其叔叔日向守某守卫，自己则率领军队回到山口。

第二年六月，尼子经久率领数万大军兵临芸州城，又命令毛利军队担任前锋。现任家主毛利幸松丸仅九岁，毛利元就作为监护人带他出阵。毛利元就委托家族重臣桂元澄留守郡山城与居城，然后带兵前往前线。

镜山城被攻陷，都是毛利元就发挥的作用。分析城市坚固不易攻下后，毛利元就买通了藏田日向太守作内应，决定进入其守备的主城。可是，里应外合计策泄密，守军内部的备中太守与日向太守之间交火，毛利元就开始攻城。但是，备中太守固守的两座城池是险阻，防守勇敢，难以攻入。最终，以如果备中太守一人剖腹自杀，其妻与家臣侍从可保住性命的条件使其打开了城门。

从这镜山攻城到班师回营的时候开始，毛利幸松丸患病，于七月十五日去世。分析因果关系，倘若怀疑毛利性松丸病逝是毛利元就所为是可成立的。

家族没了家主，毛利一族人与重臣们聚集在一起就接班人进行商谈，形成两个提案，支持人数各占一半：一是请尼子家派人来继承；二是拥立毛利元就为接班人。

于是，志道广好说道：

“向尼子家提出申请，那肯定得到批准，尼子家族的人也就成了我们的家主，也就是说我们家族将被尼子家夺走。既然毛利元就阁下是毛利弘元的次子，我们拥戴他为家主没有不够资格的地方。迎接没有血统关系的家族成员担任毛利家主，来自领地内社会各界的批判也将使我们感到内疚。特别是毛利元就阁下也像各位知道的那样是一个优秀人才。我认为拥戴他继承毛利家理所当然。”

大家觉得他的这一观点正确，就这样决定了。《吉田故事》是如此叙述的。然而，这一观点正确原本就清楚的。我想把最初就有半数主张尼子家派人前来继承这一说法设为问题。不能简单认为在尼子家威势前面束手无策。仔细分析，大凡是痛恨毛利元就多年来居心叵测的手法。

毛利元就做事慎重，根本不做类似饿鱼扑饵的事。

“感谢大家一致拥戴我。可我不才，没有信心胜任领内民政使全家人满意。我不能无条件接受。如果大家承诺对我今后的工作多提意见，而且大家是为了咱家拥立我为家主，那我就接受。”

为此，十五名重臣联合签名盖章提交了誓约书，于是毛利元就接受了大家的推荐，从猿县城迁到郡山城。时年，毛利元就二十七岁。

上述是《吉田故事》之说，可《阴德太平记》称，在讨论毛利家族继承人的讨论会上，决定从大内氏与尼子氏挑选。《芸候三家志》称，这两个强大邻国都持有继承毛利家族的愿望，于是做出以下决定：

“不赶快作出决定，后果不堪设想，拥立才能出众的毛利元就是最合适的。”

不知道哪一种说法真实，可最早的是《吉田故事》。

《吉田故事》《毛利记》《毛利元就记》《阴德太平记》这四本书都称，毛利元就当时热衷于理解“继承毛利家鹰翅家徽的臣柱”这一句子，并以此为头句在吉田的满愿寺（《阴德太平记》说是八幡神社）举行连歌演唱。一般认为是继承宗家的前兆，可见毛利元就多么希望继位。

《芸候三家志》和《阴德太平记》两书称，不久，毛利元就的小弟弟，也就是在相合的毛利元胜，与坂以及渡边等家臣侍从们商谈企图背叛毛利元就。于是，毛利元就杀了毛利元胜及其同党。《宽政重修诸家谱》也有相同叙述，但说那不是毛利元胜，而是其大弟弟也就是家住相合的毛利元纲。关于毛利元就继承家主，发生了许多令毛利元就不安的事件。

毛利元就杀害毛利元胜的同党渡边时，据说毛利元就把毛利元胜喊到跟前，亲自按住后摁住渡边的发髻和下巴，将其拽到崖边，然后朝空中举起扔向山谷。晚年沉思多智为人谨慎的毛利元就，年轻时也有过如此粗暴的举止。

在庆贺时，喜事与贺事赶到一块了。这年，长男毛利隆元诞生了。母亲是吉川国经的女儿。毛利隆元是在其亲毛利元就在世时去世的，因而没怎么听说过他的名字，可他是毛利辉元的生父。

大永四年五月，大内义兴率兵进攻芸州，放火烧毁了现在的广岛市西侧海岸地带尼子方掌控的豪族们所有城市，攻占了武田光和固守的银山城。银山城座落在前面出现过的广岛市北侧七八公里、如今称之为今武田山的山上，曾是芸州太守武田元繁的居城。武田元繁与毛利元就交战而战死，其儿子武田光和继承家业，当时归属于尼子一方。

尼子经久这时正与因州的山名氏交战，虽然毛利元就报告了这一紧急情况，可不能马上赶来应战，但是芸州的尼子下属武士积极防御，使大内军队在进攻上一筹莫展。

不久，尼子经久率部队赶来了，芸州侍从龟井能登太守和牛尾远江太守担任前锋，毛利家军队也加入其中，但是尼子一方打了败仗，当然不是惨败。

毛利元就感到遗憾，趁大雨夜晚仅带着以毛利家为中心的芸州武士和备后武士连夜攻打，打了个漂亮的翻身仗。大内军队撤除了攻打银山城的阵地，回到了周防。

尼子与大内之间的争夺一直持续着。每一次交战，毛利元就都被迫应召打仗，不过他的军事才能以及军事实力逐渐被社会认可。

大永四年到七年后的享禄三年，二男毛利元春诞生了。这人后来继承了吉川家，以出众的勇猛受到称赞的人物。那以后三年过去，也就是天文二年，毛利隆景诞生了。这人后来继承了小早川家，作为最聪明的将领、成人后去了小早川家当家主。兄弟俩并驾齐驱，被誉为“毛利两川”，是怀着对家族最崇高的钟爱为宗家竭尽全力的两个人。这两人与长兄毛利隆元相同，都是毛利元就与正妻即吉川国经之女所生。

这时，毛利元就拥有的财产好像相当多，但最大的收获多半是得到了这次子和三子吧？！但是相当一段时间无人知晓这兄弟俩的情况。

运气好时，好事接踵而来。天文三年，意料不到的幸运降临在毛利元就的身上，佐东郡银山城的武田光和灭亡了。

武田光和前面也出现过，是安芸太守门第，芸州的武士都一直在他的统治下。可奇妙的是武田光和突然灭亡了。最初是武田光和与三入村的高松城主熊谷信直之间发生不和。所谓他俩不和的原因，《吉田故事》只有如此表述，上升到了不可思议的程度。《阴德太平记》称，熊谷信直由于武田光和的强求，让自己的妹妹嫁给武田光和为妻，可妹妹不满武田光和的态度以及举止逃回了娘家。熊谷信直对武田光和从恨发展到背叛，归顺了毛利元就。于是武田光和恼羞成怒。

有关熊谷信直妹妹的情况另作它论。熊谷信直背叛武田光和归顺毛利元就，也与后来的事实非常匹配。作为熊谷信直，也许除了新兴的毛利元就势力蒸蒸日上之外，还有来自毛利元就的劝诱，逐渐与毛利元就亲近，也就自然而然地与武田光和疏远了。

终于，武田光和举兵讨伐熊谷信直，时间是天文二年八月，武田军队兵临高松城下。可是，熊谷军队打得好，把武田光和军队赶了回去。武田光和感到遗憾，计划再攻打熊谷信直。

这时候，毛利元就发声音了："如果武田光和再攻打高松城，我们就是熊谷信直的坚强后盾。"声称毛利军队与熊谷军队结成军事同盟。

武田光和无可奈何，推迟出兵的日期。由此可以看出，毛利元就势力变得强盛起来。

"毛利混蛋！熊谷混蛋。"

武田光和咬牙切齿，不久患病，于第二年撒手人寰。武田光和膝下无亲生儿子，但认了养子，于是家臣们聚集讨论，决定拥立养子为家主。可在这会议上，有人主张毛利元就是家主的爷爷与父亲的共同敌人，应该在吊唁期间迅速与之开战；也有人主张毛利元就的军事英才非常了得，应该与之和睦相处等待时机。两种主张对峙，双方言词激烈。争论的结果引发了战事，最后都分道扬镳，于是武田家的延续由此结束了。有人认为，毛利元就的收买手段延伸到了武田家的家臣那里。这，思虑过头了吧?

总之，武田家族亡了，芸州豪族们没了统治者。但是，习惯于受人支配的武士，假若没有统治者就会更加胆小。武田光和当午统治的芸州里的各地武士，据说有三十六家。然而，其中的大部分都仰慕毛利元就为新的统治者。

也可说这是捡来的奇妙运气。不过，无论熊谷信直背叛武田光和归顺于毛利元就，还是毛利元就势力强盛得像武田光和因其支援而不敢再次进攻熊谷信直那样，现实形势已经确立毛利元就为统治者。这只不过是武田家族的灭绝而决定了这一现状的吧？！

《吉田故事》称，从这时起，毛利元就开始考虑如何离开尼子家族归顺大内家族。

关于毛利元就为什么有这样的想法，只有《阴德太平记》和《芸侯三家志》涉及。前者称，尼子家到了经久这一代也开始十分敬重和器重毛利元就的军事英才和统治才能，可尼子经久之孙即现任家主尼子晴久瞧不起从小财主爬上来的毛利元就，经常做出无礼的举止，造成毛利元就怒火中烧。后者称，毛利元就势力逐渐变大，有人说:“像这样下去，家主也许不久将成为毛利元就的麾下。”于是，尼子晴久对于毛利元就的态度变得恶劣了，毛利元就也就从此感到不快。

虽然也许遇上了上述不良举止，但我想解释说，终于，毛利元就对自己的实力有了自信，进而打算以实力作为独立的阶梯改旗易帜。这时候，尼子家已经到了尼子晴久这一代，大内家到了大内义隆这一代。这两人都不是什么杰出人物。尼子晴久虽勇猛但无谋；大内义隆不习武艺，但比起不习武艺，有勇无谋则难以应对。比较这两家的家族性格，大内家持有数代名门望族的历史，是一个大户人家。可是尼子家尽管称为旧大家族但一时沉沦过，是由于上代尼子经久的大力振兴才迅速庞大起来，有着暴躁和尖刻等弱点。即便这里，尼子家也难以对付。毛利元就认为，还是在万事悠哉的大内家族里成为直属家臣有利于发展自己的实力，一旦在不久将来发展到相当程度时，肯定要完全独立而与上述两家一决雌雄。顺便简述后来的态势，毛利元就离开了尼子晴久归顺于大内义隆，随后热衷于将手伸向备后。

四

毛利元就处事谨慎，尽管与尼子晴久断绝了关系，然而还是觉得必须与近邻豪族保持友好。当时在毛利家附近的领主，是把城建在吉田川下游五六公里的甲立五龙山的宍户安芸太守元源（《毛利记》称元深，《毛利元就记》称元盛）以及在备后国惠苏郡（今在比婆郡里）山内甲山城的山内大和太守隆通。山内四十公里左右是出云交界。假若他们站在尼子晴久的敌对立场，那无论如何需要事先友好相处。

毛利元就于天文三年频频向宍户元源提出联谊，而宍户元源也高兴与势强的毛利元就和睦相处，表示接受联谊的邀请。天文四年的正月十八日，毛利元就作为拜年礼仪，带上随行人员不到五十人的代表团出门去了甲立。宍户元源与儿子宍户隆家一起愉快地将他们接到城里。

拜年寒暄后，代表团受到了各种款待。通常，拜年仪式进行到这里应该告退。可是毛利元就还是侃侃而谈。

“我想，现在的社会能像你我这样放心交流是我们两家前世有缘。今晚请允许我在这里留宿，跟阁下通宵聊天。”

穴户元源高兴地彻夜招待，还和他在同一间和室里把枕头排列在一起入睡。躺着说话时，毛利元就说：

“请问，阁下公子雅乐头（穴户隆家）还没有迎亲吧？鄙人犬女的年龄也凑巧吻合。我想将其嫁到贵府。请与尊夫人商量。如蒙笑娶，则是鄙人的最大夙愿。”

穴户元源兴高采烈。次日早晨一起床，他便立刻去里屋与妻子商量。意见一致后，他请毛利元就进房间与妻子见面，感谢缔结这门亲家，表示接受与毛利元就结成亲家的建议。

“诚惶诚恐，可喜可贺。”

“我也诚惶诚恐，谢谢，可喜可贺。”

双方相互致谢后来到外间，接受早饭招待后回到吉田。《吉田故事》称：该书，把这说法与《旧记》里叙述的部分设作开场白。

说亲的商定后毛利元就回到客厅，与从吉田随行来到这里的部下们商量。这时候，其中一个茶坊经营者说：

“我一直以为这城相当坚固，可今天陪同阁下参观后发现并不是那么回事。就这么个小城，一个早晨就可以到手，然而阁下竟然浪费时间，我感到遗憾。”

毛利元就大发雷霆。

“你这家伙胡说八道！你给我死！”

吼完把手放在腰刀上。茶坊经营者大吃一惊，朝玄关外面逃去。

之后，毛利元就对随从们说：

“大家听好了！我们是为了与穴户元源父子进行亲密无间的恳谈而来到这里。受到如此盛情款待，超过我原来的期望。今后，可要是再有谁胡说八道说这般不负责任的话，或者成为两地今后政治上的绊脚石，我一定严惩。”

接受穴户元源命令、隐藏在地板下面偷听这一说话过程的包打听，遂向穴户元源报告。穴户元源大受感动，还说：

“一直听说毛利元就正直仁义，果然像听说的那样有诚意。我觉得，今后可以交往下去。”

穴户元源完全放心了。

战国英雄里没有性格单纯的人，可以说所有人都不择手段。无疑，毛利元就是披着诚意外衣成功掩饰其不择手段内心的领主。

对于大和太守山内隆通，毛利元就命令家臣口羽下野太守：“你要与山内隆通友好，作为见面礼先领受山内隆通姓名里的一个字。”

家臣口羽按照这一说法，领受了姓名的其中一字改名为“通良”。关系变得相当亲密。毛利元就抓住时机，让口羽前往申请缔结恳亲关系。山内隆通答道：“其实，我早就想接受贵家主阁下的友好之意，对于贵家主阁下赐予的关怀实在是受之有愧。今后，希望一如既往地友好下去。可是，鄙人不能与尼子家断绝关系。鄙人所持领地是在芸州的交界处。如果与尼子家断绝关系，则一天也无法生存。但是，鄙人这么说毫无其他用意。”

送来了誓约书。山内隆通察觉到，毛利元就与自己结成友好是为了与尼子家断绝关系。

这里出现的口羽下野（口羽通良）是石州的武士吧？！口羽，与持有以前毛利元就灭掉的高桥大九郎主城的石州出羽很近。口羽通良原来是高桥大九郎家的直属家臣，高桥家灭亡后成了毛利元就的直属家臣吧？！

由于基础得到夯实，毛利元就遂派使者去大内家申请归顺。大内家高兴地接受了。毛利元就把长男隆元作为人质派到山口。另外向此前作为人质派到云州富田的人们传话：

“我决定与尼子断绝来往，不久将正式宣布。你们要在这之前悄悄地逃回来！”

十六个人质趁着夜色悄悄离开了富田，可不知为什么走漏了风声，追兵赶来杀死了十五个人质，仅赤川十郎左卫门一人杀出重围逃了回来。

从这时起，毛利元就开始策划将备后纳入囊中。

首先，攻打了宫下野人僧侣的居城。关于这僧侣的居城在哪里，诸书上没有叙述。在吉田东任博士编撰的地名辞典里，备后一之宫的宫司（神社祷告师）门第是代代以宫命名的。因此，断定其居城在芦品郡新市的樱山城，但这里距离吉田太远，一般不认为当时的毛利元就离开根据地那么远。我认为，这里的宫氏，多半是比婆郡口北村神社的八国见明神社的宫氏。如果是这么回事，距离吉田只有三十多公里，距离已经成为毛利家领地的粟屋只有十五六公里，距离持有此前结成友好关系的山内大和太守居城的甲山城只有五六公里。从这里攻入，是战国武将的惯用方法。

毛利元就攻打宫氏居城的时候，城主下野僧侣得急病死了，亲生儿子若狭太守与家臣丹下与三兵卫的武将商定积极应战，因此毛利元就防火烧毁了城外民房后收兵返回。那之后，毛利元就频频攻打。可在这交战过程中，丹下与三兵卫战死。于是，守城将士士气低落，最终投降打开城门。对于丹下与三兵卫战死的情况，《阴德太平记》传达了有趣的故事。

丹下与三兵卫迎战时，经常装作身负重伤倒下或者步履蹒跚的模样，等到敌军追上靠近时出其不意地砍倒敌兵而立战功。这次他真负了重伤，随即叫喊自己人："救命，我受伤了。"

可谁也没当真，没有人上前救护他，被毛利军队的士兵砍死了。这是伊索寓言那样的说法。

接下来，毛利元就攻打其北侧高野山的高野山僧侣久意。守城军队向备前、播磨与美作的太守兼大领主赤松氏请求援军。可是凑巧赤松氏正在与直属家臣浦上氏交战，不能立刻前往支援，回答说：

"你们要坚守顶住！我马上支援你们！"

守城方激励士气努力迎战，毛利军队猛攻却久攻不下。

这城的主城与第二城之间，隔有宽三十七八米左右、深三十多米的深邃峡谷，但是第二城里没有水，便在峡谷系上粗绳，把葫芦放下去打水。

攻城敌军如果用箭射断粗绳，那第二城就会由于缺水而投降吧？！为此，信心十足的弓箭手们争先恐后地射箭，可都没能将其射断。

毛利元就命令桂元澄射箭，他不偏不倚地射断了粗绳。

"你的弓箭术也不亚于传说里的平家大将能登太守教经阁下。从现在起，就给你起名为能登太守。"第二城水断了，城里士气低落，打开了城门。

毛利军队乘势以迅雷不及掩耳的速度攻占了备后的七座城市。《吉田故事》和《阴德太平记》都称，这是因为有一个智勇双全名叫井上源五郎的著名间谍先潜入城中离间的缘故。离间计，有正面离间计与反面离间计，都是毛利元就的拿手好戏。井上源五郎一直攻下六座城，可潜入到第七座市川城（所在地不明）的时候，身负重伤回营，一两天后死了。据说，毛利元就非常惋惜。

《吉田故事》称：

“这时节，在备后与芸州攻下了十多座城，加盟毛利军队的人越来越多。”

毛利元就的势力呈飞跃般状态扩大。

这时，正值天文四年，毛利元就三十九岁。是干劲十足的年龄。

五

毛利元就继续以武力侵占芸州和备后的下属领地。由于归属于大内义兴的麾下，不用说夺下的领地都不是大内义兴直属家臣们共有。那是从尼子晴久方面豪族那里夺来的领地。因而大内义兴对此持有好感，也积极提供援助。

上述局面持续了数年，终于，尼子晴久转入对毛利元就的征战。

听说尼子晴久讨伐毛利元就的计划后高兴的人，是前些年离开人世的武田光和的养子武田刑部少辅信实。自养父去世时起，武田信实依靠同族的帮助去了若狭国，后又投靠越前的朝仓氏，漂泊了诸多地方，但听说尼子晴久要讨伐毛利元就的消息后便赶到芸州，向尼子晴久请愿，让自己回到芸州领地备战。

尼子晴久认为，如果把原属武田的领地归还给武田后代，一是门第的原因，二是有利于旧臣与旧直属武士赶来加盟有利于据点实力的大幅度加强，于是同意了。武田信实向芸州的旧臣与旧直属武士们发出号召。由此，八十多个旧臣分别带上各自侍从赶到芸州。

武田信实受到这班旧臣的欢迎进入芸州，占据了银山城，加上来自尼子晴久的部队与赶来加盟的旧臣们以及反毛利元就的武士们等，据说兵力达到一千五百人。武田信实率领这支军队冲入毛利元就的领地，放火焚烧。毛利元就立刻出马，在福谷（一种说法在般若谷）迎战，打得武田军队四处逃窜。但是，上述战场的位置没有明确记载。

尼子军队蜂拥而至，是天文九年九月初。《吉田故事》称，总兵力有三万五千人。《阴德太平记》称，总兵力有六万余人。是呀，可能有三四万人。在这支尼子军队里，毛利元就之妻的弟弟吉川兴经加盟其中。也许屈服于尼子晴久的势力？！毛利元就也担心甲立的穴户家易帜，可是穴户元源添加兵力给嫡子隆家作为援军加盟，对此，毛利元就感激地说："感谢阁下的诚挚关怀。"

屈服于人的势力是人之常态。这种时候，也有一心一意跟着毛利元就誓与尼子军队血战到底的芸州豪族们，有三入高松的熊谷伊豆太守信直，同丰前太守天野隆重、同民部少辅、香川又左卫门尉、胞弟毛利元忠。据说，这些人都有人质在毛利元就那里。他们住在各自城里，如果尼子军队来犯当然迎战。为此，直接在毛利元就跟前的人唯毛利家世袭家臣。当时固守郡山城池的人，加上妇女孩子是八千左右。可有战斗力的人，据说只有三千四五百。

不用说，毛利军队迅速派使者前往山口求援。

毛利元就在尼子军队尚未到来之前，每逢与重臣们召开军事会议时便说："尼子军队如果把大本营设置在青山（多半是郡山城后面的山），那他就完了。我可以与甲立的穴户军队夹击，从南从北攻击打败尼子晴久。可是，如果尼子军队将阵地设置在三猪口，切断来自周防的交通要道，那我们就束手无策了。只有姑且依靠山口退却，请求大内军队出动予以夺回。现在，只有求武运保佑，不让尼子在三猪口设置阵地。”

但就在尼子军队还差一两天就要到达、城里备战忙得不可开交之际，一个叫内别作助四郎的文书出走了。

这人原本是尼子家的家臣，毛利元就也认识他。可两三年前突然来到吉田，要求面见毛利元就，哀求说：“我仅犯了过失之错，可是尼子晴久朝我发怒，没收了我祖上传下的领地，把我逐出国门。我走投无路，只有投靠贵府，请收留我。”

毛利元就答应了，听说他擅长文字，便让他担任文书，安排在身边工作。

文书知道机密多，此时此刻突然出走，许多人议论他很有可能是尼子晴久派来的卧底。

危险啊，如果像家主那样的聪明人不经思索就……也有人眉头紧锁向毛利元就进谏，可他无动于衷。

“内别作助四郎为人实诚，这我以前就知道了，别大惊小怪。”

于是，大家一起向毛利元就进谏。毛利元就召集一族成员以及重臣们说：“第一套方案就这样成功了。我一直担忧，如果敌人把阵地设在青山占据正面俯瞰城内的位置那可怎么办。可是，敌人没把阵地设在青山上。三猪口也是关键要塞，可其作用远远弱于敌人把阵地设在青山上。内别作助四郎是敌人派来的间细，我怎么会不清楚呢！”

毛利元就解释道，大家如梦初醒。这在《吉田故事》与《阴德太平记》里都有记载。类似这样的情节，后面还有。这里也许有添油加醋的成分，但他在使用正面离间计与反面离间计上属于高手，不容置疑。

尼子军队于九月四日兵临吉田城下，立刻把阵地设在三猪口，从五月六日前后开始放火焚烧吉田附近的许多村庄。六日下午，守城军队也主动出城迎战，一直持续到十一月底。毛利元就只指挥一小股军队迎战，打法极其巧妙，使得尼子军队久攻不下。

十二月三日，大内义兴援军一万人次以陶隆房（晴贤）与内藤兴隆为大将，到达吉田东南方山田林的村庄。在这支军队出阵之际，就大内家重臣们对于尼子大军闻风丧胆、踌躇不已的情况，陶隆房主张：

“这种时候如果不出兵援助毛利元就，以后恐怕再也没有人投靠大内家主了，而且已经归顺的人们也可能会众叛亲离。”

他的决心出阵，在《恶人列传》（文春文库出版）收录的《陶晴贤传》里有记载，如蒙参照则感到荣幸。

大内军队与尼子军队连日来反复血战。

不用说，毛利军队士气大振。毛利军队频频出兵，让尼子军队一筹莫展。一天，发生了这样的情况：毛利元就的次子毛利元春当时十二岁（这是《吉田故事》的说法，实际年龄理应是十一岁），来到父亲马前央求道：“也请带我上阵。”

“你还是孩子，不行。”

毛利元就说完命令井上河内太守带次子回家。井上河内抱起毛利元春回到城里，毛利元春朝他发火。

“你剥夺了我的自由，我不会原谅你的！”

他用手握住刀把。井上河内太守吃惊地逃回前线向毛利元就报告。正在这时，毛利元春又来了，祈求道：“务请允许我跟您一起。”

毛利元就笑了：“你那么想去吗？那好，我带你去。”

据说，毛利元就带上毛利元春出阵。后来，连丰臣秀吉也避开毛利元春先天就有的勇猛，不愿与之交战。

就这样经过了十天左右的激烈战事，比起大内军队与毛利军队，尼子军队越打越弱，而且还收到大内义隆率领的大军已经到达周防的岩国以及不日到达这里的情报，再加上十四日拂晓前凑巧下起的大雪，尼子军队以此为契机，摆出还在阵地上的假相悄悄撤兵，回到了自己的领地。

一听说吉田表的尼子军队撤退回国了，武田信实与尼子晴久派来的牛尾运江太守一起丢下银山城逃到云州，扔下不忘忠诚赶来的世袭家臣们以及好不容易前来加盟的安芸武士们的行为十分狠毒。可是经过思考，这群武士也不是仅凭忠心、友情与情义聚集到这里的，而是有历史原因以及各自情况，可能有反对毛利元就的，也可能有反对大内义隆的。因此，在武田信实撤退之际也引来了相当议论：

“如果说到这里还不明白，那就想怎么做就怎么做吧！”

“啊啊，当然由我们保卫！”

变成了这样的分歧。必须理解这些人还固守银山城池持续抵抗的原因。

作为控制这座城市，毛利元就事先委托给了熊谷和香川。如此变化后，他俩士气十足展开攻击，但城里的武士们顽强固守。

终于到了第二年五月，毛利元就与穴户隆家一道亲临前线指挥攻城。面对猛烈攻势，守军终于抵挡不住了，打开城门投降。毛利元就接受投降和接管城市后，没多久以持有反抗企图罪名将所有投降者全部杀戮。《吉田故事》《阴德太平记》和《芸候三家传》都说及投降者有反毛利企图。但是，我想多半是把他们逼到不得不反抗境地的吧？！作为这种时刻，为了彻底消灭反毛利分子，对于毛利家族来说，斩草除根是实实在在的上策。

与此几乎同时，樱尾城也遭到了陶晴贤率领的大内军队猛攻。城里人杀了城主父子后打开城门投降，可陶还是一个不剩地全杀了。这座樱尾城在今天的二日市海边。据说，是严岛神社里的神主佐伯氏部的居城，也是芸州里是最有实力的尼子手下。当时神主是佐伯式部大夫兴胜，遭到一起杀戮的是其嫡子四郎。

凡是优秀人物，必经几度大难。其居城遭到尼子大军猛攻的时候，是毛利元就必经几度大难的其中一难。但如能如此巧妙化解，在芸州城里，能对付尼子力量反抗尼子的人一个也没有。吉川兴经援助尼子家族，也是由于姻亲而归属尼子家族，其实是为了保存自己不想成为毛利元就的敌人。这情况，毛利元就心知肚明。

六

尼子晴久讨伐毛利元就的失败，大幅度削弱了尼子家族的武勇威名。许多人说，如果曾系尼子家臣的石见、出云、备中和备等武士们申请投靠大内家族是担心芸州遭到讨伐，就应该掌握主动去掉“忠节”两字。

大内家族决定讨伐尼子家族。次年即天文十一年七月，大内义隆率军从山口出发到达安芸国府（安芸郡府中困，连接广岛市东侧）。在这里，毛利元就以及芸州和备后的各位豪族赶来加盟。吉川兴经也在这时投靠了大内家族。由于从这里去石州出羽两座山的，因而是直接朝北去的吧？！在出羽，石州豪族赶来加盟。无论哪本书籍，都没有记载兵力数量。但是，根据豪族人数判断，当时的总兵力有七八万。

所到城市都被攻陷，大内大军一直攻打到尼子的主城富田（也称富山）。可打到这里已经是天文十二年二月中旬，战况松松垮垮，并且接下来又是毫无进展。终于，备后、石见、出云的豪族中间，有人变心申请投靠尼子一方。山名宫内少辅、三泽三浪左卫门和三刀屋弹正等十三人，在敌我双方对峙的富田川说：

“追赶那堆敌人，要求义隆阁下接见。”

说完，涉过河流，转眼间与敌人汇合在一起进入敌城，令人惊讶。大内家也遭到相当程度的蔑视。

这样的氛围，加之寒气逼人，粮食运输又极不方便，大内军队终于决定撤退。这时候大部队撤军，如果没有高手指挥，就会形成挨打的溃败态势。大内家族里，没有人擅长指挥大部队撤退。如果毛利元就既是大内家一族又是重臣受到重视，就会被委以指挥重任而借机展示聪明的指挥撤军才能。可是他没有出任那样职务。这简直是类似惨败的撤退。大内义隆与其养子大内晴持来到中海，决定从海路回国，可是乘坐大内晴持船上的人太多，还有人游过来接连不断地拽船，结果导致翻船事故，溺水死亡的人不计其数。据说大内晴持也就是这时候死的。拽住大内义隆乘坐该船的人也多，侍卫人员用砍刀连劈带赶，才终于得已脱身。这是一幅悲壮的画面。大内军队不是因败北而撤离，这是一支人多势众、战斗力强的大军。如果有战争高手指挥，事先做好充分准备，撤离就可秩序井然，就不可能如此惨不忍睹。一般而言，士兵在撤退时会产生胆怯的情绪，加之指挥不力，以致强大变得弱小。这次大战撤军，也使得相当多的百姓惨遭厄运。那是因为驻军指挥人员没有撤军经验。以往有条不紊指挥部队撤退的将领，才被誉为名副其实的名将，就是因为持有卓越的撤军指挥才能。

这次撤军，大内军队里的许多著名武士被打死，毛利元就的亲密战友小早川正平也战死。小早川家拥有芸州丰田郡的竹原（赖山阳之父春永诞生地）领地，是以距离那里十二三公里的沼田高山城为居城的豪族。领地竹原也是海港，当地也适宜于生活，是非常富有的家族。与毛利元就非常亲密，前些年尼子大军兵临吉田城下时，小早川正平因病不能出阵，但他授权派出同族重臣领兵五百为援军。这支队伍打仗最勇敢。可这时，被趁撤退混乱之机发动叛乱的叛军所杀害。

毛利元就的三子毛利隆景继承了小早川正平的家业等，但这是后来的事，并非生前与小早川正平商定的。

毛利元就做好了严密部署，一边与后边追来的敌军战斗一边撤退。从富田城西北侧的星上山经过岩坂口穿过熊野谷，最后在石州的羽根乡（安浓郡）的长福寺（也称满莲社）停留了四五天，等待后到的将士聚集后回到了吉田。羽根乡是沿海的村庄。毛利军队是沿海岸附近撤回的吧？！

大内军队从出云开始的狼狈返回，给中部地区的形势带来大的变化。在屈服于大内氏的豪族们中间，倒戈到尼子一方的也不少。毛利元就的属下那些时而投靠归顺、时而笼络归顺的武士中间也不少。吉川经兴又倒戈到了尼子一方。

尼子一方的势力庞大了，于那年七月出兵到石见，攻下了成为大内领地的石见银山。第二年，也就是天文十三年二月，尼子军队占领了伯耆，继而占领了因幡，在那里烧杀掳掠。

紧接着，为了于当年七月占领芸州，首先攻打备后的三吉（次）广隆。三吉尽管说是在备后，但与距离吉田仅二十三四公里的毛利元就领地的粟屋，隔一条河。毛利元就立刻出兵援助，击败尼子军队将其赶走。

尼子军队回国途中打算入侵芸州，着手谋略攻打备后南部小早川家的高山城。小早川正平于去年战死，其子又鹤丸是盲人，多半连一般的应战的信心也不会有吧？！小早川家戒备森严，固守城池，要求毛利元就派出援军。毛利元就正要准备出阵，可尼子军队也许想到了什么，迅速撤离了。攻打吉田之际显示了毛利元就的威武勇敢，使尼子军队相当恐惧吧？！

基于这样的原因，小早川家成员也许忧心忡忡。小早川家一族和重臣们商量后向毛利元就提出申请：

“我们想认令郎三男又四郎（毛利隆景）为养子，将已故小早川正平的女儿嫁给令郎，由令郎继承家业。”

毛利元就同意，毛利隆景成了小早川家的养子。

《宽政重修诸家谱》称，这时是名义上的养子，继承家督之位是在天文十八年。当时的毛利隆景还没有着元服（举行成人仪式后，改梳成人发型，戴冠，改穿成人服装，改名）。毛利隆景穿上元服，是当时四年后的天文十七年。他姓名里的“隆”字，取了大内义隆的隆字。

这里有令人担心的记载，出现在《阴德太平记》里。小早川家的家臣田坂全庆、羽仓某等，对于收养隆景为养子有不满情绪：“纵然又鹤丸阁下是盲人，也只有他才是确实的纯血统，应该拥立他为家督。如果收养子，最好从小早川一族成员里挑选才符合道理，不赞成迎接其他家族成员担任我们的家督。”

听到这些窃窃私语，后来毛利隆景悉数割下了他们的脑袋。这是在毛利隆景继位家督之后。在小早川家族中间之所以不是一人而是许多人说这番反对的话，是因为他们怀疑在着手这养子加姻缘组合时，毛利元就做了许多小动作，笼络小早川家族的重臣，而且有充分依据。

天文十八年，二子毛利元春成了吉川家的养子，也继位当上了该家族的家督。

吉川兴经起初归属尼子晴久，等到尼子晴久攻打吉田失败后逃回本国时，便归顺于大内氏参加对出云的攻击。等到大内氏从出云败退时又倒戈到尼子晴久，于是受到了大内氏的憎恶。可是，经过毛利元就中间调停后又投入到大内氏的怀抱。可是那后来的两三年时间里，吉川兴经重用的家臣与一族成员以及重臣之间不合拍，其心腹家臣遭到杀害。那以后，吉川兴经与一族以及老臣之间的不和，形成了家族中成员的两个派系，相互瞪眼睛吹胡子了。一族成员与重臣们商量后来到毛利元就跟前申诉：

“只要吉川兴经还是家督（也称家主），吉川家族距离灭族就不远了，恳请赐令次子少辅次郎（毛利元春）阁下继承吉川家，让吉川兴经隐居。”

毛利元就接过吉川家一族和重臣们的联名请求书表示同意，紧接着向山口提出请求，得到了大内义隆的许可。

请求书的批复顺利转到毛利元就的手上，已经木已成舟。吉川兴经隐居，毛利元春成了吉川家主（也称家督）。

受吉川兴经委托管理主城小全城的江田园幡守父子，听到吉川兴经同意收毛利元春为养子的消息后，意识到必须立刻交出城市，说道：“吉川阁下把这座城市交给我们管理，是要求我们如离开这里就应该痛快战死。现在就这样眼睁睁地把它交出去，太遗憾了。”

而后，父亲在第一城，儿子在第二城剖腹自杀。《阴德太平记》是这么叙述的。

家中一族与重臣派和其他成员之间分成两派相互对峙的情况，

这对父子的自杀以及毛利元春以养子身份进入该家族也是疑云重重。对于因吉川兴经的喜爱而权势变大的派系，吉川家一族与重臣等在感情上感到苦涩无趣。对此，毛利元就了如指掌，可以说都是他在暗中鬼域伎俩，煽风点火。

总之，让毛利元春继承吉川家，让毛利隆景继承小早川家，使毛利家族财产大幅攀升。

七

尽管就这样通过养子政策扩大了家产，可毛利元就还是对大内家族阿谀奉承。

一方面他跟着大内家军队出兵备后，显示了与众不同的忠诚之心；另一方面，他于天文十七年八月带着亲儿子毛利隆元、次子毛利元春和三子毛利隆景去山口为大内家族侍奉，一直逗留到第二年的三月。

大内义隆是同性恋者，有很多关于他的传闻。由于年满十六岁的毛利隆景长相英俊，深受大内义龙的宠爱，大内义龙不仅赐自己名字里的隆字予毛利隆景，据《安西军策》和《阴德太平记》称，还请足利将军义晴赐于毛利隆景寓所名。对于因同性恋而受到宠爱，现在的人与当时的人想法肯定不同，不能公开此类关系。总之，毛利元就非常热心地巴结大内义隆。不用说，毛利元就虽有难言之隐，但多半还是忍耐。因为如果拒绝，就会瞬间得罪大内义隆而无法保住家族。

毛利元就的智勇双全，大内义隆也很赏识。为了拴住毛利元就的心，他收养同族的内藤下野的女儿为养女，商定与毛利元就的长子毛利隆元成亲，又商定陶隆房与次子毛利元春为结拜兄弟。这内容摘自《阴德太平记》。

陶隆房叛逆杀死大内义隆，是天文二十年九月一日。

陶改名为晴贤，继而剃度为僧号全姜。关于大内家的继承事宜，由于丰后的大友宗麟之弟义长的生母是大内义隆的嫡亲姐姐，于是被拥立为议长，取名为大内议长继承家族。

可是，毛利元就在这大变革之际是怎样的呢？“毛利家记录”称，毛利元就怒斥陶晴贤不忠，但表面上的言行举止，都是不折不扣地听从陶晴贤的指令，九月四日，也就是大内义隆被害的第四天，毛利元就攻打了芸州头崎城的平贺隆保，使隆保剖腹自杀，占领了城市。那以后整整两年多，毛利元就依然唯唯诺诺地听从陶晴贤的命令，在芸州或出兵攻打备后，或出兵攻打备中，立下了赫赫战功。

毛利元就想过，如果受到陶晴贤与尼子的夹击，他肯定是毫无招架之力，于是跟随陶晴贤的吧？！但是经过去两年多来对于形势的观察，判断这两大家族联袂夹击自己的可能性似乎不大。凑巧这时，也就是天文二十三年夏天，石州的津和野的三本松城主吉见正赖派出化装成修行僧侣的密使来申请结盟。由于吉见是大内义隆的铁杆部下，因而陶晴贤为了讨伐吉见率兵入侵了石见。吉见方面也希望毛利元就在芸州方面闹事牵制陶晴贤。

毛利元就毅然与陶晴贤断绝了关系。

毛利元就让来使回去报告。《吉田故事》称，父子四人率二千余将士来到神领边上。这里所说的神领，是指严岛明神的领地意思，在今天的广岛西南郊、草津、五日市和廿日市一带吧？

一开战，他便击溃了来到五日市的陶晴贤军队七百余人，陶军东逃西窜。随后，毛利元就军队挥师向北，派使者去银山和八木

（银山东侧六公里）传话。

“我这是与陶晴贤断绝来往的战事，你如果迅速打开城门，可以放你生路，否则立刻攻城，进城后割下所有人的脑袋。”

于是，两城主立刻打开城门交出城主之印。

毛利军队来到廿日市，也向已斐城与樱尾城传同样的话，他们都打开城门表示归顺。守卫草津城的羽仁越中是毛利元就的亲戚，这时在山口，虽有守军，但他毫不犹豫地打开了城门。

紧急报告传到在石州路的陶晴贤耳朵里，陶晴贤派遣宫川房长出征，给他三千余兵。宫川在途中招兵买马组成了七千余大军，到达廿日市的折敷畑山。这里是廿日市西侧五六公里地势平缓的丘陵地带，毛利元就攻势凶猛，打得对方丢盔弃甲，杀死了主将宫川，割下七百五十颗敌军的脑袋。

陶晴贤再次深深地感受到了毛利元就这支不可忽视的军事力量，与吉见和睦回到山口后进行战备。首先，他不仅派弘中三河太守到防州绵见（岩国的古代名称）的龟之尾城，派江良丹后太守去同一地方的琥珀院城，拨给武田信实八百余士兵固守芸州友田的高森城折敷畑山西侧七八公里，还由于天野僧侣庆安与毛利元就关系密切，让他担任奸细派遣到毛利元就身边。

庆安以随从也不带的寒酸打扮来到毛利元就跟前，边哭泣边说：“鄙人一直想与您经常往来，于是最近有人谗言，使我蒙受莫须有罪名被赶出国门，如今走投无路，想来您这里侍奉。”

毛利元就是使用奸细的名人，立即看出了破绽，但脸上不露声色：“欢迎！你没有忘记一直以来的友好情谊，并且来我这里屈就，我很高兴。等静下心来授予你领地。”

他留下庆安，经常召集亲密面谈。不久，他开始着手向庆安打听陶晴贤的情况。庆安以为自己完全得到了信任。

“由于上次折敷畑之败仗，陶晴贤情绪十分低落，同盟军也不断减少。为了掩饰弱点，将于最近去岩国，决定在横山上构筑阵地，可这只是装门面而已。他内心脆弱，只要听说敌军来了，就会立刻骑马上阵。因此，消灭他不费工夫，鄙人也能够凭阁下的威力报仇，太好了。”

毛利元就点头说道：“我也确实想像您说的那样迅速出兵消灭陶晴贤，可这里有深层次原因。你实实在在通报了陶晴贤近况。但其实，琥珀院城的江良丹后太守兴房已经送来密报，我也正打算与江良秘密商量，打算派密使前往，这时送来了誓约书，说里应外合成功时想得到周防一国。由于这原因，我打算一接到江良兴房的通知就立刻出兵，可那以后江良那里杳无音信。我正担心，这一秘密是否暴露了。你可以看一下，这就是江良兴房的誓约书。”

毛利元就出示事先伪造江良兴房笔迹写好的誓约书。江良兴房智勇双全，毛利元就早就煞费苦心想收拾他。

见到天衣无缝的伪造文书，庆安大吃一惊，可还是故作镇静地说道：“这么看来，丹后太守是自己人啊！派他消灭陶晴贤不会有错。”

“你不忘长期以来的情谊投靠我，是我武运强盛的最好证明。我有一事托你，请你去一趟岩国与江良兴房商量，能否把陶晴贤引出来歼灭。江良兴房那里，我再写一封信让你捎上。”

“承蒙赐以鄙人完成这项任务，交办如此要事，谨此致谢。”

“我始终担心你会否接受，谢谢你！事成后按你的要求行赏。”毛利元就写了一封信添上，进而说道：“如果陶晴贤在我方动手前渡河去严岛切断海上运输航线，那我这里就会一筹莫展，务请保密，不能让陶晴贤渡河去严岛。”

“明白。”

庆安立刻出发，却没有去岩国，而是径直迅速地跑到山口，面见陶晴贤后详细报告了上述情况，还递上了毛利元就写给江良信房的信函。

江良兴房深知毛利元就是难以对付的敌人，曾在前一段时间里经常告诫陶晴贤：

“毛利元就除了武略智谋过人，而且其家族空前团结，不应因其出身低微瞧不起他，而是应该笼络他使其成为朋友。”

由此，陶晴贤对江良信房已经背叛之说深信不疑，派刺客暗杀了江良信房与其嫡子彦二郎。这情况在《吉田故事》里有记载。仔细分析，毛利元就根据卧底密报得知江良信房对陶晴贤有过如此纳谏，多半觉得使用这离间手法必定获得成功。可以说这是妙着。

毛利元就的离间本领在尼子晴久那里也得到了发挥。

尼子一族里有新宫党，其先祖尼子经久的次子名叫尼子国久，生有尼子诚久、尼子丰久和尼子敬久三个儿子，由于在富田城北山脚的新宫谷那里建有豪宅，由此被称为新宫党。由于门第也高，父子又都是勇敢的武士；作为尼子家的柱石而受到尊敬。

毛利元就一方面对陶晴贤实施了离间计，另一方面不停地蚕食尼子晴久的势力。在将与陶晴贤决战之际，多半觉得需要狠狠地削弱尼子晴久的势力，以保证自己背后安全。他决心消灭新宫党，因此采用了拿手的伎俩。

毛利元就与尼子国久之间有姻戚关系，尼子国久之母出自吉川家族，毛利元就之妻也出自吉川家族。他把这作为由头，三番五次地给尼子国久写信或者赠送礼品，故意引人注目。不用说，尼子晴久察觉了。

就在他怀疑的时候，富田附近山佐村庄的路上发现了被杀害的香客。死者怀里有一封密信，信封正面的收信人姓名是毛利元就，寄信人姓名是尼子国久，信的内容是关于阴谋夺取富田城。

有勇无谋的尼子晴久被激怒了，说道："这么说，毛利元就与新宫党之间一直在阴谋夺城吧？"

天文二十三年十一月一日，这天是每年一度讨论明年预算方案以及其他议题的例会，是尼子一族与重臣们的进城日。但是尼子晴久在城里设下伏兵，伏击了进城的新宫党人，将他们全部杀死。

如果尼子家族想灭掉毛利家族，那么这个时期最佳，即与陶晴贤和睦而后夹击毛利元就，尽管毛利元就已经羽毛丰满，也只能束手就擒。可他上了毛利元就离间计的圈套，杀了自己的羽翼。不用说，除掉了新宫党，对后来毛利元就消灭尼子家族时也发挥了很大作用。

且说，与陶晴贤之间的问题。陶晴贤自由支配大内家的所有财产，对此毛利元就的家产少。陶晴贤可以轻易拉出二万人的队伍，可毛利元就充其量是三千人的军队。说到底，如果是在平原地势上交战，则没有胜算可能。毛利元就想把陶晴贤的军队引到大军不易展开、山谷多且狭窄的严岛那里交战，煞费苦心地出谋划策。他对敌军奸细庆安说，不要让陶晴贤过河去严岛。这也是出自上述构想，并且还分几个阶段进行布署，着手滴水不漏的军事步骤。

第一阶段，他不顾家臣反对在严岛北岸有浦尾宫建城，授予五百兵力让已斐丰厚太守与新里宫内少辅守备。

第二阶段，常常在许多人面前说："在严岛建新城，如果严岛被陶军占领，陶军就会利用严岛切断海上运输线派兵攻打，我们之间的联系就会被切断，粮食运输也就会被切断，从而进退两难，最终败北，还是做了件蠢事。分析严岛地形，守卫也难，援助也难，一旦遭到敌方攻击，就会很快落入敌手。在那样的地方建城，像是给敌人建的。我不听大家劝告，实在是愚蠢之极。”

《常山记谈》称，这也在前面提到过，在谋杀江良丹后太守时，毛利元就也清楚身边的盲法师是陶晴贤派来的奸细。

第三阶段，陶晴贤听说毛利元就后悔，于是决心渡海占领严岛而率领大军来到岩国。弘中三河太守进谏：毛利元就是个葫芦里不知卖什么药的家伙，尤其对于他在难以守卫的严岛建立新城感到不可思议，建议暂缓渡海。毛利元就通过奸细的报告知道了这一情况，立刻千叮万嘱家臣桂元澄，让他送密信给陶晴贤。

“如果阁下渡海到严岛，毛利元就可能也会渡海，或者集中兵力与贵军在水上开战，于是毛利元就远离陆地了。他离开陆地后多半是鄙人留守，那鄙人届时就占领他的老巢吉田。那样的话，毛利元就败定了。”

毛利元就周密策划，在各条要道设置栅栏，追打进入伏击圈的困兽，使其自然而然地陷入圈套。陶晴贤不偏不倚地上当了。弘治元年九月下旬，他率领大内家所属领地丰前、筑前、长门、周防四国的两万兵力，乘上几百艘船只渡海到严岛，把阵地建立在塔之冈上，不分昼夜地攻城。

弘中三河太守晚来一两天渡海来到陶营，对大家说：

“诸位听好了，陶晴贤僧侣不知这是敌人圈套而渡海。鄙人明知这是敌人计策还是渡海来了，因为如果不渡海会被别人讥笑胆小。要说后悔吗，我这是为了战死而渡海来到这里，也是为了身后不留骂名。我把这几句话撂在这里，请大家给我证明。”

这情节，记载于《吉田故事》。为证明自己不是胆小鬼，明知白白送死还是渡海而来的意志，十分悲壮。这是当时优秀武士的壮举。不过，说是白白送死也未必。

毛利元就听说陶晴贤渡海来到了严岛后，便亲自来到草津，可由于吉田和各城市都留有守城部队，因此只集合了毛利、吉川、小早川三家军队，包括杂牌军兵士总数只不过三千三百余人，再加上芸州武士和备后武士加盟的人数合起来千余人，总共只有四千四百人。小早川隆景来到草津迎接。毛利元就问："去能岛和来岛（久留岛）要求他们派船了吗？"

"我让浦兵部去了。"

能岛与来岛都是伊予河野氏一族，是以赖户内海的海盗多而闻名的一伙人。

不一会儿，数百艘军船从海上朝这里靠近。

毛利军队来到草津海滨观看。陶军队也委托过海盗派船，因此也来到严岛海边，还以为浩浩荡荡驶来的军船前来加盟的。

船队沿着大野赖户缓缓驶来，靠近廿日市海边后抛锚靠岸。

"看来是加盟我方。"

毛利军队全军上下喜气洋洋。

《常山记谈》称，陶军关于借船事宜只是说借船；而毛利元就说："只希望出借一天，一到严岛后就立刻归还。"

来岛通康听了这话："毛利元就这话是经过深思熟虑的，他的军队一定获胜。"

由于他这么说了，因此海盗们同意把船出借给毛利元就。

毛利元就还向海盗们赠送了饭、米、酱汤和柴草等，除了表达本意还保证把整个八代岛赠给他们。

毛利元就将军队移到草津西侧十公里的地御前火立山（地御前现在成了地名，但与严岛神社隔着大海，南北朝向，有神社，在岛上的神社被称为内宫，在这里的神社被称为外宫。俗称地御前。火立山是指该海边的悬崖）。移师之际，据说毛利元就有意在可以从严岛看到的海边路上布置了看似人数很少的兵力。

移师的次日中午，毛利元就让老弱者和挑夫以及驮子折回草津，并在看似利于渡海的岛附近换防，但又伪造中止后返回的假象。

如此实施后，于十月二十九日晚上，全军将士都在腰上系一棵用于搭建栅栏的树木，系一卷绳索，带上三天干粮，还规定口令“说胜答胜”，熄灭全船上的灯火，仅以毛利元就旗舰点燃的灯火为前进方向悄悄出发了。彼时刮起的西风凑巧停了，天公下起了及时雨，天上海上一团漆黑，可途中风雨又停了，所有船只都平安无事地到达了岛西岸的鼓之浦。毛利元就为了让全军做好背水一战的思想准备，让所有船只返回陆地。据说，船手们悄悄地留下了毛利元就乘坐的那艘船。

离开船登上鼓之浦的同时，毛利元就在船头上问这里是何处。

“是鼓之浦。”

“上面山呢？”

“叫博奕尾。”

毛利元就转过脸看着穴户隆家与福原左近将监广俊说：

“打胜吗？这仗已经获胜了哟。”

于是，他俩异口同声：“太妙了！”

军队开始爬上博奕尾，布置阵地。

以上是毛利元就、毛利元隆、毛利元春率领的抄敌军后路的军队，大部队由小早川隆景率领，沿敌人船队中间行进。由于是在犹如组成船筏那般密密麻麻船群中间行驶，因而行驶艰难。浦兵部站在船舷上大声嚷嚷：

“我们是筑前的宗像与秋月等的队伍，赶来支援你们，刚刚到达，请稍让一下。”

于是便指挥左右船只让路后朝前行驶，到达牌坊后上岸，在东侧山上设置阵地。

陶晴贤的主阵地在塔之冈，陶军分别在其周边布设了阵地。毛利军队在陶军主阵地与陶军其他阵地之间布阵。

拂晓之际，毛利元就命令司号员吹响了总攻号角，自己身先士卒，大声喊叫着冲锋。陶军各部震惊，在阵地上你推我搡犹如市场和舞场那般拥挤不堪。毛利军队以那里为目标，奋勇杀入敌营挥刀砍杀，杀得陶军争先恐后朝海边逃窜。据说溺水者不计其数。陶晴贤逃到海边时已经连一条船也没有了，便在青海苔浦剖腹自杀。

这是弘治元年十月一日发生的事情。那天，陶晴贤三十五岁，毛利元就五十九岁。那年比织田信长的桶狭之战早五年。

八

严岛交战是毛利元就生涯的最重要的一役。打胜这次战役，代替大内义隆成了中部地区的主要势力，打那以后，毛利元就的势力急剧上升。

那以后，他朝东侧压迫尼子家族，朝西侧征战大内议长，展开了征东征西大战，于弘治三年消灭了大内义长，进而于九年后的永禄九年攻占了富田城，灭掉了尼子家族。之后，尼子家族因山中鹿之介企图再次雄起，让毛利元就氏苦不堪言，一直到毛利元就死后还是没有平息。

毛利元就之死是元龟二年六月十四日，享年七十五岁。当时，他是特大领主，拥有长门，周防，安芸，备中，石见，伯耆，出云，因幡，美作，隐岐的山阴、山阳十国、九州的丰前、筑前二国等领地。

如果用一个词描述他，作为战术家，他是间谍高手；作为政治家，他是戴着憨厚面具擅长玩弄权术的高手。实施间谍战，如果平时看上去不给人憨厚的印象，大凡难以成功。

他弥留之际把大家集中在枕边，将箭折断，训示一族成员应该精诚团结。这是著名的传说，旧的书物籍上没有记载。这是中国《西秦录》里撰写的情节，多半是某人以这一记载假设在毛利元就身上编写的。但是，毛利元就加大力度训示一族和睦是事实。

《吉田故事》最后的章节里，写有毛利元就生前亲自写给毛利元隆、毛利元春和毛利隆景三子的部分训示。

“希望大家多加小心，要将毛利姓氏相传到最后一代。毛利元春与毛利隆景虽继承了别人的姓氏，但实质上还是毛利家族的延续，不可忽视。如果三人之间稍有疏远，我认为则距离三人之亡不远！毛利隆元要团结两个弟弟，不管什么都要商量着来，两个弟弟要以宗家牢固即各自小家也就牢固的想法为行动指南，把宗家的精诚团结与否当作头等大事。倘若一个劲儿地考虑自己的小家，而宗家衰退，整个家族都会遭到社会的遗弃和蔑视。如果与两个弟弟之间有误解，毛利隆元则以长兄为父的姿态要有涵养和忍耐。如果是自己误解，两个弟弟应该解释劝说。对于两个弟弟提出的好建议，毛利隆元也必须采纳。”

毛利元就在患病的几天前，《吉田故事》称，他召集了嫡孙毛利辉元（毛利隆元之子。《吉田故事》称，毛利隆元当时已经死亡）、一族成员以及家臣训示。结果，该训示变成了遗嘱，其中有关家臣们行动准则的内容，大致如下：

作为人间之情，对于家族成员、家臣、大领主、亲信以及其他成员的功劳业绩，要认真聆听，要大力宣传。对于旁系武士的功劳业绩也许难以了解，但是即便难以了解，即便些许了解，也要注意聆听，不要错误判断，否则众叛亲离，将导致家族实力衰弱。对于战功要及时表扬。赐予领地要在战功多次积累以后。虽说有自己偏好，但对于丝毫功劳业绩也没有的年轻人，不可增加新的领地（这是告诫将知识传授给因同性恋而受宠的人们。这样的实例，在那个时代，其实无论哪个家族都司空见惯）。

由于战争是在许多普通豪族中进行，因此大豪族的直属武士没有机会立功，然而毛利家族拥有今天这样的大家产，他们是有间接功劳的，所以要倍加注意观察他们平生的奉公情况。如果最后确认这人物忠心耿耿，而且众人也很拥戴，则可增加领地和提拔。要这样呈报，不得有失公允。

不可随意改变传统规定。视旧法陈腐而热衷新法，是无谋所致。过分建造寓所，喜爱游乐好色，大肆挥霍，则成为家族之忧，百姓贫困之源，导致家族灭亡，臭名远扬，这对祖先是最大不孝。

作为家臣，倘若发现家主滋生上述任性、私欲膨胀以及恶意时坚持纳谏直到制止；要提醒家主实施诸君没有忧愁和百姓没有穷困的政治，一刻也不要受到百姓怨恨；还要建议家主善于发现贤人，及时提拔他们。

这详尽周密的训示上，体现了毛利元就很得人心的主政方法。毛利元就在给下属领主豪族们写信时总会问说：“你觉得你那里有什么特别情况吗？”

书面嘱咐他们整理，让人将信函送去，豪族们感激心服口服地说：“我们受到了与世袭家臣相同的待遇。”

他还经常在自己寓所里准备饼和酒，遇上出身低微的武士、矮个等以及时常进出的百姓拿着季节衣和鱼鸟高兴地来访时，便会面对面地对他们说：“喂，喂，你带来的好礼物正巧是我喜欢的！”

如果是食物，则迅速吩咐烹调。若对方会喝酒，还会邀其共饮，并说：“酒是好东西呀，不喝酒过不了冬。何况打仗还要时而渡河时而走夜路，如果不喝酒就会难以坚持，还是喝酒吧。”如果对方不会喝酒，他会说：“哎，哎，你原来不会喝酒啊！喝酒人常在生活上性情变得暴躁，动作变得粗野，说不该说的话。不喝酒的人值得赞扬。吃饼！”

《吉田故事》做了如下补充：

“所有将领随着身价提高，与下属之间的关系变得疏远，能直接说上话的人变得极其有限，与他们的下属完全疏远了。如此变化，底层的人们则把官吏和领班认作家主，而真正的施恩者、与他们生命息息相关的家主在他们眼里丝毫不在官吏和领班之上，于是关键时刻为家主发挥作用的人就寥寥无几了。”

毛利元就也经常这样告诫自己，思考问题导向，经常保持与底层人们联络感情。

对于现代人，这样的行为也有引以为鉴的地方吧！

武田信玄

一

武田，是八幡太郎（源义家）之弟新罗三郎（源义光）的最小孙子。源义光当上甲斐太守，在那里生下次子逸见冠者源义清。源义清之子是源清光，源清光有好几个儿子，源长光成了逸见氏的祖先，源信义是武田信玄的祖先，也分出甘利、一条、坂垣和岩崎氏等，源远光成了山笠原、南部、大井、秋山、安田等人的祖先，源盛义成了平贺氏的祖先。也就是说，源平时代以后，在甲斐、信浓称为源氏的豪族们几乎都是源义光的后代。

在这些都是源氏的豪族中间，从那以后的战国中期开始，武田家族因最强大而闻名。之前可不是这么回事，只能说比较有实力，武田家族作为差不多相似的小豪族，统治甲斐和信浓的所属各地。

武田家族走向兴旺，是从源信义开始第十四代武田源信虎（以下称武田信虎）开始。武田信虎性格残暴凶狠。传说，他由于想见识人的胎儿在什么状况下发育，便抓来十个怀孕一个月到十个月的妊妇，按顺序剖腹观察。他动辄发怒，随心所欲。即便重臣，也随意砍杀。虽人格如此差劣，却勇猛无比是打仗高手。十四岁时继承家主，那以后的三十多年里统一了甲斐，势力范围扩大到了信浓的部分地方。他这代，把寓所迁移到甲府的踯躅之崎。那之前一直住在东八代郡的伊泽（石和）。

武田源信玄（以下称武田信玄）是武田信虎的长子。大永元年，远江的福岛兵库（《甲阳军鉴》称，他是骏河名叫串间的武士）入侵甲斐，打到现在的甲府市中的饭田河原，布阵六十多天。武田信虎当时二十八岁。通常认为他的势力还没有强大。武田信虎让妻子大井氏去距离踯躅之崎两三公里的石水寺城（积翠寺）避难，自己带兵迎战。幸运的是，他取得了胜利，成功地占领了福岛，凑巧这时妊娠中的大井氏生下男孩，他就是后来的信玄。

"是在打胜仗时生下的男孩，幼名就叫胜千代吧。"

于是，小名就这样定了。

武田胜千代五岁时，其母亲生下了弟弟次郎，就是后来的左马助（曲厩）武田信繁。武田胜千代落难是从这时开始，武田胜千代遭遇冷落，武田信虎从此喜欢上了次子。

战国时代的《武将传记》称，尽管当时不是英勇善战的优秀人才就不能保住家庭平安的时代，可是父亲讨厌具有这方面素质的优秀的儿子的事例却屡见不鲜。武田信玄的劲敌上杉谦信等等，也是遭到父亲冷遇的人，此外还有。如果是同父异母，通常认为生母对于亲子与继子的感情也会带来影响。可是武田信玄与武田信繁是同父同母兄弟。

武田信虎这人癫狂，任性，感情用事，也许他觉得次子可爱，便十分讨厌长子，也许此外还有其他理由。战国时代的大领主是独裁者。独裁者妒忌自己以外的优秀人物，那是因为对自己的权力是一种威胁。所以，即便是自己的儿子，大约也不放心。握有权利的父子与平民百姓的父子不同，相互间的父子之爱淡薄。

武田胜千代（信玄）幼时非常聪明，据说有各种传闻。

其一：

十二三岁那年秋末，因拜神前洗手而站在宽廊上的时候，旁边的木马突然颤抖，问道："武田阁下，战术与剑术何者有用？"

武田信玄感到奇怪，答道：

"都有用啊！剑术之妙是这样的！"

说着，举刀就砍。手有振感，有东西掉到廊下，喊来仆人点灯查看，据说是一只大狸被砍死了。

其二：

十三岁那年春天，他出门去野地游玩时，一个四十左右的中年男子伏在草丛里不知在干什么，派人去询问，回答说取云雀巢。

武田信玄说："取云雀巢那样的小事需要那么劳累吗？我来给你取。"

说完登上小高地，找准了云雀从空中降落于麦地和草丛的位置，派随从瞬间取来几十个云雀的巢。

大家感到神奇，他答道："云雀起飞时小心谨慎，通常从离开巢的地方起飞，为了尽快把衔在嘴里的食物喂给小云雀吃，总是不偏不倚地降落在巢穴边上。"

其三：

那年某日，武田信玄的姐姐出嫁到骏河的今川家族。这天，姐姐给母亲送来许多用于贝罩的蛤壳，那量多得要用两张小草席遮盖，高度为一尺左右。武田信玄让仆人们数了一下，有三千七百多对组合。武田信玄让家臣们集合，对数量进行估计：

"贝罩的蛤壳有这么多吗？"

这些家臣都有武功，有说两万，有说一万五千。听罢，武田信玄说："若人就不需那么多，五千士兵足够，可当作一万五千或两万，不管什么都能办到。"

他这么一说，家臣们都惊叹不已，小小年龄，居然知道用兵。那年，他十三岁。

上述都是传说，真假分不清楚，但这都成了被嫉妒的原因，父亲越来越讨厌他，越来越喜欢次郎武田信繁。为此，家臣们也开始心朝着次郎，藐视他的存在。

总之，父亲武田信虎对他非常凶狠。他也觉得父亲是一个由着性子信马由缰的武士，说不定什么时候对自己痛下毒手，于是决定韬光养晦等待时机。他装成傻瓜，骑马时故意从马背上摔下，在武田信虎跟前写字时写得十分蹩脚，游泳时还装着溺水被人救出，练习斩刀术时脸上露出惧色。有时候似乎也担心过分装模作样会让人怀疑。然而信虎是不按常理出牌的人，也不会对他全盘否定。人心态的一般变化：一旦讨厌某某家伙，就会越发觉得讨厌。如果是情绪化的人更是这样。

假若武田胜千代越是显示才气，武田信虎就会越发憎恨。作为武田信玄，只有万事谨慎才是。也许他的这种谨小慎微就是在那种状况下形成的。

十三岁时，武田胜千代派侍从请求父亲赐其秘藏名马"惠鹿毛"。

武田信虎说："到了明年，信玄也就十四岁了，我打算让他穿戴成人衣冠，届时再将家族世代相传的珍宝一起传给他。现在，胜千代还不会骑马。"

侍从回来传达了父亲的旨意，武田胜千代顶撞道：“祖传家宝要到继承家督时领受。倘若穿戴上衣冠也还是不能获准继承家业，那么就是想领受家宝也不可能。可我领受家宝，是想掌握了骑马技术后随父亲出阵时发挥作用。”

武田信虎被激怒了：“十三岁了，纵然还是少年，也应该掌握了一定的道理知识，就是父子之间，作为儿子也不可如此执拗地要父亲的秘藏宝物！让谁继位的权力当然在父亲手里。立谁为继承人是根据我的意志。总而言之，对于任性的孩子，别说家宝，不管什么都不给。”

武田信虎大声吼道，拔出备前兼光三尺三寸宝剑欲斩武田胜千代派来的使者，使者连滚带爬地逃走了。

《甲阳军鉴》里有这记载，但不知道是否属实。要说武田胜千代韬光养晦，装疯卖傻，按理不该说出那番话，可那是长子的强烈欲求所致。

总之从这时起，据说武田信虎下决心废除武田胜千代，立次郎武田信繁为继承人。

武田信玄穿戴衣冠是三年后的天文五年三月，在姐夫智今川义元的帮助下，领受了当时将军足利义晴赐封的名字“晴信”。当时，后奈良天皇特使与足利义晴将军代理人都赶来参加武田信玄的成人仪式，据说还授予他副五品以及大膳大夫兼信浓太守的官衔。七月，他还娶了媳妇，是他举行成人仪式时作为后奈良天皇特使出席的转法轮家三条公赖的女儿。《甲阳军鉴》称，是根据诏书娶其为妻的。可由于是两家约定好了，因而多半是三条家从皇上那里领受到诏书的。

分析上述说法，我也总觉得武田信虎废除长子的决定不合逻辑。他纵然不喜欢而且发怒时露出将接班人让给自己喜欢的人物的想法，那也只是为了吓唬和找碴而不是真意，也许一时的想法，在女婿今川义元和重臣们劝说下多半停止了这一想法，或许武田信玄后来将武田信虎赶出国门，武田晴信偏爱的甲州武士们说出了武田信虎废除武田信玄的话吧。不管怎么说，是武田信虎的缺德所致。

一

天文五年，对于武田信玄来说是多事之秋，春天穿戴衣冠，夏天娶妻结婚，冬天首次出阵。

现在的南佐久郡南牧村，在那时代叫作海野口。这里有同样是新罗三郎源义光的末孙、叫作平贺道源的豪族。《甲阳军鉴》里，对这一豪杰形容如下：

“不说他是持有七十人之力的大力士，至少拥有十人之力，经常佩戴四尺三寸左右长的大刀。”

甲斐之地不显眼、贫瘠，就甲斐一国难以富强，于是武田信虎统一了甲斐后一直思考扩大到周边其他领地。可南侧的骏河是姻亲今川家领地，东侧的武藏和相模是小田原北条氏的势力范围。作为武田信虎，只有征西向信浓延伸才是。可那出口是由平贺僧侣把守的，根本不可能从那里通过。历史上，也曾从源心逆向入侵甲府附近的韮崎。成了长期以来的敌我双方。

这年十一月，武田信虎率领八千将士出征，攻打海野口城。武田晴信（武田胜千代）也参加了这一战役。由于要在凛冽的寒风下进军雪国，因此老臣们进谏。

武田信虎不采纳，说：“只有这样的气候才可攻打。气候宜人的季节，村上和木曾这些家伙都会派遣援军，而这种季节他们不可能赶来援助，我军肯定能一举成功。”

可是，源心那里的防备与抵抗非常顽强，没让武田军队出乎意外，久攻不下。武田军队围住海野口城攻打了一个多月，丝毫没有进展，而且天公不作美，大雪纷飞，部队遇上了不止一个方面的困难。为此，武田信虎感到失望，决定暂时返回甲府。

这当儿，武田信玄来到父亲跟前要求:“请允许我带领部队殿后。我率领三百士兵在大部队撤离三四里的距离后再行离开，决不让敌军偷袭成功。”

“这大雪，敌军怎么偷袭我军？带领殿后部队提高作为武士的声誉，那是在有敌军偷袭的危险时候。别说傻话！”武田信虎不快地说，可武田晴信仍然要求，最后还是得到了批准。

武田信玄等到大部队撤退到大约三里路后再开始撤离。他做好攻城的准备，缓缓地朝后撤退，途中野地宿营消磨时光。到了半夜时分，他突然下达命令部队中途折回，悄悄地爬上城头大肆放火，喊声震天，趁机杀入城里。

被包围了一个多月持续紧张的平贺军队对于甲州军队撤退高兴不已，举行庆功宴会，麻痹大意，结果，对这突袭，难以招架，狼狈不堪。遇上突袭，纵然持有七十人力量的大力士也难以对付。这武士发狂般地挥舞着一丈多长犹如柱子、削成八角且所有角上相嵌铁筋的粗硬棍棒，被武田信玄的侍从教来石民部杀死。教来石民部这时十八岁，据说是后来的马场美浓太守信胜。

上述情节取自《甲阳军鉴》和《甲越军记》，持有相当程度的小说写法。

武田信玄首次出阵带领部队殿后，出其不意地打了个回马枪，攻下了父亲武田信虎久攻不下的海野口城，杀死了平贺源心僧侣。当时，他才十六岁，翻开了其武将生涯最光辉的序章。尽管他受到父亲讨厌，遭到家臣们的轻视，可自立下这一奇功开始，家臣们对他刮目相看是毋容置疑的。

武田信虎得知这一消息后依然没怎么高兴：

“这只是运气好啊！”

这种场合，父亲高兴才是。但是，可能父亲已经上年龄了，可能是喜爱或者喜爱但不露声色，又或常以武勇无比为自豪的好强父亲，即便自己儿子也视作竞争对手。听说儿子轻而易举地攻占了自己久未攻下的城市，反而神情沮丧，心情不快。这好像不自然吧？！如果是普通人，会改变想法，喜滋滋地赞扬。然而武田信虎更爱夸耀自己武勇，加之随心所欲的性格。多半是任由情感迸发，好嫉妒，不高兴。在战国时代像这样的武将不少，不止武田信虎一人。

三

武田信虎越来越讨厌武田信玄。《甲阳军鉴》称，天文七年正月一日的庆祝仪式上发生了这样的情况。他不给武田晴信杯子，当时是次郎的穿戴衣冠仪式，他把杯子给了武田信繁。

武田信虎是什么动机？这是明确表示废除武田晴信立武田信繁为接班人吗？还是纯粹找碴？分析诸书上记载的情节，不得不解释为前者。假设纯粹找碴也是重大侮辱，武田晴信肯定感到遗憾。

一段时间后，正月二十日，武田信虎派重臣板垣信形去武田晴信传话，如下：

“你不愚蠢，然而是在农村长大，让人觉得举止粗鲁。如果有机会进京拜见将军，有可能被讥笑为‘乡下人’。好在今川家有你的姐夫，对你也有好感，在去年成人仪式上还为你斡旋官位，我想让你去骏河住一段时间学习各种礼仪。”

武田晴信明白了父亲武田信虎的真实意图后答道：

“听从父亲的安排。”

接着，饭富（也称饫富）兵部作为使者又来传话：

“要你三月份去骏河，逗留一两年。”

上述是《甲阳军鉴》里的情节。这本书称：接下来的三月九日，武田信虎看望嫁到今川的女儿，以及商定让武田晴信去今川家见习礼仪的事宜亲自去骏河，出发之际对武田晴信说：

“我一旦在那里通知你，你就要立刻过去，大致是这个月底动身吧？！”

他让武田信繁留守太子官邸，武田信玄被迫转移到甘利备前的寓所。

《军鉴》的记载过于简洁，可向来都解释为：关于武田信虎亲自去骏河，武田信玄肯定巧施计策让其父中了圈套。也就是说，武田信玄利用父亲的“如意算盘”将计就计，与板垣信形等老臣商量，决定以此为契机将父亲武田信虎永远逐出领地，还曾事先派遣使者去今川家传过话：

“家父打算借助举行某仪式把鄙人逐出家门。对于父亲的随心所欲性格，老百姓就不用说了，侍从和老家臣们都苦不堪言。为此，作为老臣们一致赞同的解决方法是，诱骗父亲去贵领地之际解决鄙人悬而未决的家督继位问题。为此，如果家父去了贵国，务请留住不要让他回来。”

他还授意家中老臣们说服父亲快去骏河：

“就这样命令武田晴信去骏河，他本人可能会感到不安而有可能不去。阁下索性先亲自前往骏河拜托，然后在那里命令武田信玄‘今川家同意了，请你马上过来’。那么一来，武田信玄即便再谨慎也不能不去骏河的。”

且说武田信虎一到达骏河境地，今川家便将其软禁。虽然武田信虎带着许多随从，可他们的妻儿等都在甲州，都扔下武田信虎回到甲州。武田信虎原本在随从中间就没怎么德高望重。

听说武田信虎被释兵权，《妙法寺记》称：“平民、侍从、僧侣，男男女女都尽情欢呼，十分满意。”

可见甲州百姓们对于武田信虎何等程度的苦不堪言，以及他在百姓中如何毫无威望。书上把该情节发生的日期写成了天文十年六月。无论从资料价值的角度分析，还是从承前启后的史实视点剖析，还是我前面说的日期正确。

甲州百姓欢天喜地。可是，这情形成了武田晴信人生经历中的瑕疵。不管怎么说，是儿子把父亲逐出了国门。随着他成为伟大的武将，该瑕疵被进一步放大。即便当时，站在他对立面的那些敌人都骂“他是把父亲赶出国门的不孝子孙”。到了后世儒教全盛的江户时代，该评价极端。水户儒学者安积良斋甚至说他：“武田信玄没有道德准则，将永远受到良心的遣责。”

但是，如此观点也不应该以无视当时现实条件的概念性伦理观点来制定标准。评价武田信玄，应该站在他当时的立场上审视，他其实是不得不这么做，否则就是他的不幸。

四

新成为甲州君主后，武田信玄做的第一件事是入侵诹访。

武田家族侵略诹访的动机，源于武田信虎担任家主之时。从甲斐进入信浓，有佐久口与诹访口两条路。前者是从八之岳东山脚进入沿千曲川北进；后者是从八之岳西山脚进入。佐久口山势险峻，诹访口地势平坦。武田信虎一开始打算从诹访口进入而不断派兵，可神代以后的诹访神社住持兼诹访一郡领主的诹访氏严格防守而进不去。武田信虎烦透了，与诹访家和睦，把突破口转向了佐久口。如前所述，武田信玄出奇兵杀死平贺源心的海野口之战就是其中一例。

武田信虎加强与诹访之间的交往，希望将其列为强有力的同盟，他将六女儿祢祢嫁给诹访赖重，将小县郡长洼城作为嫁妆给了女儿。当时，诹访赖重已经有了家室，也已经有了女儿。也许他是把原配夫人列为偏房，或许与原配夫人离婚后娶了祢祢的吧？战国大领主的政治谋略里的姻亲谋略是最残酷的。这情况，发生在天文九年十一月，即武田信虎被赶到骏河的前一年。

武田信玄侵略诹访，是把武田信虎赶出国门的第二年六月。《甲阳军鉴》把这一事件的日期写成武田信虎去骏河的三个月后（《军鉴》把武田信虎的骏河之行的日期定为天文七年三月，也就是天文七年六月），并且说是诹访氏发动的战争。

“武田家族发生了许多情况，如今分成武田信玄势力与武田信繁势力，难道不应该抓住有利时机进攻吗？！”

诹访氏与深志（松本）的领主小笠原长时结盟，拉伊奈地主武士们入伙，组成九千六百人的大军攻入甲州，一直攻打到菲崎。武田信玄率六千士兵迎战这支大军，一天交战四次，终于击退了敌军。

但综合《甲阳日记》《诹访神使御头之日记》《妙法寺年录》《守矢书留》等书上的记载，是武田信玄先发动侵略战争。到了武田信玄这一代，甲州还是穷国这一现象没有变化。无论如何必须占领他人领地。四周邻国中抵抗能力弱小的领地是信州这一情况，也没有变化。信州抵抗能力弱小，说到底是这里没有统一势力的缘故。但是，这取决于信州的地理条件。山多，小平原分散这一地势本身是割据态势，因而这一带难以形成具有统一性质的大的势力，小豪族各自为阵的统治局面永远持续着。这可能是多余的话。我认为今天的信州人自强、喜欢理论与一人一党的观念，其根本原因也在这里。

如今，是武田信玄执政的时代。他放弃了父亲视诹访氏为同盟、对佐久口到信州采取的怀柔政策，决定从诹访口入侵。如果行得通，选择这条地势平坦的路线是上策。

诹访一族有一个担任高远城城主叫作高远赖继的人。《诹访年表》称，这人早就有野心企图改换宗家。当得知武田家族改朝换代后一改过去对诹访家族的怀柔方针，立刻与诹访上社叫作祢宜满清的人合谋，还联合那里的武士向武田信玄密报了他们的里应意图。

对于武田信玄来说，这正中下怀，便率领两万余骑攻入诹访郡，高远赖继也率兵翻越杖突岭攻打过来，诹访军队腹背受敌，诹访赖重投降，说：

“请武田军队代我消灭高远赖继。”

武田信玄没有杀他，也是理所当然。但是，他被送到甲府后被迫自杀。没有实力的一方让对方履行自己的主张，即便协议有约束力也无济于事。这，在今天的国际关系上也是一样。

消灭了诹访赖重后，武田信玄以宫川为界，把夺得的领地西半部分给了高远赖继，东半部分则据为己有。高远赖继不满意这样的分配，因为他想成为诹访家族的总领主。数十天后，他再次起兵驱逐了武田家族在诹访东侧的留守军队，将上下两社一并占为己有。

“瞧这个自不量力贪得无厌的家伙！”

接到报告后，武田信玄怒吼道。要说灭了诹访家族后，原其家属成员的高远赖继想成为总领主也无可厚非。可作为该想法的对抗理由，武田晴信是想拥戴诹访赖重与武田祢祢之间所生的当时仅两岁的诹访虎王丸为继承人，并强调说：

“拥戴诹访虎王丸是已故诹访赖重的遗嘱。”

随即出兵，仅一仗就打败了高远赖继。就这样，诹访完全成了武田家族的领地。

悲伤的是诹访虎王丸，被留在甲府。时间稍长，弱小的心里对家族的不幸滋生了悲伤的情感，有一天，他瞅准武田信玄午睡之际欲行刺，武田晴信惊讶，将其作为僧侣送到了甲府的一座神社。可是，他到底还是不忘仇恨，逃出神社，打算求今川义元帮忙。传说在去骏河的途中被追兵追上杀害了。

消灭了诹访家族后，鉴于诹访赖重与前妻所生女儿当时十四岁，是众所周知的美女。《甲阳军鉴》称，武田信玄心动了，欲娶其为妾。当时，板垣、饭富、甘利备前等老臣进谏：

“尽管她是女人，但不宜把与宿敌有关的人放在身边。”

这当儿，三年前就来武田家侍奉的三河牛洼地村民山本勘介悄悄地对他们三人说：

“如果武田信玄的威力不可估量，诹访家族就会有作为诹访公主的红娘心怀叵测的遗臣。鄙人转遍了整个日本，感到家主武田信玄年轻有为，拥有最优秀武将的素质，不久必定成为世人敬仰的日本盖世无双的著名武将。对于前途如此无量的大将，诹访家的遗臣和亲戚多半会设法谋反。如果武田信玄娶诹访公主为妾，相反有人会说‘公主的肚子里将诞生公子，这样就可承蒙重建诹访家族，于是都带着期待来到贵家族侍奉，尽忠供职’。这不是有益于武田家族的举措吗？”

经过如此劝说，他们三人接受了。

武田信玄如愿以偿。

武田信玄娶诹访公主为妾是事实，与其生下的是武田胜赖，但是山本勘介否认了那样的情节，令人难以置信。

上述说法摘自《甲阳军鉴》，还说山本勘介在武田家族供职是天文十二年三月。比诹访氏灭亡晚好长时间，不合逻辑。诹访氏灭亡的时候，诹访公主还幼小，山本勘介侍奉后成长到十四岁，成了如花似玉般的美女。假设武田信玄心动，另当别论。但如此写法不值得一读。《甲阳军鉴》作者小幡勘兵卫把武田信玄的劝说，写成了出自山本勘介之口。

山本勘介，名为晴幸，起初叫贞幸，是三河宝饭郡牛洼的村民。少年开始学习刀术与军事学，二十岁开始为深造在各国周游了三十多年。五十二岁时来到甲斐侍奉。武田信玄看到山本勘介的第一印象是，个头小，肤色黑，一只眼睛看不见，走路拖着脚，手上因有旧伤而弯曲不能伸直，相貌极其丑陋。因此人们都惊讶，但武田晴信反而高兴，说：

“尽管是这种外表，但名人皆非一般长相。”

说好给予百贯领地，还多给了一百贯，配备步兵二十五人，称他为步兵领班。

作为撰写武田信玄传记和撰写一代战争书籍最早问世的，是《甲阳军鉴》。由于这书在江户时代诸兵军事学流派中既是最经典又是发行量最多的军事学教材，因而这以后江户时代的《信玄传》都是这种风格。这本书里把山本勘介写成一代军师，写成受武田信玄重用的人物，从而山本勘介也被称为非常了不起的人物，受到后世的追捧。但是，现在的历史学家都说不是那么回事。渡边世祐博士称，要说在武田信玄之家臣山县昌景手下侍奉、出身低微的山本勘介怎么会成为如此伟大的人物，那是得益于山本勘介之子、妙心寺派僧侣撰写了这部《甲阳军鉴》的最初版本，从而把山本勘介塑造成了伟大人物。倘若真是这么回事，则多半是小幡勘兵卫只引用了妙心寺派僧侣的说法，再进行种种修饰。在小幡勘兵卫看来，除在日本建立军事学和使自己飞黄腾达外，肯定认为在武田信玄下面设立专职军师是适宜的。

《甲阳军鉴》称，之后没再发生以诹访氏为对手的韮崎之战，是武田信玄灭掉诹访氏、将诹访公主娶为后宫，从此骄傲自满，终日沉湎于酒色。《甲阳军鉴》称，时而召集年轻的僧侣们，时而召集年轻的夫人们，大白天也房门紧闭，点上蜡烛，不分昼夜地迷恋酒色，生活荒淫无度，由此近臣以外的宦官多日见不着他。有时刚见到他来到殿堂，转眼间召集出家僧侣们开起了诗歌创作会，痴迷至极，连老臣们也见不着他说不上话了。

板垣信形心生一计，邀请诗词创作高手留在自己家一个月左右，称病不去上班，一味地学习填词写诗，学习结束后出勤。不久，板垣信形在武田信玄举办诗歌创作会时提出申请："鄙人也嗜好诗歌，请批准我列席参加。"

武田信玄笑道："稍稍学过一点是不会创作诗歌的，何况你不曾读过书。”

于是武田信玄没把他的申请当一回事，拒之门外。板垣死乞白赖地央求，终于被列席诗歌会说，要求出题。

武田信玄思索后出题，板垣信形当场吟诗两首。即便诗人，多半也很难即兴吟诗。再听平仄押韵，完全符合要求。武田晴信大吃一惊，转而一想莫非将别人作品背得滚瓜烂熟而来，于是提出疑问，板垣信形答道：

“阁下的怀疑让我感到遗憾，那好，请再出题。”

接着，他又根据武田晴信出题创作了三首诗。

武田信玄惊叹：“好呀，好呀，要说不可思议还真有。我问你，是什么时候学的？我怎么一点都不知道你有那种爱好。”

等到武田信玄说完，板垣信形竹筒倒豆子似地道出了原委：

“我最近在家接受了近一个月的培训。”

随后一本正经地补充道：

“学习填词写诗，宜认真、专心致志，只要二十多天培训，就能达到一定的创作水平。可是，战争与政治不能这样。家主阁下不改现在举止以及不按常理出牌理政，而是凭主观嗜好随心所欲，陛下已经与令尊大人相似了。照此下去，要不了多久……我实在是担心武田家族的未来。”

板垣信形一个劲地进谏。

武田信玄恍然大悟，将誓言状递给板垣信形，从此改邪归正。

也可说，因为年轻才会有那样的嗜好。但是，从娶諏访公主以及其他的所为，可以清楚看到其本性里有父亲传给的热衷于享乐的性格。不过，他听到进谏后，便立刻思过悔改的优点，倒是其父亲身上根本不具备的。这就是武田信玄的一大长处。

五

经营信州第一步成功后，一手统治诹访郡的武田信玄，任命板垣信形为这方面军的司令官兼总督，成为诹访氏世代居城即上原城的城住代理人。接着，武田信玄把接下来的战争利剑指向伊奈郡（伊那郡）。

一开始讨伐伊奈，是追击高远赖继洗劫高运附近村庄的时候。天文十三年十月，又按照入侵上伊奈的方法反复数次入侵。天文十四年四月，武田信玄之弟武田信繁作为将领率兵入侵，攻占了高远城。高远赖继逃走，不过仍然图谋光复。可这第二年或是第三年前后，因缺乏实力而投降，后于天文二十一年正月在甲府被迫自杀。

天文十六年七月，武田信玄攻打佐久的志贺城。这座城市是村上义晴的属城，是村上氏在小县、佐久统治整个领地的大本营。村上氏这座居城在埴科郡坂木（现在的坂城町）的葛尾山，所属领地有越后的二郡和信州的四郡，合起来有六郡，在小豪族割据的信州那里是第一大名门豪族，形势大好，可由于志贺城被武田家族占领，小县和佐久地方的所有豪族都屈服于武田家族的权势。

作为村上家族，不可能因羡慕而退缩。这里成了武田与村上两个家族的抗争之地，不久该战事涉及到武田家族与越后的上杉家族之间的争斗，朝着甲越两雄一比高低的方向演变。

数次交战后，甲州方面逐渐向村上方面施压。

天文十七年二月，武田晴信以与村上义清之间决战为目的越过大门岭，来到依田洼，从砂原岭入侵盐田，在仓升山脚布阵。这时武田晴信率领的手下是板垣信形、饭富兵部、小山田信有、同昌辰、内藤丰昌、马场信胜、诸角虎定、粟原左卫门佐、原昌俊、真田幸隆、浅利信音等，几乎都是心腹将领。

对此，村上义清也纠集高梨政赖、井上清政、须田亲满、岛津规久、小田切清定等信州的所有豪族迎战。

这次战况非常激烈，据说一天进行了多达五次的血战。武田军队受到敌军攻击后，板垣信形奋起反击，击退了敌军的前锋部队。他由于过度满足于初战告捷，之后在远离自己阵地的前沿阵地上查验敌兵脑袋数量时，被前来偷袭的村上军队杀死。这时候，村上义清不顾及同盟军诸将苦战，让手下将士在伸手不见五指的夜里聚集，径直杀入武田信玄的主阵地，向武田信玄挑战一对一。武田信玄应战，摆开架势，双方骑在马上交错着相互刺杀，双方都负了伤。这次战斗史称上田原之战。双方都损失巨大，一起鸣金收兵。有关胜负,《甲阳军鉴》以及其他偏爱武田晴信的书籍，都判定武田信玄方面获胜。但是，村上义清杀死武田信玄的宿将坂垣信形。战事结束后，信州不少豪族从信州驱赶武田势力。由此可见，应该判定甲州的武田信玄方面略败。

先行攻击的，是小笠原氏的居城，也就是筑摩郡深志（即现在松本城的东南一里林村的丘山）的小笠原长时，筑摩郡与成为武田信玄领地的诹访郡之间，仅隔着高度只有八百五十米的盐尻岭。作为小笠原长时，为保卫自己领地的安全，必须将武田军队赶出诹访。他与村上、仁科、藤泽结盟，反复攻打下诹访，两次放火，相反却遭到击退，死者达一百数十人，小笠原长时本人也两处负伤：第一次负伤是上田原之战开始第五十天的四月五日，第二次负伤是六月十日。

七月十日，诹访西侧一族与矢岛、花冈等地武士举起叛旗易帜。

如果犹豫，不知道该叛乱局面会蔓延到何种程度。武田信玄立刻率兵出阵到达下诹访，镇压了那里的地方武士，于七月十九日在盐尻岭与小笠原军队交战。一开始小笠原方兵力强，打得非常艰苦，最终武田军队杀死小笠原军队千余将士而获大胜。小笠原长时险些丧命，逃之夭夭。武田信玄乘胜追击，进兵到现在的松本南侧与奈良井川西侧的桔梗之原，在这里仍然击破了小笠原长时。小笠原长时连林城也不能停留，为投靠村上义清逃到了埴科郡。

通过两次交战获胜，武田信玄成功地赶走了小笠原长时，其势力由此扩大到筑摩与安昙两郡，使那里的大半部分土地变成了自己的领地。

现在信州剩下的地方，仅成了与北信地方遥远的南信伊奈郡的南半部分。

北信称雄一方，不用说村上义清，是非常勇猛的将领，也是打仗高手，因此武田晴信对付他也绞尽了脑汁。天文二十二年四月，武田晴信亲自率兵攻占了葛尾城，村上义清出城逃走。

虽然还剩下伊奈郡南部与木曾地方，但从最初兵至诹访开始到第十二年，武田晴信基本掌控了信州一国，当时三十三岁那年。

六

被赶出葛尾城后，村上义清仍在原属于自己的领地内企图光复，可一切都是竹篮打水枉费心机，终于跑去越后投靠长尾景虎（上杉谦信），见面后号啕大哭。

上杉谦信确信自己是比沙门天的化身，祈求比沙门天保佑自己在战场上的不败战绩，为此发誓终生不与女性发生性接触。可以说，他是一个没碰过女人而离开人世的男人。为追求战场上所向披靡，战无不胜，甚至放弃了生物生存两大根本欲望的其中一个。在讲述他酷爱战争和对战争天生持有艺术创作那般灵性的同时，印证他持有大男子主义的英雄气概。

按他的理念，一听完村上义清的哭诉肯定会说：

“好，接受你，欢迎投靠我。”

说完，情绪肯定异常激动，摩拳擦掌。

放下性格不说，对于武田信玄所持领地扩大到现在北信的局势，对于上杉谦信来说也是威胁，犹如大火烧到了与自己家仅隔一层墙壁的邻居家。

被武田信玄逐出的小笠原长时、高梨政赖等信浓豪族们又投靠越后，上杉谦信越发感到形势紧张，箭在弦上。

于是，川中岛之战开始了。

这一交战竟然达到五次。《甲阳军鉴》称，达到十次乃至二十次。明治时代的田中义成博士说仅两次。之后，渡边世祐博士说是三次。渡边世祐博士在昭和四年（1929 年）发表的《武田信玄的经纶与修养》论文，修正前述，主张定为五次。但是，内容与古时说的“五次说法”截然不同。如上所述，学者的说法各不相同。如果还有研究上述历史的学者，也许说法还有变化。但是，现在的史学家对于川中岛之战尚没有研究兴趣。由此，渡边世祐博士提出的“五次之说”成了定局。

第一次是天文二十二年八月，第二次是三年后的弘治元年，当时甲州军队拥有三百支火枪。火枪传到种子岛上是十二年之前，在战国社会也许已经相当普及。这一年进行的严岛之战稍前时候的毛利军队与陶军队之间的交战，陶军队有六七支火枪，盾牌和土草袋根本招架不住，导致毛利军队的进攻很不顺利。《阴德太平记》称，如果会使用火枪，它应该是具威力的武器，但是也有缺点，不仅价格昂贵，而且装填弹药很费时间，雨天也不能使用，携带不便。当时，好像还没有达到流行的程度。但是，到底出现了武田晴信那样的人，尽管有诸多不便之处，但如果大量配备就会展示巨大的杀伤威力。他的军队里，多半配有三百支火枪吧。

第三次交战，是弘治三年八月。

第四次交战，是过了四年的永禄四年九月。

第五次交战，是永禄七年八月。

前后十一年里，两支军队在川中岛上反复胶着交战。

综合五次交战，最著名的是第四次。武田信玄曾于这次交战前四五年剃度为僧，号德荣轩信玄法师。那到底是什么年份?《甲越军记》说是天文二十年二月十二日，该说法靠不住。在永禄元年八月的古书里，有他“武田德荣轩信玄”署名，故能说是那以前他曾削度为僧。

另外，上杉谦信因关东管领上杉宪政在这年即永禄四年闰三月，让出了关东管领官位与上杉之姓，改名为上杉政虎，后来改为上杉辉虎，进而削度为僧号谦信法师（以下称上杉谦信）。那年，武田信玄四十一岁，上杉谦信三十二岁。

这一年八月十四日，上杉谦信从春日山城出发，率兵一万三千，从北国街道进入信州，沿野尻湖西岸通过，穿过柏原，一到达善光寺，便留下大件辎重与五千将士，率领其余八千将士，明目张胆地从武田家高坂昌信守卫的海津城左侧强行通过，爬上妻女山布阵。

海津，即现在的松代。妻女山，是在距离这里西侧不到三公里的地方。这一带是武田家族的势力范围，因此上杉谦信深入到了敌人的腹部。也许是藐视海津城、用威力压制对方，打击了武田军队的气势。总之，这是孤注一掷的战术。这种斗专昂扬毫不畏惧的精神，只有上杉谦信的战术里才能淋漓尽致地体现。

武田信玄于十八日从甲府出发，二十四日在隔有川中岛与妻女山东南侧相望的茶臼山上布阵，兵力约二万人。

由此，上杉谦信陷入“口袋”，成了该袋口被武田信玄封住的态势，与善光寺之间的联络被茶臼山与海津城的连线切断了，况且茶臼山海拔七百三十米，妻女山只有五百四十六米。直线距离相隔六里地左右，上杉谦信的主阵地完全暴露在敌军俯瞰的视线里。

于是，越后的上杉将士们变得犹如热锅上的蚂蚁焦急不安起来。

“这样的布阵长期下去，武田军队必定切断雨之宫渡口。”

大家交头结耳，可上杉谦信悠闲地击打着小鼓，自娱自乐。

其实，上杉谦信心里暗自盘算：武田信玄看到我方处在如此绝境，肯定会率兵一拥而上，于是我方将士则背水一战，奋勇杀敌。这上杉谦信简直是一个性格偏激的男人。

可是，武田信玄没有上他的圈套。武田信玄是不会与一个喜欢冒险的亡命之徒进行胜算不大的战斗的。持续了数日僵持态势，战局还是无法打开。厌倦后，武田信玄下山与海津城的高坂昌信汇合。到了第二个月，即九月一日夜晚，武田信玄决定了战术计划，拨部分兵力偷袭妻女山，亲自率领其余兵力渡过千曲川挺进八幡原。胜也好，败也好，上杉谦信多半都要率部队离开妻女山退到善光寺，于是他便决定在途中打一个伏击。按照甲州军事学的定义，将这种战术起名为“啄木鸟战法”。

可对手是上杉谦信，不是一个轻易上圈套的男人。他观察海津城的模样后早已经心知肚明，趁半夜天黑率领部队下山朝着善光寺走了。夜袭通常不会在半夜进行，一定是在黑夜结束后拂晓时分。这是惯例。不然的话，结果难以应对。甲州军队也在适当时候到达了妻女山，意想不到的是那里只燃烧熊熊篝火，连一个越后士兵的影子也没有见着。

下山后以善光寺为目标夜行军的越后军队，在川中与去途中设埋伏打伏击的甲州军队不期而遇。黎明前天空蒙蒙发白的时候，也许季节的缘故，笼罩着模糊不清的浓雾。因此，双方都在非常接近的时候都还是没有察觉对方。可当大雾稍稍变得稀薄时，猛然发现敌人就在距离一二百米的地方顿感愕然，仓促拉开战斗序幕。这情景，犹如山阳诗吟诵的那样，“黎明之际望前方，千军万马近眼前”。

这是一场非常激烈的遭遇战。武田信玄之弟武田信繁竟然战死。上杉谦信精神振奋，是为了一定要在这次交战中一决雌雄的目的而离开春日山的。他故意深入到敌军腹部在妻女山布阵，也是为了一决雌雄。一看到陷入两军混战，他便扔下话说：

“这里就托付给各位了。”

说罢，这家伙身着藏青色丝绳连缀的铠甲，头戴金星头盔，披着淡绿色锻子的无袖外衣，骑着名叫放生月毛的骏马，拔出三尺六寸名叫备前兼光的军刀扛在肩上，只身一人沿着道路迂回，直奔武田信玄大本营。其间，上杉谦信的主力部队也杀入武田信玄亲生儿子武田义信的队伍，势头犹如旋风那般猛烈。武田义信部队大乱。

上杉谦信根本不把武田信玄军队放在眼里，他骑着战马，径直朝着竖有武田信玄旗帜的队伍冲锋。他在途中割断头盔的线头，将其与剩余部分一起扔入河里，用白色软绸把头部裹成修行者模样，仍然继续朝前挺进，最终冲入武田信玄的大本营，快马加鞭地朝着坐在折凳上的武田信玄猛冲过去。

“小兔崽子，原来在这里啊！”

骂完，挥刀砍去。武田信玄用手上的指挥扇挡住上杉信玄砍来的军刀。《甲阳军鉴》称，武田信玄被连砍三刀，手臂上出现两处轻伤。

武田信玄的大本营狼狈不堪，侍从都傻乎乎地站着大喊大叫，侍卫长原大隅挥舞竖立着的武田信玄使用的长矛，朝上杉谦信猛刺。但是，没有刺中。紧接着，他举起长矛朝上杉谦信打去，又打空了，好在打中了马屁股。于是，马逃走了，使武田信玄死里逃生。

不用说，甲州军队的将士这时尚不清楚来者是上杉谦信。当事后听说是上杉谦信时，个个目瞪口呆。

上杉谦信果然是上杉谦信，后来这么说道：

“我觉得多半是武田信玄，可我一直听说武田信玄身边有几个与其同样装束的‘假武田信玄’。因此一直觉得不能与假武田信玄扭打在一起而被其手下活捉，于是没有下马挥刀砍杀对方。可当时如果清楚认出那就是武田信玄，那我一定会飞身下马制服他。遗憾！”

历史学家中间有人说，当时上杉谦信没有单刀匹马杀入武田信玄大本营。但是，我认为有。上杉谦信是决心背水一战离开越后的，并且这时候是急着在已经去妻女山上的武田军队尚未赶到之前与武田信玄决一胜负。我认为，上杉谦信焦急是实施了孤注一掷的决心。这时，近卫前久投靠上杉谦信来到越后。当时在上州厩桥，听到这一战况后，写信说，听说过将军自己锻打军刀，但没听说过去盘古至今有过将军亲自杀入敌营的传闻。据说，这封信现在还保存着。只有亲自锻打军刀的说法，没有记载上杉谦信杀入武田信玄营帐的议论，是不认可根据情况进行判断的议论。

且说这场交战，越后军队占优，甲州军队被压着打的感觉。可等到从妻女山下来的甲州军队赶到后，甲州军队士气大振，于是越后军队败北回到了春日山。古时的战争如何判定某方获胜，成了军事学家们争论的焦点。在战争中充分展示技战术并确保在战场上留下的一方，即为胜利方。因此，有议论说武田信玄一方获胜。也有人说，他们不仅占领左典厩，而且主将甚至杀入敌军大本营打得敌军主将负伤，应判定上杉谦信一方获胜。还有判定说，前半场上杉谦信获胜、后半场武田信玄获胜，但战争不是体育，不需要事后的胜败判定。在现实社会里，是在没有战火硝烟下军事学家们进行的议论游戏，附上各自理由，各抒己见，以此为乐。

七

川中岛之战，是日本历史上的一大壮观，是日本人拥有的最浪漫色彩之一的惊险战事。但分析武田信玄原来的目的，那是一条岔道，并非希望与上杉谦信交战，他无疑是遭到对方无休止的纠缠而不得不勉强与之开战。

武田信玄的目标，好像是征服信州后拓展关东地盘。尽管在川中岛与上杉谦信发生了激烈战斗，但还是频频向关东出兵。小心谨慎的他，战术周密，不与强敌正面交战。首先，娶今川义元的女儿为长子武田义信的媳妇，以使南方安全；其次，他把自己的女儿嫁到北条氏政家做儿媳妇，以免北条氏从侧面入侵。在此基础上，亲自率兵向上野方面进击。这一带尽是小豪族，抵抗能力脆弱。

数年后，上杉谦信接受了关东管领上杉宪政的让权，继承了关东管领这一世袭的官位，并明确表示："关东应该是由关东管领统治的地盘。"

随后进入关东。于是，武田信玄在这里从此与上杉谦信发生激烈摩擦。武田信玄与小田原的北条氏联合，打击了越后势力。如此变化，对于武田信玄来说，上杉谦信不是单纯战争运动的对手，而是常常挡在他前面的宿敌。他与上杉谦信不同，没有以战争为乐的兴趣。在他看来，战争只是夺得领土的手段，出兵厮打是出于无法忍受而为之。

对于武田信玄来说，基于意想不到的事态，进一步滋生庞大野心的机会来临了。骏河的今川义元为夺取天下在上京途中的桶狭间，被织田信长杀死。这是武田信玄四十四岁那年。

武田信玄为了目的可以冲破情理的束缚，但唯独对于今川义元不能那样做。重要的是，如果与今川义元为敌，人们就不会与武田信玄交往。只要他在这个世上，无论骏河的山和水多么美丽，都不能对这片国土抱有野心，也不能对天下抱有野心。现在，今川义元死了。他仿佛觉得走出了狭窄的山峡，视野变得无限宽广了。无疑认为，即可关注骏河，也可对天下寄予希望。

然而，他不是朝着云际远眺大山雷厉风行的人。眼下，他开始关注起今川家族的领土来。通过分析，气候寒冷、土地贫瘠、山多岳多的甲州和信州，今川家族所持领地伊豆、骏河、远江、三河都是阳光明媚，风和日丽，气温适宜，土地肥沃，农产品丰富的美丽土地。武田信玄多半产生了渴望的心情吧？！

并且，今川义元之子今川氏真是个既无智慧又无气概的男人，也没想过趁吊唁期间杀入敌城，而是天天沉湎于游乐，不断地背离民心和士心。这对于武田信玄来说，当然值得庆幸。

被自己儿子赶出国门成为今川家族食客的武田信虎，目睹今川家族的现状，便于今川义元死后的第三年派僧侣密使去甲斐劝说：

“这国家已经处在每况愈下的状态，我看最好把骏河纳入囊中，把骏河的今川家族家臣们拉到我们的麾下。目前处在该打算可以实现的态势。这么一来，就可轻而易举地赶走今川氏真，将其领地纳入囊中。”

在今川义元死后，今川氏真给予武田信虎的待遇下降，武田信虎还与今川氏真的爱臣三浦右卫门佐产生不和，从而离开了骏河，委身于挂川的元福寿。由此可以认为，武田信虎泄私愤的心情很强烈吧？！可他也已经六十七岁高龄，目睹自己儿子在其他领地里名声大振，不可能不产生帮帮儿子的父爱之心，期待儿子进一步立功，光宗耀祖。

武田信玄兴高采烈，但此时此刻他与上杉谦信之间的争斗尚处在白热化状态，没有工夫把手伸向东海。

顺便说说武田信虎的情况。武田信虎于这第二年离开了今川家族，投靠菊亭家今出川大纳言官晴季去了京都，把自己到骏河后生下的女儿阿菊嫁给了晴季从而成了晴季的岳父。在京都，他拜见了将军足利义辉，被任命为相伴官，受到了授予桐花徽章的厚遇。可是到了第三年，足利义辉将军死于三好和松永家族之手后，他便离开京都来到了信州，居住在高远。九年后，也就是天正二年，武田信虎高远离开人间，享年八十一岁。不用说，武田信虎晚年在高远的生活，受到了儿子武田信玄的赡养。武田信虎在骏河、桂川与京都的生活，都是来自儿子武田信玄的经济援助。

武田信玄实施窃取骏河计划，好像是从武田信虎去京都第二年即永禄七年（1565 年）开始的。那是因为这年七月，娶今川家女儿为妻的嫡子武田义信与傅曾根周防、近习长坂源五郎、武田信玄的重臣饭富兵部被突然逮捕。饭富兵部等被立刻问斩，武田义信成了阶下囚，三年过后即永禄十年八月遭到杀害。

罪名，是企图暗杀武田信玄。

《修订三河后风土记》称，武田义信当时得到一个美女，十分宠爱，可是顾忌父亲心情而把她藏在饭富兵部家中，每天带着长坂源五郎于夜晚偷偷摸摸而去，于拂晓偷偷摸摸而回。

武田信玄与诹访公主生下的儿子武田胜赖这时十九岁，早就怀有代替长兄继位的野心，得知哥哥每晚的风流韵事后，作为杀手锏罪证，贿赂密探以及包打听，向武田信玄诬告兄长：

“哥哥义信每晚带着近习长坂源五郎一人去饭富兵部家，于拂晓返回，据说是秘密策划尽快让义信继位取代家主的阴谋。”

于是，武田信玄监禁了武田义信，逮捕了饭富等人并进行审讯。

饭富等人说出了真情，可武田胜赖紧接着向武田信玄的侍臣和侍女行贿：

“那美女是饭富为奉承义信而雇用，义信君最终沉湎于该女色，赞同与饭富一起谋反。”

武田胜赖让他（她）们说上述假话。

武田信玄终于信了，处以极刑。这是《修订三河后风土记》里说的。

令人意想不到的是，武田信玄也被如此愚蠢的假话蒙骗。

经过分析，是由于成为今川家女婿的武田义信极力反对武田信玄制定的占领今川的方针，作为武田信玄，无疑要捏造这样的罪状除掉武田义信。正因为武田信虎通报骏河内情劝其占领的日期，恰巧是这年的前两年，也就是他武田信虎去京都那年的前一年。因此，我想试一下尖刻的推理。

诚然，武田义信不光反对，还与饭富到处进行反对的游说。对于武田信玄来说，饭富也可说是创业功臣之一。关于策划赶走武田信虎拥戴武田信玄，饭富与板垣信行是首谋。与今川家交涉，理应也费了好大周折。即便对今川家有割舍不掉的情义，也没什么不可思议。

处于政见不同而牺牲亲生儿子并将其杀害的无情举止，与现代人的情感相差甚远，但当时那个年代杀害作为人质的儿子不是什么稀奇事。即便在那个时代，武田信玄也被称为冷血动物。此外，凑巧还有无中生有的举报。

就这样到了永禄十年八月，武田信玄杀了武田义信，把他的妻子也就是自己的儿媳妇送还给今川家，与今川家一刀两断。

《修订三河后风土记》称，武田信玄派使者去今川家说：

“如果把远州一处领地赐给我，那我就亲自讨伐背叛贵家族的德川家，如何？”

可是正在为妹妹被赶回家、姻缘关系被切断而怒气冲冲的今川氏真不可能同意，险些说出这样的话：

“多管闲事！这个对别人领地贪得无厌的家伙！”

把使者骂了回去。于是，武田信玄这次派使者到冈崎传话说：

“以后，我们两家永远友好。以大井川为界，远州由贵家族割占，川东由武田家族领受。”

对此要求，德川家也表示同意。只有今川家族丢人现眼，任由别国随意决定分割。

今川家族，可能就连这情况都不知道。但由于武田信玄任意切断相互间关系而发怒的今川氏真，与小田原北条氏合谋，禁止将盐运送到武田信玄的其他所属领地，设关卡严密封锁。上杉谦信得知后愤然派出使者传话：

“与我国交战达十多年，但这都是靠弓箭决定胜负，不在于米和盐。如果接受我的盐，那骏河与相模两地阻止不了我向阁下那里送盐。请别为之感到烦恼，鄙人决定由我这里向阁下送盐。”

他让盐商降低价格把盐送去，就是这时候的事情。上杉谦信是常思考以男人气概贯穿一生的人，可能认为今川家族与北条家族的手法卑劣值得唾弃。顺便提一下后来发生的事。

武田信玄临死之际对武田胜赖说：

“希望与上杉谦信和好！他是靠得住的大丈夫式人物。”

那是因为发生了这样的情况。

永禄十一年十一月六日，武田信玄率领三万五千将士从甲州出发，一周后兵临骏河。那是他杀了武田义信将骏河媳妇送还后第二年的第三个月。

今川氏真仰天长叹，可还是紧急征召军队，聚集了三万四千兵力出动，可部署周密的武田信玄早就劝说了今川家族中有威望的家臣，商定让他们担任内应。大部分家臣说：

“现在的家主，最终还是会断送国家。武田家已经派人跟大家捎话，我们认为还是听从武田信玄阁下的吩咐把今川家族领地原封不动地交给他，按照商定可以保住恩赐给我们的领地。”

据说，意见统一后都逃回到各自领地。因此，骏河的形势不可能好转。自足利时代初期以来长时期保卫骏河、不忘代代蒙受的恩情、决心尽义打保卫战的人也并不是没有，可是这么多人倒戈而无法应战。都返回了自己的领地。

今川氏真狼狈不堪，打算召集老臣商量，但这些老臣都已经与武田方面暗中约定而且早就去了武田阵营。正在一筹莫展的时候，武田势力的先锋山县昌景和马场信胜等猛将们早已兵临骏府东侧二里不到的上原（在现在的静冈市有东町附近）。于是骏府的市民们上下乱作一团，东逃西窜。今川氏真先逃到大井川上游西岸十一二里的土岐（现在的榛原郡中川根村）的山村，继而逃到桂川城，最后寄身于山田原北条氏。

今川府被占领时，夫人们被敌军抓住遭到奸淫，简直惨不忍睹。战争常常是悲惨的，但都市被攻占后的结果尤其触目惊心。

就这样，骏河与大井以东的远州归于武田信玄的囊中，但德川家族也抓住这一契机，布署周密地入侵远州，智取井伊谷，攻占了浜松城，确保大井川以西区域。

元龟元年正月，德川家族将居城从冈崎搬迁到浜松。

就这样，武田信玄与德川家康隔着大井川成了邻国。可是，武田信玄的真意不希望将远州的西半部分永远让德川家康占着。之前的约定，只是权宜之计而已。不久，他盘算夺取那西半部分，但没有马上发动战争。那是因为小田原北条氏非常重视势力均衡的局面被打破这一问题，以拯救今川氏真为由进入伊豆，从东面大兵压境。小田原北条氏还与上杉谦信商定，由他担任从北面进攻的任务。

形势确实严峻，武田信玄不得不回到甲州。骏河被小田原北条氏军队夺回，又回到了今川家族的手里，可那只是名义上的，小田原北条氏让北条氏政之子国王丸（即后来的北条氏直）作为今川氏真的养子。由此，今川氏真搬迁到伊豆三岛，接受北条氏的保护。因此，这与今川家族领土归属北条氏是一回事。得利的是德川家康，不仅大井川以西，就连整个远江都到了他的手里，并且还得到了今川氏真与北条氏的认可。

武田信玄再度入侵骏河，是一度返回甲府两个月后开始的。宛如蜘蛛网的各领主间利害关系的盘根交错，没有让他一举成功。回师，出师，再回师，再出师，从再度入侵算起花了大约三年时间，终于成功地拿下了骏河。这时是元亀二年初期，武田信玄五十一岁。

八

武田信玄最初是否有夺取天下的野心？至少在今川义元死之前是没有的。但是，像他那样的人物那后来多半滋生出了夺取天下的野心。

他是以什么样的心态看待织田信长的呢？织田信长在桶狭间杀了今川义元，于第九年奉足利义昭将军的旨意进入京都。足利义昭只是名义上的傀儡将军，而实权操纵在织田信长的手上。

“这嘴上没毛的家伙多亏投胎投得好。”

武田信玄内心不快，觉得织田信长的位置由自己取代也没什么不可思议。这大概是他最真实的心态吧？！

可是，对手织田信长决不做激怒他武田信玄的事，竭尽全力讨他喜欢，一有机会就向他赠送厚礼，把亲戚之女收作养女出嫁给武田胜赖为妻。后来，该养女作为武田胜赖之妻病死了，织田信长又立即请人说媒，在娶武田信玄之女武田菊为自己长子织田奇妙丸（信忠）媳妇这一缔结姻亲关系方面绞尽了脑汁。

织田信长如此迁就奉承，武田信玄再怎样也不会产生厌恶心情，他内心格外清楚自己受到了织田信长的奉承。

“根据周围形势，我现在要动也动不了。那我就扮成老佛爷，装到可以动的时候。我现在受宠，根本不可能受损。”

武田信玄处在上述状态之中。

可是从确保骏河之时开始，他可能有了这样的心情：

“机会总算来了。”

不知道是不是时机。

元龟二年三月到五月，武田信玄频频入侵远江和三河，攻打德川方面的城市。原本，他把远江让给德川家康就不是本意，那是为了阻止德川家康干扰自己攻打骏河的部署而使用的招术。这攻占骏河后进而夺取远江的态势，可能是武田信玄既定的方针吧。不过只是那么考虑，也太小看武田信玄夺取天下的气度了。他自然而然地认为，三河攻略可以打通夺取天下之路。

时逢足利义昭将军对织田信长架空自己感到十分不满、并从这年的前一年开始对织田信长分属领地周边那些具有实力的大领主、本愿寺以及比睿山等做策反工作，企图集结打倒织田信长的势力。足利义昭将军派遣使者于这年九月来到武田信玄大本营传话：

“我是借助织田信长的力量成为将军的，可是最近织田信长的专横跋扈让我无法熟视无睹。按他这样的举止言行推测，我有可能死于他之手，为此请求卿率兵进京处死这无礼的家伙。我也邀请了越后的上杉谦信率兵进京，上杉谦信也承诺了，请武田信长与上杉谦信商量，合力讨伐织田信长。”

对此，武田信玄答道：

“鄙人现在归顺佛家，决定不与战争产生瓜葛，只能祈祷将军家族武运长久。上杉谦信武勇盖世，讲义气，只要他接受了，就一定会履约的。别担心。”

《甲阳军鉴》称，武田信玄没有同意。

可这回答不是武田信玄的本意。他心想，要率领大军进京需要大量准备工作，首先必须使本国稳定。这是头等大事。只要尚有不稳定的隐患，就不能贸然回答。我想他应该如此思考过。可以说，处事谨慎像他的风格。

他认为：做这样的事不需要与没有实力的将军进行事先约定；如果将军感到兴奋而到处乱说，相反事态会变得难以进行；做这类事，仅限于隐蔽到一举成功的时刻；届时再公开真意，将军只有高兴，更不会发脾气。由此可见，他当时进行了周密的外交工作。

武田信玄首先与北条结成同盟，北条氏政的弟弟北条氏忠与北条氏尧由北条氏派来甲府作为人质。武田信玄还进一步加强这之前为牵制北条家族而结成同盟的安房的里见氏、常陆的佐竹氏之间的联盟，使得北条氏即便想背叛也无从下手。

他还与越前的朝仓氏、北近江的浅井氏结成同盟。他们当时是织田信长的正面之敌，当然乐意与之结成同盟关系的吧？！

双重利用本愿寺。武田信玄之妻与本愿寺继承人显如之妻同样都是三条公赖的女儿。由此，他与显如是连襟。利用这层关系，由本愿寺在加贺、越中、能登的门徒牵制上杉谦信；此外以本愿寺本身持续对付织田信长的反抗。他还与大和的松永久秀取得联系。

准备好了。大致是元龟三年夏天时分。

九

就这样，三方原之战的序幕拉开了。

元龟三年三月十日，武田信玄从甲府出发，率领两万将士和北条氏派来的两千援军入侵远州，攻占了诸城后，继续向前推进。

那之后，打起了三方原之战的前哨战和侦探战。

十二月二十二日，在浜松北侧一里半距离的三方原展开大战。

武田信玄不提倡打徒劳之战，如能不战完事就尽可能不战完事。

他打算在德川家康居城浜松城南侧有相当距离的地方经过，朝三河推进。但是德川家康斩钉截铁地说：

“如果敌军踏入我国郊区而我们一箭不发，那我们算什么男子汉。要是你们阻拦，那我辞去武士削度为僧。”

最终，德川家康率领自己的七千军队和织田家的三千援军凑巧一万在三方之原布阵等候来敌。德川家康是向来以谨慎从事且杰出武将闻名，这无疑是事实。处在兵力如此悬殊的困难之际依然如此勇敢。这一仗，以德川家康失败告终。可这却依旧是他光辉的履历之一。试比较谁是顶天立地的男子汉，诸位大领主都要逊他一筹。

且说武田信玄到达三方之原后观察德川家康与织田信长联军的架势，最终打算还是尽可能不战而通过，安排了殿后部队后，大部队仍然继续前进。

德川家康的家臣也进言：

“如果敌军不向我们发起进攻是不幸中的万幸，不要强迫士兵与这支庞大的敌军交战，请撤回前锋部队。”

“汝等不像平时，胆小懦弱！压根儿不起作用！”德川家康大发雷霆，“不在这里与之交战，就会遭后人唾骂，说我们任由武田军队在我们头上拉屎撒尿！胜负在天。迎战！”

他激励大家。大久保忠佐和柴田康忠二人率领步兵开始使用枪炮攻击。

甲州部队也针锋相对，战斗非常激烈，德川军队击退甲州军队三四百米。可是，织田家的三千将士被打败逃走了。这当儿，武田胜赖的新招募的部队与甲州军队汇合后联合作战，终于使德川家康全军败北。德川家康军队逃回浜松城。

鸟居元忠打算固守城池，但德川家康指示：

“我方军队陆续归来，不准闭门。如果关上城门，反而被敌军气势吓倒。不仅要大开城门，还要在城门内外大规模地将火把熊熊燃起。”

他说完进入里间，在女侍的服侍下吃下三碗开水泡饭，打着呼噜入睡了。武田军队前锋马场美浓和山县三郎兵卫率部队来到城门跟前，目睹眼前到处火把冲天燃烧的架势而迟疑再三，最后退兵离去。德川家康虽小心谨慎，但关键时刻胆大过人。

这个故事酷似诸葛孔明对付司马懿采用的“空城计”。空城计在中国演变成戏剧（是前些年梅兰芳一行京剧剧组来日本演出的剧目之一），在日本，也有歌舞伎“酒井太鼓”（大鼓音智勇三略）。情节是：酒井忠次大开城门，声势浩大，击鼓鸣金，大长我军勇气，大灭敌军威风，从而转危为安。

空城计是诸葛孔明弹琴，可酒井忠次是指挥士兵击鼓。作家默阿弥引用三国志形容了当时的情景。

武田信玄不是意气用事不顾大局的大领主，觉得德川军队处于退守不会再有危害，也就不攻打浜松城，而是向西挺进，在刑部安营扎寨过新年。把这期间在三方之原交战中割下的织田家族的部将平手泛秀脑袋送到了岐阜，宣布与织田信长断交。

新年是天正元年。从这一年的正月十一日开始，信长军队将三河的野田城团团围住。野田在丰川上游五里左右的西岸，德川家康的家臣菅沼定盈固守城池。武田信玄于一月与二月的十日围城攻打，以不杀守城军队为劝降条件使守军打开了城门。可在这次围城攻击的过程中，武田信玄生病了。

武田信玄从降军手里接过野田城，随即从野田退到丰川的川上二里半左右的长筱，让军队驻扎在这里，自己则去了长筱北侧一里半的凤来寺峡谷养病。

不久，武田信玄的病情稍稍好转，于三月十五日复出，授一万将士给武田胜赖阻击德川家康，自己则率兵攻打吉田（丰桥）。但是，旧病复发折回，于四月十二日在信州下伊奈的驹场（或者是治部）去世，享年五十三岁。

在濒临死亡的昏睡弥留之际，突然大声叫喊山县昌景。

“我在这里。”

山县昌景答道，随即蹭行靠近。武田信玄则一边昏睡一边说道：“明天把旗帜插上濑田。”

虽处在半死境地，心却已经飞至京都，令人伤感。如果有男人气概，通常胸部发热。

关于武田信玄的患病名称，《御宿大监物》里是这么写的：

“武田信玄公爵志在统一天下，胸吞四海，舌卷九河，光宗耀祖，名扬后世。鉴于骨髓疼痛，肺肝难受，疾病瞬间萌生，只有安心养病方可除之。”

由此可见，多半是患肺病。

《修订三河后风土记》引用的《柏崎故事》，载有有趣的说法。

野田城里有叫村松芳体的人，是吹笛高手，每晚吹奏。武田军队士兵们觉得动听，每晚以欣赏他的笛声为乐。一天，武田阵地的小高地上竖着的竹竿上贴有纸张，城内守军鸟居三左卫门眺望后说：

“这肯定是敌军大将来这里欣赏笛子演奏时的位置标记。”

那天晚上当村松像往日那样吹笛的时候，鸟居三左卫门以那竹竿为目标炮击。炮弹从武田信玄的耳边掠过而使之倒地休克。由于伤势难治，致使武田信玄死亡。

也可认为，那次伤势没有痊愈是患病之源，以致并发老年性结核病，最终导致武田信玄死亡。

十

武田信玄作为当时战国武将，系一流的战争高手。当时能与他媲美的，只有上杉谦信吧？甲越军队的精悍，使天下武士们敬仰。他不光是杰出的武将，还是伟大的政治家。直到今天，甲州人对他还是赞不绝口，为他歌功颂德。他倡导的产业奖励、治水、健全池沟设备，至今还清清楚楚地保留着，证明他不是单纯地夸耀自己领地。他占领别国时担心形成暴政体制，决不授统治权给家臣，必须作为自己的直辖领地，派遣老练的代理执行官去那里施以善政。因此，百姓心服口服。传说在他的执政时代，根本没有发生过众叛亲离的事件。可见他用心何等良苦、细腻。

这是基本定论，但他也有过很不得人心的举止。《妙法寺》称，他于天文十六年攻陷信州佐久郡的志贺城时，将全部男女俘虏带到甲州，分别以二贯、三贯、四贯、五贯、六贯的价格作为奴隶出售。这行为十分残酷。我们虽然认定织田信长虐杀俘虏非常残酷，但武田信玄出售俘虏赚钱的举止令我厌恶。虽是精打细算，但武田信玄把人当作商品，显然冷酷无情。他对于新领地实行严密的政治制度，可能也是出自这种惨无人道的精打细算。

在他身上，具有其父亲遗传的沉湎于享乐的一面。这在前面提到过。但是，我总觉得其本性与这种特质有关，对于事业消极、呆板，也就是惰性。然而，取得如此成功，是因为通过意志的力量矫正其本性努力的结果，其本性似乎也是有那样的部分。他尽管拥有那样的实力，可错过机会进入中央的原因里，除了写到这里的情况以外，也许主要在于他的这种性格。总而言之，持有惰性的人对于着手新的事业提不起精神，但有着精打细算的优点，即从已经完成的工作进行彻底梳理。

持有这种性格的武田信玄，与坚持禁欲、一生贯穿男性爽快性格且最积极投入军事活动的上杉谦信之间，长期进行的几次血战的事实，也可谓非常戏剧性。

作为当时武将，他拥有优秀的学问，也留下了许多汉诗与和歌收录在《甲阳军鉴》的许多史书里。所有创作手法都非常精湛到位，措词和造句的方法等也都非常专业。

《驿站闻鹃啼》

空山绿树雨过晴，
残月杜鹃频唤梦。
旅馆闻啼归心切，
天涯瞻望蜀城春。

《烟火》

夜瑟敷衣独自寝，
意欲燃炭驱寒意。

例举上述两首，都是命题创作的诗词，无需举出多例。创作诗词手法到位，但凡有相当学识素养，无论谁都能创作上述诗词。与上杉谦信的《霜满军营》诗以及“铠甲单袖垫，近枕闻雁啼”和歌比较时，尽管很有学问以及知识，但诗魂不在这里，而是在武田信玄那里。这可谓两雄的军事才能特色。武田信玄的特色，是后天努力的军人风格；上杉谦信的特色，是与生俱来的军人风格。

织田信长

一

在尾张西春日井郡味宛村天永寺的天台宗寺里，有叫天泽的僧侣。他是所有佛经都念过两遍的名僧。有一天，这僧侣去关东地区。途经甲州的时候，当地官员说："请向甲府家督（也称家主）行过礼后通行！"

于是，这僧侣去甲府走进家督公馆，武田信玄接见他问道："请问老家在谁的领地里？"

僧侣立刻答道："哦，是织田信长的领地。"

"原来是那么回事。织田信长是个有着各种有趣传说的人。你把他的日常活动原汁原味地跟我说说。"

"好呀。首先，织田信长每天早晨骑马，还接受枪炮射击训练，师傅是桥本一巴。他还学习射箭，市川大介是他的师傅。他还学习兵法，师傅是平田三位。他还常带着猎鹰去野地打猎。"

"他还有其他喜欢的东西吗？"

"他还喜欢跳舞。"

"跳舞？也邀请幸若舞蹈大夫吗？"

"不，听说他屡屡邀请清洲市民叫友闲的人，他称友闲为师傅学习跳舞。他只跳小敦盛舞曲，不跳其他舞曲，还边跳边唱着什么

‘比较人的五十年与世界，犹如梦幻，走一回人生，从人间消失’，另外，他还喜欢小调，哼唱小调。”

“哦，兴趣广泛。那是什么小调？”

“歌词是‘人一出生已定调，总得离世难脱逃，转世投胎招财宝，的小调。”

武田信玄听后饶有兴趣，要求僧侣：“歌词有趣，唱给我听听。”

僧侣感到为难：“我是出家人，也不曾模仿别人唱歌，请宽恕。”

僧侣请求武田同意自己免唱，可武田信玄不从，死乞白赖：

“务请唱给我听听。”

无可奈何，僧侣终于亮出喉咙，跑调得厉害，然而，武田信玄还是认真地欣赏到结束：

“原来如此，倒是一首有趣的小调。”

而后，他继续聆听织田信长在野地里打猎鹰的轶事。

“织田信长还从观赏鸟的人群里挑出二十个人，命令他们去二三公里的地方找鸟。如果发现有鸟的痕迹，就留五个人在那里继续监控鸟的动静。如真有鸟，就派其中一人回来急报，让另外六个人三个持弓三个拿长矛。这些人不离他的身边。此外还有一个人骑在马上。这人在织田信长去五个人监视鸟的地方时，骑着马在鸟周围转圈，靠近。为不使骑马时发出声音，马镫用革制成。织田信长隐蔽在马另一侧同时转圈，当靠近到适当位置时突然窜向目标，放出鹰捕猎。”

“嗯，嗯，他打猎原来这么煞费苦心，接着往下说。”

“他规定，猎鹰抓住猎物降落时要有人等在那里按住猎物。这人模仿农夫装束，手拿锄或锹在那一带水田旱地模仿锄草翻土。不用说，这是为了让鸟放松警惕。织田信长由于最近的身体锻炼，腰腿非常结实，总是先于大家赶到亲自捕鸟，摁住鸟后玩耍。听说他经常这么玩鸟。”

武田信玄听得非常仔细。

“原来是这样啊。”

武田信玄抱着胳膊，显现深思的模样。

上述摘自信长文书太田牛一撰写的《信长公记》。

另外，该书记载了织田信长最初会见斋藤道三时的如下情况。

织田信长与斋藤道三之女斋藤归蝶结婚，是织田信长十六岁那年。四年后，斋藤道三想见见这个女婿。这是因为传到他耳朵里的尽是对于织田信长的不良评价：说他恶作剧，不礼貌，爱胡闹，很野蛮等等，还有人当面对斋藤道三说，你那女婿瞎闹。

每当这时，斋藤道三答道：

“不是瞎闹，而是你们没有全面分析。”

由于评价太差，斋藤道三便下定决心会会他。

曾经也这么想过：“如果真像传说那样折腾，那尾张就不会交给别人。我是他的岳父，我来衡量。”

他们会见时值天文二十二年四月下旬新绿之际，地点在美浓领地与尾张领地交界处的富田正德寺。这一带在本愿寺境内，从某种意义上说是中立地带。

斋藤道三早到一步，在正式会见前先走进城边的百姓家，可以从那里窥视织田信长整个模样。

不久，织田信长一行到了，随行七八百号人，近四米长的长矛五百，弓枪炮五百，浩浩荡荡地开了过来。被簇拥在中间骑在马上的织田信长，那身服装似乎在嘲笑别人。

他头上用淡绿色扁丝带卷起茶刷形发束，上身着宽袖浴后单衣，腰挎一大一小金鞘。这大小两把刀的刀把特长，三股拧绳缠绕，刀柄头上系粗绳套，下身着虎皮与豹皮合制的四幅宽短裤裙，腰周围犹如耍猴人悬挂着七八个打火袋和葫芦瓢等。《老人杂谈》甚至这样叙述说：穿身上的浴后单衣上彩绘了雄壮的男生殖器。

如此标新立异的奇装异服，使斋藤家君臣大为震惊，稍后在正德寺面对面的时候，更让他们惊讶得目瞪口呆。进入休息室片刻的织田信长，这时露面的装束已经跟刚才截然不同。后脑勺上是上品的发髻，身着长礼服，前面挎着小刀，礼仪规矩，外表端庄。

美浓家臣春日丹与堀田道空尽管吃惊不小，还是走出来打招呼：

“唉呀呀呀，早上好！”

可织田信长根本不朝他们看一眼，镇定自若地从列队欢迎的美浓武士前面经过，倚靠着檐廊柱子坐下。

斋藤道三用屏风围住主殿坐在其中，待差不多时移开屏风出来。

织田信长看着斋藤道三出来，毫不介意，犹如望着空气那般脸无表情。堀田道空忍不住上前说道：“我是家督居城的太守。”

织田信长这才有了表情，说道：“是吗？”

说完走进和室打招呼：“初次拜见，鄙人是织田信长，岳父女婿缘分不浅，请多多关照。”

礼仪正确，措辞上品，态度悠然。

“自我介绍晚了，鄙人是斋藤道三，也请多多关照。”斋藤道三答道。

三人共同用餐，一起喝酒，见面顺利结束后，斋藤道三目送织田信长回去后感叹道：“遗憾，我的孩子等于在这混蛋门前拴马侍奉。”

上述两则故事，道出了斋藤道三的一番心里话：织田信长被当时邻国有实力的英雄豪杰们视为另类人。桶狭间之战，是织田信长二十七岁的时候。从十六岁那年的三月开始，是织田信长因父亲逝世继承家督以来的十一年，经历了许多风雨。

织田信长家族，在织田家族里也是最弱的一族。足利幕府兴旺的时候，斯波、细川、畠山三个家族被称为三大管领家族，轮流担任幕府管领（相当于德川时代的将军辅佐官）。织田家，受其中斯波家派遣在尾张担任代理太守。这织田家有两个，一个管理尾张上四郡，居城则在岩仓。另一个管理尾张下四郡，担任斯波家族当主的居城太守，自己的居城则在清洲。这后者织田家族里，有三个姓织田的主事，织田信长家只是其中一个主事。

也就是说，在足利将军的立场上，织田信长家族是陪陪臣。可是，织田信长的父亲织田信秀是一个识时务的俊杰，抓住权势下移和以下制上时代的大好时机，构筑了其家族在整个尾张的掌门地位。

他死后，由于继位的织田信长年仅十六岁，而且是一个不以常识自律的怪人，因而尾张瞬间乱成一团。家臣们众叛亲离，与今川家族串通一气扰乱边境。刚要思考如何对付，没想到织田信长的主子家族即清州的织田家族，举旗扬言要消灭织田信长，继续在他的家族里引发骚乱。林佐渡太守兄弟、柴田胜家等重臣谋反，拥戴其弟弟织田信行继任家督，废止织田信长。再者，在这谋反人群里，甚至其生母佐佐木氏也参与其中。

织田信长持续花费很大的精力来处置这乱成一锅粥的事态。来自少年时代的狂态，也持续了相当长时间。因此，社会上对他的认识还是没有改变，作为另类人物在人们大脑里留下负面烙印是理所当然的。只是在武田信玄和斋藤道三的眼里，正因为他们本身也不是一般人物，觉得其表面狂态和另类的背后可能有非同一般的隐情而持有特别兴趣吧。

当时的各种记载描述织田信长是“装束怪异大将”。装束怪异这一形容词，成了后世犹如“另类人物”和“另类戏剧”之类的词源，是这种时代特有的词语，含有“不正常、另类、新奇”等意思，还时髦成了持有西洋风味的意味。在加贺的前田家族里的多代后世，都称喜欢枪炮的人是另类。这也佐证织田信长喜欢枪炮的特性吧？

织田信长持有与生俱来的嗜好，可以视为其生涯中无处不见的霸气。这与讨厌平庸鄙视陈腐的英雄气魄相通。这种气魄在他少年时显现，喜欢标新立异，嗜好奇装异服。从青年到中年时期喜好新奇，进而展示新时代感觉，终于以暴风般威力建成霸业，统一了藩镇割据的战国日本。

然而，这是后世回顾当时的解释。武田信玄也好，斋藤道三也好，大凡没有这么深刻的认识，只是觉得可能有什么非同一般的隐情而已。

二

永禄二年，织田信长二十六岁。这一年，他终于平息了尾张内部的骚乱。那年是父亲死后的第十个年头，也是织田信长四十九年生涯里辛苦付出的十年时间，确实付出了相当大的代价。但是，十年时间夯实了坚实的基础。他后半生的锦绣前程英雄伟业，都是在这基础上开花结果的。

桶狭间之战，是这年的第二年。

今川义元上京夺天下的意图由来已久，将三河德川家的时任家主德川家康从幼年开始就当作人质不予归还，无论将整个三河领地作为附庸领地，还是频频入侵尾张割占该领地，都是为了准备进京。可是，进京计划久久不能转到实施阶段。那是因为其背后小田原北条家族以及其侧面武田家族的牵制。

不过到了这时候，机会成熟了。他把北条的女儿娶作自己儿子北条氏真的媳妇，将女儿嫁给武田信玄之长子武田义信。也就是说，今川义元通过婚姻政策结成了军事联盟。

当时今川义元四十二岁，要说其门第，是足利将军的同族，继承了将军家族的门第，其领地气候温暖，土地肥沃，不仅适合农业，而且海产品丰富，收入大致在百万石。而织田信长二十七岁，提及门第是陪陪臣，所属领地仅半个尾张，说收入二十万石还很勉强。按正常思维方式思考，他跟今川义元任何方面都根本不能相提并论。

但是，织田信长反其道而行之，在面临三河的地带建造城市和据点，驻扎部队加强防备。此外，当时山口左马助父子驻守在鸣海与中村。他俩曾经是细田家族的部将，织田信秀死后厌恶织田信长而叛逃到今川家族，一直充当今川家族对付织田信长的王牌。织田信长策划欲除去这父子俩，散布谣言，称“山口父子没有忘记与老东家之间的友情，私通织田家族”。今川义元果然轻信谣言上了圈套。无情无义的他，不动脑筋，召山口父子到骏府命令他俩剖腹自杀。《总见记》称，“今川义元不善思虑，信以为真”。《信长公记》称，“无情无义，不动脑筋，导致山口父子被迫自杀”。按理说，今川义元不是一般人物，却如此不假思索，只能说是气数已尽。

五月十日，今川义元率四万余将士从骏府出发，于十五日到达冈崎，在这里给各部将下达了命令。十七日经过池鲤鲋（现在的知立），十八日入侵尾张，在沓卦设立大本营。他的前锋部队于这天的前一天从海鸣打到通往桶狭间的沿线，放火焚烧百姓房屋，砍倒农作物。可是，今川义元的本部军队以外出旅游似的冗长队形磨磨蹭蹭地行进。

原本，今川义元就没把织田信长放在眼里。

“这嘴上没毛的芝麻官混蛋，我不费吹灰之力就可灭了他。”

今川义元多半是上述心态。

他身长腿短，骑马时必须把手搭在侍从肩上方可骑上。上身长，骑在马上理应英俊潇洒，脸形好，效仿官员气派，眉毛剑形，涂有黑色液体；淡妆，故而在当时百姓的心目中，无疑都觉得他像神那般伟大。

织田信长方面，来自所有边远城市与据点频频的急报，都说敌军势力强大，难以抵抗。为此，重臣们惊慌失色，军事会议上没一个人提出对策。

林佐渡口太守终于发言，主张说：“敌方四万大军，我仅三千弱旅，不能与之野地交战，只有固守城池。”

织田信长摇摇脑袋，斩钉截铁地说：“我不会固守城池消极防御。父亲的遗训里嘱咐，尾张地貌是平原延伸地势，不利于防守，如果敌军来犯，决不可待在城里固守，一定要主动出击。我将不忘父亲遗训，于近日率部队去鸣海背水一战。”

《总见记》称，织田信长坚持这一主张不改口。

十八日晚上，接到敌军攻陷丸根城的报告，这是德川家康按照今川义元命令攻占的。这年的前一年，德川家康根据今川义元的命令在大高城屯积兵粮。但是，其用兵妙术在当时的武士中间长时间传为佳话。当时，德川家康才十八岁。有关这一情况，我在《德川家康传》里进行详细叙述。

织田信长召集重臣们开会，缄口不谈战事，海阔天空，举行酒宴，让能乐剧演员上演《罗生门》等，营造宽松气氛。不久到了半夜，他打了个大哈欠说道：

“都回去睡吧，我也困了。”

说完走进卧室。

重臣们忧虑，愤怒，叹气。

“完了，完了，气数已尽，穷途末日就是这种状态吧？看来要不战而降了。”

大家窃窃私语，回到各自住宅。

第二天拂晓，从鹫津城传来敌军开始攻击鹫津和丸根两城的急报。酣睡的织田信长呼地跳起来，一边唱一边反复跳着喜欢的小敦盛舞蹈，跳完大声嚷道：

“吹号角！”

“把铠甲拿来！”

穿上铠甲，他站着吃了三碗饭，戴上头盔，跨上粟色毛的爱马，朝城外飞驰，随从仅五个骑马的普通武士。他们一口气跑完三里路到达热田。来到热田神宫的旗屋口等待的过程中，《信长公记》称，从后面赶来了两百左右士兵。《总见记》称，织田信长与随从共六骑以及两百多士兵一路快跑来到热田。在那里，又有将士从许多地方赶来，合起来有千骑左右。

织田信长在热田神宫里祈祷获胜后，挥旗命令部队前进。日本外史称，当时，织田信长命令神官在神社殿堂前挥动神旗，鼓励士兵说道“神明助我”。这是对绘本《太阁记》的叙述进行了加工，当然不是事实。此外，他还将数枚硬币用浆糊两枚两枚地粘合后跟士兵说：

“如果这场交战能获胜，那扔出去的硬币就都是正面朝外。”

说完扔出硬币。

这也是虚构的小说。

从神宫出发的时间是上午。

《桶狭间之战记》称，织田信长当时侧骑于马，手放在马鞍的前鞍桥与后鞍桥上，身体后倾，哼着鼻歌，显得十分悠闲。自古以来的解释称，织田信长已经胸有成竹，胜券在握。然而，我不认为是那么回事。这，我将在后面叙述。这时，织田信长对胜利并没有把握。事到如今再慌张也无济于事。织田信长非常清楚，摆在眼前的唯有孤注一掷。只有这样，才能鼓舞士兵低落的士气。

这时他眺望前方，那里升起漫天的浓浓黑烟，看上去鹫津据点与丸根居点已经被攻下。由于沿海边前往不是抄近路，织田信长拟采用这一进军路线，可不凑巧遇上涨潮不能通行，无奈改由热田去真东的田埂道，磕磕碰碰地一路奔跑，带上途中所有据点的士兵，于中午时分到达善明寺东面的峡谷。这时候，军队总人数达到三千多人。

织田信长为了扰乱敌军视线隐蔽自己的所在位置，分出一队令其攻击中岛据点。织田信长的宠童也是岩室长门太守，没有经过织田信长的批准也加入了这支攻击队伍。攻击队伍受到巨大损失，被敌人击退，长门太守战死。

噩耗传来，织田信长更加愤怒了，主张立即攻打。这一情节，是解说这场交战最最关键地方。应该如此解释：对于这场恶战，织田信长不可能胜利在握，而是抱有侥幸且赌博心理的孤注一仗，正因为如此，宠童死亡使他心情急剧受挫。

“唉，他娘的，我要为你去死！”

重臣们劝说：“中岛是被夹在深田里的唯一之路，这大白天里，加之那后面的平坦地势，对我方势单力薄的兵力可以一目了然，绝无优势可言。”

织田信长不听，大声说道：

“住嘴，住嘴，我去！”

说完正要出发时，梁田政纲派出的间谍回来报告说，今川义元的主力部队为了移至大高城正朝着桶狭间方向走来。紧接着又有其他间谍策马返回报告说，今川义元及其部队正在田乐狭间（峡谷）休息。织田信长的糟糕心情不翼而飞，英雄计上心来。

奇袭今川义元之计，眨眼间就在他脑海里形成了。

他从三千士兵里拨出一千，将所有旗帜授予他们，并命令他们固守善照寺据点，伪装成这里是织田信长主力部队的假象，自己则率领两千士兵从山背后沿着悬崖朝田乐狭间（也称桶狭间）挺进。

三

今川义元浑然不知这支置他于死地的偷袭部队正在不断靠近。因为攻下了丸根与鹫津，他正兴高采烈。他那红底锦缎的对襟铠服上，着胸白甲胄，腰上佩戴松仓乡刀和大左义字大刀。他在田乐狭间的草地上铺上皮垫，正坐着休息的时候，附近乡村寺庙神社的僧侣神官们为致祝词来到这里，献上酒桶。战国时期的百姓处境悲伤，不讨好获胜方则难以保住自身安全。今川义元用他们送来的美酒菜肴设宴，唱歌助兴。

这时，前线传来击退织田军队先头部队对于热田表的进攻并杀死五十多敌兵的报告，还送来三颗敌军脑袋。

“越打越好！我们的攻击目标都将变成恶魔鬼神！”

微醉的今川义元越发兴奋，回敬了大家一杯。

织田军队一边不断派出少量部队佯攻，一边沿着山背后朝田乐狭间靠近。稍前时，天色犹如傍晚不断暗淡的天空，噼哩啪啦下起豆大雨点，转眼间成了瀑布般的暴雨。《总见记》与《信长公记》都称：沓挂山上有两三层树冠的松树和樟等也被刮倒，浸泡在雨水里。

可见，当时的气候是伴随着台风的。被这般风雨声淹没，织田信长偷袭部队不断靠近的脚步声丝毫没有传到敌军那里。简直是意想不到的好运降临！

没多久，天色稍亮，雨势减弱。

“现在就是时机！听好了，冲啊！”

织田信长挥动长矛率先策马前进。两千将士骑马上沿着平缓的斜坡一齐杀向敌营，喊声震天，仿佛雪崩朝下垮塌那般冲入敌军阵地。

突如其来的攻击，使今川军队惊慌失措：

“是谋反！”

“是叛变！”

许多士兵大肆叫嚷，扔下武器和装备抱头鼠窜。

织田信长率先策马转来转去地寻找今川义元营帐。突然，他发现扔下今川营帐朝着前面逃离的队伍，人数约三百人。

“喂，喂，那肯定是今川义元的卫队！别让他们跑了！冲，冲！”

于是织田部队开始追赶。部下们也精神抖擞，紧追不舍。

今川军队也不断地边逃边反击。四五次交战中，今川卫队将士被杀了许多，剩下五十人左右。织田军队跟着织田信长飞身下马，挥刀砍杀敌兵。

惨烈的战斗开始了。今川义元不慌不忙地放稳坐凳，也不拔出军刀，指挥着侍从们应战。这当儿，服部小平太举长矛刺来，今川义元被激怒了。

“小子，休得无礼！”

叱咤后，他一边将刺过来的长矛拽到跟前，一边迅速拔出大左文字大刀从侧面砍去。小平太大腿被割开口子而倒地。正当今川义元高高举起大刀继续砍杀的时候，不料毛利新助从侧面猛扑过来，将今川义元摔倒在地，砍下了他的脑袋。但是，今川义元咬下了毛利新助的左手食指。

就这样分出了胜负。

持续拼命抵抗的今川卫队四处逃窜。当时今川部下死亡人数为：将校五百八十三人，士兵两千五百人。

申时（也就是下午四时），织田信长打扫战场后，把今川义元脑袋挂在马前，朝清洲走去。傍晚前回到了自己住所。

这是阳历六月二十一日，也是夏至，是一年中昼间最长的一天。

这就是所谓的桶狭间之战。如上所述，真正战斗是在田乐峡谷进行。田乐峡谷也叫田乐洼，是桶狭间东北侧半里左右的地方，是被低矮丘陵包围的狭窄洼地。

人出名是头等大事。一是轰动式出名，一是平静式出名，给人生带来几十倍和几百倍的得失。桶狭间之战的速胜，达到了理想效果。由此，织田信长的武名一时轰动天下。

“尾张有个织田信长。”

他的名声犹如霹雳响彻天下的每一个角落，他被天下人关注，就是这时候开始的。不久，这又是把他带向统一天下之路的进军号。

桶狭间之战给织田信长送去的幸运令人不可思议。如果织田信长去袭击中岛，那结果会怎样呢？起初，织田信长坚持袭击中岛而决不改口，但后来得知今川义元的最新情报后瞬间调整为突袭桶狭间战术。这里，出现了织田信长的第一幸运。

如果今川义元不在途中休息而直接进入大高城休息，那织田信长的命运又将怎样呢？织田信长多半是追不上今川军队的。但是，今川义元不仅在田乐狭间休息，甚至还在那里设宴悠闲自得地消磨时光。这里，出现了织田信长的第二幸运。

织田信长军队在靠近田乐狭间的紧张时刻，恰遇狂风暴雨突然袭来，掩盖了大部队行军时脚步以及辎重的噪音。这里，出现了织田信长的第三幸运。

所有的巧合，都朝着有利于织田信长的方向一边倒。不能不说这是罕见的幸运。

织田信长一鼓作气奇袭今川义元营帐的战术获得成功，是碰运气又是下大赌注一搏。由于那是一场看似连百分之十赢面都没有的赌博，却能因此赌赢，可谓完全靠这些罕见的幸运之福。

如果说他身上有值得赞赏的地方，那就是他具有能洞察到唯背水一战才有可能获胜的目光，具有坚决付诸实施、毫不动摇、勇往直前的决断力与岿然不动的决心。

为慎重起见，我想补充说的是，不可把织田信长作为单纯的幸运儿来低估和思考。所有英雄都是获得罕见幸运恩惠的人们。只要是决定性的重要时刻没有受到罕见幸运的光顾，人就不能成为英雄。有“不走运的英雄”之说法，但这是说已经成为英雄后开始走下坡路。

四

桶狭间速胜，使织田信长的名声传遍了天下，但与此同时也给织田信长带来了自信。他开始立志夺取天下，无疑源于这一时候。

《信长公记》称，这第二年年中，丹波桑田郡穴太村长谷城的城主赤泽加贺太守非常喜欢猎鹰，亲自去关东买了两排好鹰。回国途中经过尾张的时候，他说将其中一只猎鹰献给织田信长。可织田信长答道：

“你的厚意实不敢当，但鄙人不久想掌管天下，到那时我再申领猎鹰。你就代我保管到那时候吧。”

他没有接受。赤泽加贺在京都对别人说了这一情况，大家都笑着说：“从边国背负天下之望靠不住。”

《武林丛话》书籍里也出现了同样记载，但不应该把它看成虚构内容。到了这种时候，织田信长的自信理应滋长，野心理应膨胀。

还有更有力的证据，举这一年发生的事例。《信长公记》与《总见记》称，织田信长突然去京都拜见将军，带着上下八十个随从，从热田取道海路摆渡到伊势的桑名，参观奈良、堺等地后进入京都，在上京室町背后十字路口那里的旅店下榻，随后拜见将军足利义辉。不用说，是为了视察京都。

这记载里，有非常有趣的内容。

其一，当时织田信长的随从武士都佩带插入金鞘的军刀，其中还有人佩带着险些擦着地面的长军刀。这些鞘尾上附有小车饰件，让全京都人感到愕然。他们饶有兴趣，是织田信长按自己别出心裁的嗜好命令他们那么做，还是他们被织田信长嗜好感化了呢？

其二，当时美浓的斋藤义龙得知织田信长进京，便挑选了五勇士带上二十五六个随从，命令他们进京暗杀织田信长。在京都的小川路上织田信长与这群人不期而遇，他毫不畏惧地走到他们跟前说：

“听说你们是为了刺杀我从美浓远道而来。这么做是螳臂挡车不自量力。我佩服你们有勇气。如果真是这么回事，那就在这里杀我看看！”

刺客们被他的大声叱咤吓破了胆，一个劲地语无伦次地赔不是。两三天后，织田信长离开京都去了近江的守山，从守山冒大雨沿着大山走了二十七里路，用一天时间到达清洲。

这样的原委足以使织田信长萌生夺得天下的志向，此外挡住他实现这一志向的障碍是美浓领地的斋藤义龙。斋藤家族是他妻子的娘家，可岳父斋藤道三在桶狭间之战的四年前遭长子义龙杀害。斋藤道三在遇难数日前，曾把“如果织田信长与美浓结成同盟，愿将美浓让给织田信长统治”的信函差人送到织田信长的手上，美浓转让书也同时送到了。

这对织田信长来说颇有价值，至少可以用“悼念岳父”的名义出兵美浓。

向西出兵，需要巩固东面即背后的安全。为此，织田信长不得不把注意力转向桶狭间之战以后从今川家族独立出来居住在三河的德川家康。

实话说，织田信长欣赏德川家康已久。犹如前面叙述过的那样，德川家康的“大高城兵粮屯积”在当时武士中间传为佳话。分析那以后德川家康的一系列步骤，确实靠得住。

“年轻，但其老成超过年龄，一定要与之结盟。”

他下定决心。德川家康生母的哥哥水野信元在自己手下供职，织田信长将其作为中间人向德川家康申请和睦友好。虽有些纠葛，但他最终于桶狭间之战那年冬天缔结友好条约，于次年正月两人在清洲举行了见面仪式。

也就是说，与德川家康和睦了，就可放心地去京都视察。

背后安全了，织田信长便可专心致志着手制定攻占美浓的战术。首先，他将居城从清洲迁移到小牧山。

有关居城迁到小牧山，发生了有趣的故事。

织田信长心想，突然提出居城搬迁，家臣们肯定由于往来不便而发牢骚，于是带上所有家臣登上辖区领地的高山即二之宫山，说道："我要在这里建居城。那山峰命令谁去负责施工。这山沟由谁负责施工。官邸的划分等等……"

发布完命令后回去了。

家臣们对于织田信长居城移到山里以及为之大兴土木感到麻烦，牢骚满腹。看准这一情况后，织田信长说：

"我改主意了，移到小牧山。"

这方案与二之宫山工程相比要好许多，大家都非常乐意。《信长公记》称，"欢声雷动，赞同搬迁。如果先说迁至那里，则自找麻烦。"由此可见，织田信长的足智多谋，在于得心应手地掌握人心理的微妙变化。

就这样，乔迁至小牧山的计划成功了。但是，攻占美浓战斗打得极不顺利。斋藤家族兵强马壮。当时的斋藤当主义龙以猛将著称，后于桶狭间之战那年的第二年五月老毛病加重病死，其子龙兴是年仅十四的少年，素质平庸，但家臣们智勇双全，加之地势险要河川要塞多，无论怎么进攻，还是被击退。

织田信长终于醒悟不能强攻，采用瓦解斋藤家臣的方法，笼络重臣，使之归顺，最终袭击了稻叶山城，放火烧城使之变成了光秃秃的城市。斋藤龙兴屈服于威势，拱手让出城市后去了江州。当时是永禄七年八月，凑巧织田信长着手攻击美浓后三年半。

织田信长将居城移至稻叶城。一般认为，是占领美浓开始三年后的永禄十年。基于种种史实，不得不这样解释。那以前是住在小牧城，而对稻叶城可能进行了大幅度的改建。他将居城移至稻叶城后，立刻改名为岐阜城。

岐阜这一地名有两种说法。一说是取自《岐阜山记》。那数年后进行城市大改建时，僧侣泽彦根据织田信长撰写了这本书。书里称，中国古代周王朝起初是西侧岐山地方的小诸侯，从那里起家振兴后改换殷朝成为王者。岐阜就是根据这一故事命名。阜是冈的意思，也就是山，与岐山相同。

另一说，岐阜这一地名在织田信长以前就有了，古书里也出现过，不是织田信长时代开始的。

我想从这两种说法里取个折中说法，即岐阜这一名称早就有了，为细分的区域地名，但不久消失而不再使用。

“希望选择好的地名。”

接到织田信长命令的僧侣泽彦，出自也要符合周王朝故事的想法，拾起这一地名表示振兴或者根据地域极其狭小的由来表示那一带。织田信长稍后开始使用的印章“天下布武”文字，就是这个僧侣泽彦撰写的。与织田信长那般亲近，从某种意义上说受到信任的僧侣泽彦，所写东西不可能谎言连篇吧。不用说，织田信长不知道“周王朝故事”是怎么回事，但是听说了以后无疑十分满意。

“是好地名，与我的想法吻合。”

美浓一到手，东侧便与武田家族领地信州接壤。武田信玄与越后的上杉谦信实力相当，在当时的日本拥有最精悍的军队。就当时的织田信长实力来说，难以与他俩匹敌，因此必须发挥一流外交手段的作用。

“鄙人是织田信长，一直尊敬阁下的武略与政道，钦佩和仰慕古今盖世无双的名将，请多多指导无名鼠辈。”

附上如此尊重语调的信函，他还让人带上大量且精选出来的土特产，派出擅长外交辞令的使者去拜见武田信玄。每次机会来临时，反复这样的客套和送礼。

没有人因为受到奉承而不高兴。尽管起初被人奉承时小心戒备，可反复受到奉承后戒备心理也就自然消除。武田信玄如此谨慎从事富有智慧，也完完全全上了织田信长的圈套。《总见记》称，有一天，武田信玄对家中的年轻侍从说：

“织田信长这人非常诚恳。由于经常上我家送礼，我原以为出于阴谋，经过详细调查，他的细致周到着实令我吃惊。如果没有诚意，理应看得见的地方漂亮精致而看不见的地方粗糙拙劣，可他不是那么回事。上次送来中国湖州丝绸头巾，我让人查验包装箱上油漆，察觉反面也都涂有油漆，不是只涂表面油漆。如果不诚实，就不会这么做。各位年轻人，你们最好以他为榜样，认真地看在眼里记在心里。”

织田信长能把武田信玄那么聪明的人蒙骗到如此程度，可见他的耐心和毅力。

织田信长进一步以示友好。永禄八年秋，为进一步加强两家友好，他要求把自己的养女嫁给武田信玄的次子武田胜赖。意见统一后，养女于十二月入住甲州。所谓养女，是织田信长妹妹嫁给美浓苗木城主远山家后生下的女儿。这年的第二年，养女为武田家生下一个儿子。

武田信玄喜出望外："既是我孙子，也是织田信长的外孙，无论像谁，都应该是才能超群的名将。"

他非常宠爱，还没报出产房就已经给孙子起名为"武田竹王信胜"，定为武田家族的接班人。武田信玄死后，成为武田家当主的人就是这个武田信胜。武田胜赖正式成为他的监护人。

可是，武田胜赖的妻子由于产后身体恢复不佳而离开人世。织田信长又派使者前往武田家传话："尽管女儿死了，可生下的孩子仍然是鄙人的外孙。虽然我们两家友好一如既往，但是鄙人总觉得寂寞。为此，希望武田信玄阁下将女儿阿菊嫁给鄙人之子奇妙丸（后来的信忠）做我的儿媳妇。"

武田家族的老臣们对于织田信长举止过分亲近抱有怀疑态度，谏言不要同意，可武田信玄表示同意。

"我清楚织田信长是富有诚意的人。"

他这番强调后予以赞同的回复。于是，举行了盛大的婚礼仪式，交换了大量的礼品。

这年，织田信长又与德川家族缔结了姻亲关系，将自己的亲生女儿织田德姬嫁给德川家康之子德川信康。两个人还都只有九岁那么小，但他已经把女儿送到冈崎，形成了实际上的婚姻。

织田信长接二连三地与邻国缔结友好关系，巩固了东侧后，开始专心致志地把目光移向西边的京都。

比较织田信长的谨慎从事与桶狭间之战的冒险偷袭的时候，几乎觉得他是两面人。是织田信长性格发生变化了吗？世上往往有人随着身价上升而变得小心谨慎。但他是那么回事吗？对此，我持否定态度。小心谨慎，原本就是他的性格。我们不能被他机智明锐迅速的日常举止和桶狭间之战的英雄气概所迷惑，而把他视为喜欢冒险的大赌家。

桶狭间之战，除背水一战外没有其他路可走，只是打赌而已。他不喜欢赌博。在桶狭间以外的时候，他从不打赌。那以后，他的小心谨慎表现得越发强烈。

五

从美浓到京都必须经过近江，于是织田信长开始对江州进行策反。

原来，江州分成了源平时代勇士佐佐木四郎高纲的长兄太郎定纲六角与京极两家。六角在南部，京极在北部，兴旺繁荣。可这稍前时候，京极家族受家臣浅井家的制约，成了似有似无的傀儡家督。江州北部是浅井家族统治，江州南部是六角统治，形成两家对峙的局面。

六角家族是名门望族，浅井家族当然属于暴发户。可是，织田信长相信实力，对于利用门第显示实力不感兴趣，拟与浅井家族结成同盟。然而，结盟有两件犯愁的事。一是浅井家族与越前的朝仓家族交情深厚。这是浅井家族曾经受到六角氏与京极联合军攻打陷于困境时请求朝仓氏派遣援军支援，这才得已使浅井家族从危难中摆脱出来。那以后，浅井家族视朝仓家族为大恩大德的恩人。此外，朝仓家族与织田家族是自祖先以来积怨积仇的冤家对头。朝仓家族与织田家族原本都是斯波家族的家臣，可斯波家族分成两家形成越前与尾张对立时，首先的缘由就是斯波主家利益相互争斗。这织田家族是织田信长家族的主家，与织田信长家族同姓不同宗。作为朝仓家，即便这种情况也憎恨，再说织田信长家族是芝麻官。

如果朝仓家族用轻蔑的语气说：

“怎么啦？芝麻官身份的家伙。”

那么织田信长家也会用藐视的口吻回敬：

“怎么啦？你这叛贼！尾张的斯波家族在这之前只留下了躯壳，而我们家族献给主家的是忠和义，可你们在越前不是被赶出来了吗？不忠不义的奸臣！”

鉴于这样的缘由，困难从一开始就可以预想到，但织田信长决心排除万难与之对话。方法是婚姻战术。他把与浅井家族有着亲密交往的家臣喊来命令道：

“听说江州小谷的浅井长政是武艺高强的大领主，但还没有妻室，我想请他娶我的妹妹阿市，做我的妹夫，你去说媒。”

《总见记》称，阿市是京都及其附近盖世无双的美女。事实上，好像也是那么回事。高野山持明院里珍藏着她的画像，复印件广泛传世。也许这女人一生不幸的经历是源于先入为主，其外表给人凄凉的印象。但是，她那惊人的美貌集高雅、端庄、艳丽与一体。

众所周知，那是作家谷崎润一郎笔下《盲人故事》里的主人公。

总之，这门亲事双方暂时达成了一致意见。浅井家族说：

“织田家与朝仓家是有着世代不愉快经历的两个门第。我们浅井家族受到过朝仓家族施以的厚恩，结成了主从之义，约定我家世世代代对于朝仓家族不得背信弃义。我观察到织田信长阁下是心系天下之人，将来必然涉及与朝仓家之间的矛盾。届时，鄙家不知如何是好。”

对此，织田信长答道：

“您之担心很重要。我当用一生绵薄之力顺应天下，不做丝毫对不起朝仓家族的事。”

送去与此相同内容的书面誓约，双方终于达成一致意见。永禄十一年四月下旬，阿市嫁到了小谷城。

后来成为十五代将军的足利义昭派使者寻求织田信长保护，那是这两个月后发生的事。

应仁大乱事件以后，足利将军失去了统管天下的实权，只能支配京都及其郊外地盘。到这时，已经过去百年。其间出现了七个将军，但同族血亲之间血的较量反复上演，一个被杀，被逐出京都的竟有四个。作为乱世常态，以下克上的风气盛行，将军的权力被其下属管领剥夺，管领的权力被其下属执事剥夺，执事的权力被其下属家宰剥夺，将军手上其实已经没有任何权力。

但是，将军还是受到社会的尊敬。那是因为，通常认为统一乱世恢复秩序，重建以将军为中心的政府是最佳途径。无论织田信长上京视察的时候，还是同年上杉谦信上京的时候，都是怀着这样的想法拜见时任将军足利义辉的。

足利义辉于会见织田信长四年后的永禄八年夏天，遭到松永久秀等人袭击遇害。松永久秀是三好家的家宰，而三好是阿波细川家族的侍从，而阿波细川家族是足利义辉将军的管领。也就是说，足利义辉将军是遭到陪陪臣的杀害。

松永久秀拥立足利义辉的堂弟足利义荣为继任将军，从阿波带出，从朝廷那里接到天皇任命足利义荣为将军的诏书。可是，整个京都充满了反对的呼声，因此足利义荣不能待在京都，被松永久秀带到摄津的富田住下。

被杀害的足利义辉将军有两个弟弟，都入了佛门，小弟足利周高被松永久波等人抓住后杀害，大弟足利觉庆也被抓住，但急中生智得以逃脱，立志再兴足利家族，还俗后改名为足利义秋（后改名为足利义昭）。

足利义秋也许去了近江的六角氏那里，也许去了若狭的武田氏那里，要求讨伐叛贼再兴足利家族。但是，六角相反联合松永久波等讨伐足利义秋，而武田家族势单力薄不能与之谈判，足利义秋最终寄身于朝仓家族的篱下。

朝仓家族富有实力，为足利义秋建造了殿堂让他入住，施以上等待遇。可是，对于足利义秋讨伐叛贼重兴家族的决心毫无响应的热情。

“等待时机是最重要的。”

朝仓家只是嘴上这么说，很快一年半的光阴就流逝了。在这越前的居住期间，足利义秋改名为足利义昭。

这当儿，在朝仓家侍奉的明智光秀把织田信长的近况报告了如坐针毡的足利义昭，说织田信长在桶狭间打败了今川义元占领了美浓，还说织田信长的实力犹如旭日东升。足利义昭说织田信长值得信赖，派家臣细川藤孝（后来的幽斋）去了岐阜。那是永禄十一年六月的某一天。

时逢织田信长进京前准备工作中的环节之一，即与浅井家结成姻亲的两个月后。得知足利义昭使者细川藤孝的来意后，织田信长顺理成章地打出了进京旗帜。这正是织田信长说的“等到那时候”。

“我完全赞同足利义昭阁下的旨意，不日后一定着手准备，但先请阁下光临寒舍。”

织田信长郑重回答。

织田信长是雷厉风行的行动派，立即送公函到浅井家，请他去越前迎接。人通常有如此心态，即便觉得不重要之事，一旦转交别人办理则感到惋惜。朝仓家惊慌失措，尤其要转交给自先祖以来积有怨恨的织田家。朝仓家当主朝仓义景再三恳求：

“如果再承蒙等上片刻，我们定将按照您的愿望从事，现在目标已经明确，可您要去投靠织田家族，鄙人实在是感到遗憾。”

足利义昭听了以后，巧言说服了对方，从越前出发。在越前领地内，由朝仓家族的数名武士护送。在近江行走，则由浅井家族派武士护送。一进入美浓，则有织田信长亲自率随从迎接。并确定，足利义昭寓所为岐阜西南一里左右西之庄的立政寺，系净土宗西山派寺庙。

织田信长拜见了足利义昭后立刻说道：

“既然已经请阁下来到鄙人领地，余等发誓将在近日里快速进京讨伐共同的敌人，重振阁下家族的雄风。作为阁下的寓所，打算在本领地新建，但没有请阁下长住的想法，请阁下姑且忍耐。”

令人心情稍稍舒畅的话，迄今为止无论哪里都没有听到过。据《总见记》称，足利义昭对此十分感激：

“织田信长所说句句符合将军之意，喜出望外。片刻，酒宴开始，赐以酒杯，致辞后回家。”

六

说到底，织田信长是行动派。足利义昭到达美浓后第一个星期，即八月五日那天，举行了阅兵仪式，七日率领卫队二百四五十骑兵去了江州佐和山（彦根东侧的山）。

佐和山城是浅井家的防护城，织田信长在这里与妹夫浅井长政第一次见面，商量立刻去京都的大事。长政爽快答应担当后援。在这里，织田信长派出自己与足利义昭之间的特使去了观音寺城的六角僧人承祯那里传话：

“由于种种原因，新的将军将返回京都，希望他站在我这边。如果赞同，贵下属领地的安全事宜就不用说了，你可长期代管天下武士监督机关。”

但是，承祯与三好松永是同党，拥戴居住富田的足利义荣将军。见对方没有回答，织田信长三度派出使者，等了七天时间，结果还是相同。

“那样也好，消灭他们后从那里通过。”

回到岐阜，他不仅通知自己属下领地，还通知所有同盟领地国和领地邻国说：

“新的将军为了消灭共同敌人，使天下和平，决定进驻京都。凡是尽忠尽义的人都策马陪同前往。”

这不是织田信长的个人决定，而是以“新将军上京”名义。于是，从非织田信长领地策马赶来集合的人也不少，同盟军德川家康由于当时领地内有股叛乱分子不能离开，授权同族成员松平信一率领一部分兵力参加。

出发日是九月七日，新田军队的总人数为约五万之众。轻松占领六角氏诸城后，第六天从岐阜到京都的一路上如驱无人之境。

九月二十八日，新田军队迎接在岐阜等待的足利义昭一起进入京都，把大本营设置在东福寺。

京都的有钱人、手艺人、医生和连歌手等各行各业的人们来到东福寺致祝词，献贡品。织田信长一一热情接待，愉快面谢，毫无装腔作势。人们感到亲和，回家途中奔走相告。

“听传言，说他这个人狂妄，可怕。但是见过面后感到意外，是一个直率、和蔼、大慈大爱的人。”

这不只是从恐怖得来的安心感吧？织田信长是与昔日武将完全不同的新派武将，一点没有装模作样等那种老式权威主义和略让人感到厌烦的传统贵族味，既坦诚又直截了当。其实，民众本能对政治尤其机警敏感。对老式权威主义和贵族主义的压迫苦不堪言，已经在不知不觉的过程中认识到上述两个主义落后于时代。我想应该解释为，他们一见到织田长信，很快感觉到新时代的到来，并且感觉到了他的亲和。

当时著名连歌手绍巴也前来拜访，献上两把（日语里表示两把的数量词是“二本”，与“日本”一词的读音相同）扇子作为礼物。

织田信长眉飞色舞，将扇子拿在手上吟诗：

“日本得手喜在望。”

绍巴立刻对下句：

“扇舞天下遍信长。”

《总见记》称：喜出望外，礼物大增。

织田信长的军纪更加严明，听说有部下从市场商人的手中抢夺商品便大骂：

“这混蛋不配做我部下！”

为了让整个京都参加庆祝仪式的人们都能看见，他把违反军纪的部下绑在东福寺院子前面的大树上。

织田信长非常清楚胜利带来的心态。在精神振奋之际，即便施加过度压力，也会出现积极效果。一周后的二十九日，为讨伐残余敌人率部队向西挺进，约两周时间便取得胜利。住在富田的足利义荣将军逃到了阿波。这之前，他已经患了疔病，于十月底在阿波去世。他是接受天皇赐封将军的诏书，然而是一天都没有在京都将军府待过的将军。

松永久秀是杀死足利义辉将军拥立足利义荣将军的罪魁祸首，善于见风使舵。当织田信长还在美浓的时候，他对足利义荣已经失去信心，曾派密使到织田信长那里建议：

“快快上京，我为阁下带路消灭敌人。”

织田信长一入京，他比任何人都早来到东福寺，送上人质表示投降。足利义昭憎恨其所犯罪行与狡猾，说一定要治他死罪。可织田信长说：“投降者是经过思想斗争作出决定的，如果杀之，投降的人今后就会消失。恳请宽恕。”

他平息了足利义昭怒气，还救了松永久秀一命，并且授其一万兵力令其平定大和地方。这是因为松永久秀系大和信贵山城的城主，通晓大和一带情况。

织田信长为足利义昭张罗临时寓所，帮助足利义昭领到了天皇赐封他为将军的诏书。足利义昭表示感激。

“我觉得怎么报答您都不为过。我把畿内地区的所有领地赠送给你，请收下。”

足利义昭说。织田信长不接受，足利义昭执意，于是织田信长说道：“既然您那么吩咐，那我就收下了。我想完全废止这次被我们平定的领地间关卡，其次请求允许鄙人向界、大津与草津派出代理长官。”

足利义昭当场表示同意。他对织田信长的恬淡无欲而感到惊讶。只有这一看似无欲的欲求，才与他夺天下的志向最有关系。当时设置的关卡，与其说用于治安与防卫，倒不如说基本上是从经过关卡的行人手里收取买路钱，因而毫无利点可言。关卡各地都有，不仅妨碍人们相互来往、阻碍经济发展，而且使人心唤散、阻碍形成统一氛围。

织田信长自己的所属领地，已经废除了所有关卡。并且，界是当时日本最大的海外贸易港；大津是面临琵琶湖，聚集从东北、山阴和九州地方能过日本海运送来的物资的地方；草津是聚集通过陆上运输从东海道和东山道方面送来的物资的地方，都是经济重地。因此，他想用自己的力量控制这些地方。

实际上我们已经非常清楚，织田信长不是单纯的武夫，还是最卓越的政治家。这样的着眼点让我们觉得，那时代可能只有织田信长吧。不可思议的是，不知他是什么时候积累了这样的政治才能。他从少年时代就热心于武术练习和用兵研究，可政治方面的学问等按理几乎没有涉及。

此外，好像也没有记载说他具有超常智力。也就是说，只能认为来自他本身经常超越以往的陋习，无论什么都做到身体力行，并且与生俱来就有不亲自深入调查就不能作出决定的性格。只有这样才会产生天才那样的灵感吧？

足利义昭准许了织田信长想要的领地，多半觉得仅此赐予还不足以表达自己的谢意，于是又授予两封感谢信，如下：

父 织田弹正忠阁下：

阁下及时并悉数惩治国内凶徒，实乃武艺天下第一。本族复兴如此迅速，国家长治久安全仗阁下以及尚藤孝（细川）和惟政（和田）。

足利义昭将军（官印）

十月二十四日

父 织田弹正忠阁下

鉴于阁下大忠，授予桐花家徽与引两家徽（皆为足利家族家徽），表彰勇猛，敬请笑纳。

足利义昭将军（官印）

十月二十四日

通常，将军送交大领主们的书面文件，通常用小字书写对方姓名是固定格式，可这封感谢信上竟然用大字书写对方姓名，还在姓名后面添上“阁下”敬称，何况写上“父”。可见足利义昭非常感谢和尊敬织田信长。

心怀如此感激之情的足利义昭，于一两年后憎恨起织田信长来，执意策划消灭织田信长的计划，最终计划败露被逐出京都。可见，人的转变倒戈最难预测，防不胜防。

七

十月底，织田信长回到岐阜，约五十天后回到自己的居城。

《武田信玄传》称，东海道方面这时发生了异变，东海的名门望族今川家族被武田信玄消灭了。武田家族与今川家族是多重姻亲。当主今川氏真的母亲是武田信玄的姐姐，也就是说武田信玄是今川氏真的舅舅，而且今川氏真的妹妹嫁给了武田信玄的长子武田信男。

但是，这毕竟是充满了恐怖氛围的战国时代。这舅舅，且妹妹婆家的公公武田信玄竟然率兵入侵骏河，赶走了今川氏真，把该大片领地占为己有。如此变化，使得德川家族不可能坐视不管，遂出兵来到远州，将大旗竖在大井川西岸，以气势告诫对岸休想朝这里跨一步。

武田家族一方杀气腾腾，战争大有一触即发的态势，可不久两家又举行了和平谈判。

“以大井川为界，东侧为武田领地，西侧为德川领地。”

商定后，两军各自打道回府。

今川家族才是最没出息的，领地被随意分割成了另两家的领地。

在桶狭间今川义元战死八年后，当时连一座城市也没有的德川家康，如今当上了三河与远江两国的太守；曾任骏、远、参三国太守且东海道一带持大片领地的大领主今川家族，如今沦落成连一坪土地也没有的流浪者。今川氏真寄身于山田原的北条家族，降为朝不保夕的食客。这时代兴衰的激烈程度，显而易见。

那年末，即永禄十二年正月初六，京都传来急报，说正月初五凌晨，三好家族残余势力武装叛乱，攻打将军寓所，眼下正处在激战之中。三好残余势力好像很久以前就已经预谋。潜伏在畿内的一些武士就不用说了，还有曾被织田信长逐出美浓的斋藤龙兴也支持纵容，还与远处的阿波三好余党串通一气，现在，三好一伙渡海到了界这里，与其他几股势力汇合后展开攻击。这攻打程度迅猛，加之之前投降的人群里也有许多人跑去加盟。如果犹豫，也许酿成大祸。

“原来是这样，他们的动作太神速了。”

织田信长大吃一惊，不过也非出乎意料。他喊来文书给西美浓、近江的豪族们写催促信：

鉴于如此战况将导致将军寓所遭劫，接到命令后即刻策马率兵进京讨伐叛军。我也将率部队立刻出发。各位都不准拖延！十万火急！

派人送出后，他于第二天清晨单枪匹马率先朝京都奔驰，跟上来的随从只有十骑。时逢大雪纷飞，他马不停蹄，与逐渐追赶上来的数千侍从一起于九日清晨到达京都。

织田信长到达之时，将军官邸已经脱离危险。由于从各地赶来的援军投入战斗，叛军被打败逃走。

见到将军后，织田信长叙述了击退叛军的祝词，给立下战功的武士们予以奖励时，织田信长的大军陆陆续续地赶到了，最终扩大成五万人数的大军。大家为此感到惊讶。这以前也有过五万多人的织田信长大军，可那看上去举的是拥戴足利义昭为将军之大旗而聚集的大队人马。然而，这次是织田信长一声令下聚集的大军，他们即便不愿看到，也不得不承认织田信长如今的实力。

瞬间抓住这些人的心态以对症下药，是织田信长的拿手好戏。他立刻派出使者去界那里送信。织田信长上次平定畿内的时候，他把振兴将军家族的费用分摊给了石山本愿寺与界，也命令本愿寺支付金钱五千贯，命令界支付两万贯献金。本愿寺立即付款，可界不服从，还构筑据点，挖掘壕沟，集合兵力，表示即便打仗也在所不辞的强硬态度。为此，织田信长尽管恼羞成怒，还是忍了。

然而，这一次织田信长给界市的信函措辞极其严厉。

“你们那里，我曾于去年命令支付将军寓所再建费用捐款，可三令五申就是不服从命令。这次又与叛军勾结，在你的土地上让叛军汇合，你还在他们的军需上出力。你们究竟打什么主意？我将根据回复作出判断，也许立刻发兵攻打。我可以不费吹灰之力地踏平阁下领地，希望你们洗心革面！”

界市那里的老臣们接到信后直打哆嗦，聚集一起商量，不停道歉，说将军今后的任何吩咐都努力执行，祈求宽恕。

踏平界市的心情，织田信长从未有过。界市，是日本第一贸易港，是进口外国货物的最大码头，织田信长不会做毁掉港口的傻事，他狠狠教训后写了三条禁令，让他们遵照执行：

一、上缴三万两滞纳金；

二、今后不许召回浪人；

三、守住镇民本分，尊重武勇等，不准反抗将军。

最后宽恕了他们。

当时，界是一个特别城镇，原本是京都相国寺的领地之一，后来镇民们买下了自治权，推举镇上的三十六个长者组成联席会执掌整个界的政治。也就是说，这里是一个自由城市。但那是战国时代，如果没有军队，而且正因为是富裕的城镇，易于受到袭击。因此，召集浪人武士入伍，在城镇周围挖掘护壕，建造城墙，设置哨楼，整个城镇成了坚固城廓，变成了独立王国。从这时开始，它失去了独立地位，属于在国家权力支配下的港口。这，总而言之是难以避免的命运。即便没有特殊情况，界的特权也总有一天会被剥夺。那是因为把统一天下作为终生目标的织田信长，不可能允许日本国内存在他的权力够不着的独立王国。

八

织田信长这次上京顺便为第十五代足利义昭将军营造寓所，给这寓所取名为二条城。这寓所的所在地，最初是第三代将军足利义满建造的。那以后被烧毁，足利义昭之兄足利义辉将军在原址重建。足利义辉将军被杀害时该建筑又被烧毁，成了尚依稀可见的废墟。

织田信长把这片废墟占地向东向北各延伸了一百多米，在其周围挖护城河，建造八米多高城墙，非常坚固和壮观。

织田信长喜欢建筑工程，前不久彻底改建了岐阜城，晚年还建造了安土城，变革了日本的建城方法。即便在这种时候，他仍积极从事建筑工程。当时，土木工程犹如祭祀。例如，细川邸那里有叫作藤户的著名石板，把它拿来用作院石的时候，织田信长让人用绫锦将石板包裹起来，用名目繁多的花点缀周围，系上多几条粗牵引绳，用笛声与击鼓使气氛变得热闹，其他人又是喊号又是拽绳。

《西教史》称，为迅速完成新寓所殿堂的内装修，织田信长吩咐把京都和奈良两座寺院的装饰品拿来。佛教徒们哀叹，用金银募捐代替，希望别拿走装饰品，但是织田信长不允。此外，这工程还动用了两万劳力，所花费用摊派给京都市民中间的最富裕者，由他们付款。

还有这样的记载：在这建筑工程中，织田信长身着狩猎用的虎皮围腰，右手提着明晃晃大刀，站在建筑工地中央担任工程监工。遇一调皮士兵揭开前来参观的妇女头套窥视脸庞，织田信长飞也似地跑到这士兵跟前大声喝道：

“你这无耻的家伙！”

随即像砍西瓜那样把恶作剧士兵的脑袋砍飞了。

某记载还说，织田信长在担任监工过程中首次会见了名叫神父菲洛的天主教传教士。

近畿的天主教，自扎比艾离开京都九年后，神父维依莱拉从九州来到京都，致力于传道后逐渐兴旺，但那之后六年，即到了永禄八年，受到松永久秀的沉重打击。当时，松永久秀杀害了足利义辉将军，集京都内外军政大权于一身，发布了将传教士赶出京都的命令，还奖励执行命令的有功人员。

天主教再次得到传教自由，是由于织田信长的许可。这年的前一年，织田信长奉足利义昭将军之命入京的时候，从足利义昭流亡当初就鞍前马后与之同甘共苦的和田惟政，受天主教信徒既其胞弟高山飞马单太守（右近的父亲）委托，请求足利义昭和织田信长批准天主教传教：

“我想以自己的功劳请求取消前些年松永久秀发布的驱逐传教士命令。”

足利义昭和织田信长批准了他的请求。

这时，有一讨厌天主教的官员说：

“天主教是有害世界安宁的宗教，如果随意准许宗教传教士进入京都，就会导致整个京城不得安宁，进而发生严重事件。”

可是织田信长冷笑着说道：

“就一个异国传教士来京都，怎么可能发生整个京都骚乱事件？器量太小了。”

不予理睬。

工程期间，让菲洛传教士与织田信长见面的也是和田惟政。和田惟政让人从界市喊来菲洛说，得到传教自由的准许后应该感谢才是，亲自把菲洛带到正在工程现场的织田信长跟前。织田信长十分慎重地会见了菲洛。菲洛按照日本礼仪摘下帽子打招呼，织田信长说：“光线强烈，请把帽子戴上！”

一阵寒暄后，织田信长一古脑儿地提出了各种各样的问题。例如今年几岁，学了几年，来日几年，何时回国等。

“如果日本没人信你传的教，那你是否回印度或自己国家，接下来打算做什么？”

“阁下准许普及天主教，即便一个信徒也没有，鄙人都不打算离开日本。”

“日本佛教寺庙有许多，可天主教堂非常少，是什么原因？”

“那是因为佛教僧侣担心被揭露自己是违背佛法的僧侣，阻挡真神教即天主教法普及。”

织田信长说，“不出我所料。”须臾，“是的，是的，佛教和尚奢侈，摆空架子，品行差，光知道从百姓手里骗取钱财。”

菲洛见织田信长对天主教持有好感，说：“阁下，请挑选佛教徒中最有学识的人与鄙人辩论。如果鄙人说不过他，那就别说京都，你可以把我流放到日本任何一个地方，即便给我戴上违背教规的骂名也心服口服。可如果鄙人胜了，则请恢复正教名义保护鄙人。”

织田信长对于菲洛传教士充满自信的话语感到吃惊，但还是觉得爽快，环顾左右诸侯边笑边说：“培养出德才兼备的人才，说只有大国，但也有可能是这宗教。”

而后继续对菲洛说道：“在日本被称之为佛教高僧的人群，不知道是否赞同这一辩论，他们比起舌战更擅长手战啊！”

《西教史》称，织田信长精力充沛地与菲洛进行了约两个小时的谈话。

这是织田信长与传教士之间的第一次见面，那以后，织田信长终生对天主教抱有好感。这理由在后面叙述。

织田信长与传教士交往最有趣的是这次见面十二年后，即天正九年春，菲洛第二代以后的传教士瓦里纳尼将黑人献给织田信长。《天主教大名记》称，这年的摄津高木规（高山右侧附近城外郊镇）的复活节非常热闹，一万五千信徒从近畿一带赶来集中。

这样的节日里必须要上演日本人视为稀奇精彩的节目。于是，一耶稣会传教士从非洲好望角那里带来一个黑人表演被定为精彩节目，博得了好评。这一消息传到了织田信长的耳朵里，于是他下令把黑人带到京都。传教士瓦里纳尼带着黑人来到京都。

织田信长见到黑人后一脸惊愕，一开始说是假冒的，根本不信，而后让黑人脱光只剩遮羞布，织田信长看了后才终于明白。当时，京都大街小巷一直在谈论这黑人传闻，都想见识见识。织田信长非常喜欢黑人，决定聘用在身边。

上述是《天主教大名记》的记载，但《信长公记》是这样说的：

黑人传教士从天主国来到京都，年龄看上去二十六七岁，全身肤黑，像一头牛。这黑人身体强壮，力大胜过十人。传教士带来后，向大家致礼，非常威严，仿佛耳熟能详的某个三国名将。仔细端详，产生膜拜之心。

那以后，织田信长将这黑人列为随从，不管去哪里都让他跟随。

织田信长非常讨厌欺骗，是个打破沙锅问到底的人。在调查黑人皮肤是否真黑的时候，仅让他观察一下黑人裸身不可能罢休，织田信长肯定让黑人洗得干干净净后再仔细观察。

另外，他是不可思议的表演家，带着黑人行走时，为了达到效果多半不让他们穿衣服。可以想像，黑人身上很有可能是传一件没有袖子的红色披肩和一条红色遮羞布吧。

二条城将军寓所于四月六日竣工。织田信长从那两天前已经着手皇宫内装修。《老人杂谈》称，当时皇室衰退的程度相当严重，皇宫荒芜，围墙倒塌，屋顶破损，面目皆非，就连早晚皇室人员的膳食也供应不上，后奈良天皇甚至以卖字为生。

织田信长拥戴足利义昭来京都时，也已经留心皇室经济状况，不仅拿回被豪族们夺走的皇室领地，还决定向京都所有一百二十七个街道各贷粮食五石，每年仅上缴 30% 利息作为皇室收入，以防战争与天灾等。即使造成缴税的运粮路线一时中断，皇室也不会有生活不便。由于平均每个月可以收到十五石八斗七升五合的粮食，可以维持皇室最低生活标准。

有关织田信长辅佐天皇一事，自古以来有各种传说，夸耀织田家族怀有辅佐天皇志向。传说父亲织田信秀也给皇室捐过款，捐过营造伊势神宫的费用。虽然也有许多作为证明依据的资料，但是上述情况不仅限于织田家族。皇室经常向有名望的大领主催要捐款，同意拿出捐款的也有好些名家望族。

可是，这些家族有的消亡，有的没有记录，因而能传到后世的书面资料也许就少了。时逢织田家信长一统天下，为皇室尽力的可能性大。因此我觉得，可以认为织田信长家是辅佐天皇特别有诚意的家族。

如果，战国时代各大领主家族的记录保留到今天，也许可以说，织田家族是唯一辅佐天皇的特别勤王家族。分析历史时，也需要着重分析资料的偶然性。后奈良天皇的文书用蓝纸金泥撰写的《般若经》等，在战国以后的大领主家族中间十分流传。可这是皇室以政治捐款为目的送达，是一种强迫接受。但到了后世，这被视为该家族持有特别勤王精神的证据，因此也终于形成这样的追根问底的思考方法。

不过，我不打算否认织田信长为皇室竭尽全力。我想思考的是，他到底为什么要那么为皇室尽力？

织田信长是战国时期最固执于实际的人物，不按观念论思考事物。因此，不可能有后世学问素养的观念性的尊王精神与勤王思想等。我认为，他通过辅助足利义昭将军讨伐叛军的经历，意识到将军制度已经不能把日本人的心凝聚在一起。

“国民崇敬天皇的心态，如果以此团结民心……”

他肯定这么思索的吧。在当时，这方法极其前卫，也理应符合他的喜好。

织田信长的关心，常常在于统一天下，一切为了这个目标思考动员。我认为，在他看来，在这目标里应该思考尊崇皇室。

九

在叙述织田信长生涯尚末达到三分之一的时候，页数也已所剩无几了。我想，以总结性的人物论结束本章节。

这时代，数一数二的战争强者是武田信玄与上杉谦信。他俩几乎是伯仲不分，而信长好像要低他们两三级台阶，兵员素质最劣。甲州士兵与越后士兵原本是四肢发达的农民，经过刻苦训练成了精兵，但是织田信长士兵所在的地方土地肥沃生活富裕，气候温暖适宜的环境里成长因而柔弱，再者没有与相同弱兵之间的交战经验，不可能强悍。

江州姊川之战，是浅井与朝仓的联军同织田与德川的联军之间的交战，虽然南方联合军以胜利告终，但把这次交战带向胜利的是德川军队。织田军队设置在十三段的阵地，在浅井军队的猛攻下被击退到十一段，好在德川军队的出击使织田信长的主阵地转危为安，击破了朝仓军队，获得了胜利。

三方三原之战，是德川与织田的联军与武田信玄率领的甲州军队交战。这时，德川军队强大，把甲州军队追赶到三四百米远的地方，可是织田军队却于瞬间处在被追着打的境地。这成了失败的转机，宣告联军惨败。

织田信长攻打本愿寺的大坂石山城，十一年间前后攻击四次，可一次也没能获胜，第四次攻击不是一般的攻打，而是长达五年时间的围城，且无法以武力迫其屈服，还是承蒙天皇下诏书给本愿寺，终于使其打开城门。攻城困难，无法攻陷，虽不能归结于弱，但在长期围城时多次进行的野战激烈争夺中，织田信长的军队也打得很不顺利。

要举例还有许多，但举出上述三例也就可足以判断织田信长的兵员素质没什么大不了。

大家知道，织田信长本身在军事实力方面敌不过武田信玄和上杉谦信，因此对于他俩卑躬屈膝，态度谦逊，采用巧妙的外交手段努力不激怒这两个人。可是，在军事实力上远远处在劣势的织田信长为何夺得了天下？

这最可怕的两个竞争对手，在地形上处在不利位置，还相互牵制，致使织田信长可坐收渔利。这也许是最大原因吧！但这两个人是旧时代的人，而织田信长是最新时代的人。从我的视角，这一点也是使织田信长不逊色于他俩的关键。

上杉谦信也好，武田信玄也好，都十分迷信。上杉谦信非常嗜好战争，像艺术家痴迷艺术那样。他热衷于祈祷军神毗沙门天："保佑我战场上不犯错，我愿为此一生不淫。"他以一生不识女人的脚步走完了人生。不用说，他是个十足的迷信者。

在高野山的成庆院里，至今还保存着祈祷大威德明王保佑武田信玄的亲笔祷文。很显然，武田信玄也是迷信家。

可是，织田信长对迷信根本不感兴趣。他烧毁比睿山，逮捕高野圣数人杀之，以本愿寺为敌持续了长达十一年的战争。一般说来，是因为平安朝中期以后的大寺院使朝廷畏惧。各时代主政者们没有对僧侣动粗，是源于害怕他们的诅咒和咒符。可是，织田信长根本不信那一套。《天主教大名记》称：

“他不怕人，不怕神，不轻易相信人，对事物持怀疑态度，所有宗教思想都不能接受他这种行为。为此，他固执于对佛教僧侣的憎恨感。他认为佛教僧侣是社会上的最恶群体。”

也就是说，织田信长是摆脱了中世纪盲目迷信的合理主义者，是持有最近代性格的人。在新时代里，持有新时代精神的人光荣。旧时代的唯精神论者，无论有什么优于别人的地方，最终也都不能兴旺。这是适者生存的道理。织田信长成为新时代的主人公，因为有了他，才理所当然有了开拓新时代的观点。

他的这种近代化性格来自哪里呢？我认为，这与他少年时代嗜好别出心裁以及难以对付的恶作剧行为有着密切关系。如前所述，喜欢标新立异和难以对付的粗暴性格，与忌讳平庸，厌恶俗套，讨厌旧习的心理相通，与按捺不住的斗志昂扬英雄气魄相通。然而，这同时也是持有最旺盛生命力的不受任何约束的近代性格。所谓近代，是指人类摆脱道德、习惯、宗教等所有人为的精神桎梏，回归不受任何约束且心灵纯净的自由时代。织田信长一来到这世上就是这种近代性格的人。

其次，我想思考一下织田信长为何那么憎恨佛教。视其为政治性理由的，是自古以来的说法。在织田信长时代之前，大寺院可谓强大的独立王国，持有辽阔的领地，拥有强大的军队，禁止所有寺庙外的权力介入，森严，独立。比睿山也好，本愿寺也好，高野山也好，都是这般模样。即便如此，对于立志统一天下的织田信长来说，也向来不予容许，何况比睿山和本愿寺与他为敌，暗中与他的宿敌朝仓氏以及毛利氏勾结。

不用说，这不能否定。我认为，这无疑是强有力的理由。可还有不逊于其之有力理由，我觉得，是因为织田信长认为佛教这东西只不过是蒙骗而已。织田信长是合理主义者，是怀疑主义者，凡是自己都不能接受的说教决不相信。我们不得不回忆起他非让黑人裸身后进行查证的举止。

当时佛僧们所说，不是满足他的怀疑精神，而是当时佛教僧侣的所作所为充满了虚假与渎职。对于排斥虚荣和热爱直率的他来说，不能容忍尽施蒙骗术的僧侣存在。比睿山必须焚尽，高野圣人必须杀尽，本愿寺必须攻尽。

织田信长对基督教表示好感，也应该基于这点思考，也许不能像一直以来的历史家所说的那样，认为织田信长只是为了控制佛教才保护基督教。当时的基督教传教士，都拥有近代科学知识。或许他们说的天文、地理、生理、天文学等知识让织田信长感到满足。

并且，他们都是人格高尚、德行高尚的人们。像仇恨蛇蝎那样憎恨伪善的织田信长，当然喜欢他们。传教士们说织田信长是对所有宗教都不能接受的人。尽管那样，织田信长对基督教持有好感是不容置疑的。抑或正由于其与佛教僧侣们意见相左，致使新田信长的爱憎更加分明。

织田信长的性格：杜鹃不啼则杀之。

丰臣秀吉的性格：杜鹃不啼则使之。

德川家康的性格：杜鹃不啼则等之。

上述说法不知是什么时候哪些人评定的，但一般认为这是自古以来最恰如其分描述这三位英雄性格的说法。但是，这大致惟妙惟肖地描述了丰臣秀吉以及德川家康的性格，但与织田信长的性格毫不吻合。我以为，也许是因为织田信长爱憎分明，杀人不眨眼，擅长闪电式行动而自然形成了上述观点。不过，这是肤浅的观察。真正的织田信长，相当程度上既有“杜鹃不啼则使之”，也有“杜鹃不啼则等之”的两种性格。期待阅读接下来的阐述后理解我的观点。

我在前面叙述了织田信长“准备工作细致周到”的本性。其表现得最淋漓尽致的，是速破武田胜赖的长筱之战。他深知，甲州军队自武田信玄开始经过魔鬼式训练已经成长为精兵而且最善于骑马交战。因此，他绞尽脑汁想出了不交战而破骑兵的良策，即从岐阜出兵时他便命令各部队每人手持用于制作栅栏的木料与绳索，一到达战场就立刻用带来的材料竖起三道栅栏，把各队配置在栅栏里。

他从一万持枪步兵中间挑选三千射击精准的狙击手，按千人一队分成三队，分三行队形。首先是第一队狙击手发射，其次是第二队狙击手发射，其三是第三队狙击手发射。按上述顺序不间断地射击。当时的枪，要从枪口填装弹药，既费时间又很不便。但采用这样的射击顺序对付来敌，可以使每千发子弹不间断发射。

这种战术方法开始后，甲州军队发挥不出面对面交战的长处，仿佛陷入猎人伏击圈的困兽以致大败，勇将猛卒几乎无一逃生。那以后，武田家族的气势直线下降。这不就是“杜鹃不啼则使之”吗？此外，织田信长能一忍再忍，避开与武田信玄以及上杉谦信之间的决战，自长筱之战后竟等了七年时间，一直等到武田家族衰弱，展示了他坚韧的耐力。这不就是“杜鹃不啼则等之”吗？

像这样战前准备工作做得如此细致周到的织田信长，几乎毫无戒备就寄宿在本能寺是何原因呢？只能说是天命。人死于非命时，往往做出就常识无法想像且不经过思索的举止。凯撒大帝如此，太久保甲东（利通）如此。这两个人都是当天早晨，把别人告诫其身边必须戒严的话置若罔闻而遭到暗杀，归咎于过于自信而遇难。

织田信长身边，也可说一直埋伏着危险。高柳光寿博士研究称，“明智光秀怨恨说”毫无可信之处。我也认为很不可信。纵然相信高柳光寿博士的没有怨恨之说，但在性格暴躁、爱憎分明、最专制的独裁者手下侍奉，伴君如伴虎，家臣们肯定没有安宁之时，不知何时突然大发雷霆？

织田信长在本能寺临终时的举止，最具织田信长性格。提及四十九岁这年龄，在当时已经算是老年，可他没有摆出类似从容告别世界的龙钟老态，而是将弓拉足，不断把箭射向强行闯入的敌人；箭射完了，操起长矛迎战；直到负重伤失去战斗力后才自杀身亡。尽管明白抵抗已无济于事，但他还是满腔的愤怒和憎恶，使尽全部力气奋战到底。他最终到死都是行动派。

丰臣秀吉

一

丰臣秀吉的前半辈子，基本不清楚。诸太阁记中史料价值最高的川角《太阁记》，从本能寺事变开始写起，一点也没有触及他的人生上半场。与丰臣秀吉同时代的竹中重门（竹中半兵卫之子）撰写的《丰鉴》，以“尾张国爱知郡中村乡有一奇怪的百姓孩子，谁都不知他的父母姓名”开头，极其简洁，也没有写他的上半生。《甫庵太阁记》写得相当详细，可是不真实的内容多而明显，因而不太可靠。

他的经历，从出生年月日起就是众说纷纭，有说天文五年丙申正月元日，有说天文五年六月十五日，有说天文六年丁酉二月六日，都不是定论。

我认为，丰臣秀吉是天文五年出生。丰臣秀吉的孩提小名叫“猴子”等，出自那年天干地支吧，天文五年是申年。不过，孩提小名也通常来自脸的长相，也不能断言丰臣秀吉是申年出生。

年龄不清楚，年月日就更不清楚了。说丰臣秀吉元旦诞生是因为，基于他是自古以来的大英雄且鸿运高照的人物。人们一般认为，如此伟大的人物不可能诞生于普通日子，应该是一年中最值得庆贺的头一天元旦吧。因不明确他的出生年月日，也就出现了上述莫衷一是的说法。

丰臣秀吉的母亲大政所是高寿之人，一直活到出兵朝鲜的时候。所以，大政所如果有正确记忆，不可能出现上述种种说法。总之，是奇怪百姓。贫民中间不记生日，古今司空见惯。大政所也没有记住吧？然而出生于元月元日是特别日子，无论什么乡下老太，不可能记不住刻骨铭心的苦难日吧？既然未确定元月元日，那就是说其生日非元月元日。

《太阁素生记》和《明良洪范》有下述记载：

“丰臣秀吉，是织田信秀即织田信长之父的步兵木下弥右卫门之子。母亲生于爱知郡曾根村（《素生记》说是御器所一村），弥右卫门在战场上负伤变成了残疾人，退居爱知郡中村为村民。两人之间生有女儿与丰臣秀吉。那后来木下弥右卫门病死，母亲把织田家的侍奉（在僧侣和武士家剃度供职人员）后因病离开织田家退居中村的筑阿弥接到家中作为上门丈夫，两人间生下一对儿女。儿子也就是丰臣秀吉的继弟，就是后来成为大和大纳言政务审议次官的丰臣秀长，女儿是丰臣秀吉的寄妹，成为德川家康的夫人。

渡边世佑博士的《丰太阁及其家族》称，这说法与丰臣秀吉妹妹举办的京都村云寺瑞龙院记载的《木下家系图》一致，确实可信。

自古以来，都说木下弥右卫门是织田家的持火枪步兵。可火枪引进日本是天文十二年八月，因此那之前不可能有持火枪的步兵吧？！

自古以来，说到丰臣秀吉的乳名，有“猴子”等。这可能是外号或者平日里的习惯称呼吧？《修订版三河后风土记》称，丰臣秀吉的乳名叫“与助”，说他爱捉泥鳅出售。

有说叫日吉良丸什么的，不用说这也是虚构。这在《甫庵太阁记》里出现过，但给贫家子弟起大领主富家公子姓名是没有道理的。由于撰写的虚构内容如此明显，因此这太阁记从甫庵在世的时候开始就受到了批判。当时，来自丰臣秀吉时代尚活着的武士们大有人在，指责这本书“虚构内容多”，但是弄清了他的姓。

他是在什么状态下成人的经由也是未知数。《甫庵太阁记》称，丰臣秀吉八岁时为了当和尚被送入所在领地的光明寺里，但他对佛学修行毫无兴趣，喜好武术，除了蛮横就是粗暴。在寺院里，他让人难以对付。于是，寺院打算送他回家。丰臣秀吉感到父亲可能发怒而体罚自己，便威胁寺院说：

“如果送我回家，我就把僧侣们全部杀死，再放火把寺院化为灰烬。”

和尚们胆怯了，让他带上漂亮的单层和服与扇子等，以奉承他，打发他回家。如此言行举止，简直像现在描写工读学校就读的少年，行为过分，令人讨厌。虽说他在寺院说话如此大胆，但丰臣秀吉少年时代已经英雄气概横溢。

《甫庵太阁记》称，丰臣秀吉十岁左右回到家里，因家里穷，他为了减少在家里的吃饭人数，出去打工。可无论在什么地方干活都时间不长，在运江、三河、尾张、美浓四个地方辗转打工。

二十岁那年，丰臣秀吉为运河一带的较大领主、骏河今川家直属官松下嘉兵卫尉之纲的家里担任侍奉，因在那武士家干得非常出色，得到主人赏识。一天，松下嘉兵卫尉之纲问：

“尾州的织田家里如今流行什么样的铠甲？”

丰臣秀吉答：

“筒形轻便铠甲，它不同于最近的筒形桶皮铠甲，在右腋这里合上，伸缩自由，方便。”

“看来那铠甲的确很好，你给我买来好吗？”

“是。”

松下嘉兵卫尉之纲递给他五六两金子。

丰臣秀吉带着金子去了尾张。可是心生歹意，“大功不拘小错，等以后有出息再感谢恩人也可”。想到这里，他拿着别人的金子逃之夭夭，成了十足的拐罪犯。

《甫庵太阁记》称，丰臣秀吉用这笔钱打点行装后直接找到织田信长，向他说了自己身世，被录用为男仆。可是男仆装束为什么需要这大笔钱呢？说到五六两金子，按照金块兑换价格计算，是二十克或者二十四克。按照现在的金块兑换价格计算，值四万五千日元或五万五千日元。可是从使用价值看，也相当于百万日元。这说法不可信。

《太阁素生记》称，丰臣秀吉十六岁时，从父亲遗留的一千文永乐钱里拿了一些，在清洲城郊购入木绵针，把它换成食物与草鞋去了远江。在浜松町边上的引马川边上，身着沾有白色木棉污垢的衣服徘徊。松下嘉兵卫尉之纲发现后带回家安排了工作。他工作表现非常出色，松下嘉兵卫尉之纲也喜欢他，任命他为司库（掌管钱财和衣物的出纳），可是那些普通官吏们嫉妒他，一旦发生挽发竹刀、小刀、印盒、钱包和手纸之类的东西不见，就起哄怀疑他：

“猴子可疑。”

“猴子曾在这里转来转去。”

松下嘉兵卫尉之纲觉得他可怜，给了他七百五十文永乐钱解雇让他回国。

《丰鉴》里写得十分简单：十六岁时，丰臣秀吉独自一人漂游到了远江国给松下嘉兵卫尉之纲当差。

总之，给织田信长当差之前的丰臣秀吉履历几乎没人清楚。分析一下，既有与继父之间的关系不佳，也有减少家里吃饭人数的需要。年少离家出走，浪迹天涯，只知道这过程中在远江为松下嘉兵卫尉之纲手下当差的大致情况。去松下嘉兵卫尉之纲那里当差，各书籍的记载是一致的。也有记载称，晚年成为大人物后招待松下嘉兵卫尉之纲夫妻予以优厚待遇，还有赐封松下嘉兵卫尉之纲为远州久能三万一千石大领主。

这招待松下嘉兵卫尉之纲的事实在《修订版三河后风土记》里也有记载，不过是贬低丰臣秀吉的写法：

丰臣秀吉乳名叫过与助，可推断他有过靠捕泥鳅营生的经历，因此讨厌社会上流传“太阁将军曾名叫与助靠捕泥鳅买卖谋生”。为显示自己也曾在武家当过差而摆出如下场面，亲自设宴招待松下嘉兵卫尉之纲。也是因为对于德川家康来说丰臣秀吉不怀好意吧。但正因如此，也可说是对事实追根究底。

像丰臣秀吉那样的人物，前半生为什么如此模糊不清？通常，像这样不寻常的成功人士，其前半生越悲惨越能作为自豪的题材告诉大众。尤其丰臣秀吉这人非常喜欢海阔天空，有豪言壮语的癖好。可以大写特写的丰臣秀吉前半生，却简直犹如一张白纸。

织田信长当差前的丰臣秀吉，其生涯过于悲惨，本人大凡也不高兴回忆那段往事吧。当时社会处在战国时期，对于离家出走到处流浪的少年，不可能给他送去暖风。我想，他可能做过小偷、盗贼、骗子、乞丐的生活，有过犹如战争孤儿浪迹天涯的生活经历。

与矢作桥上的蜂须贺小六之间的相遇，跟着小六屁股后面的盗窃行为等，不用说不是事实，可肯定有过类似行为。假设象征性描述从松下嘉兵卫尉之纲那里拐骗金子事件，也富有意义。

丰臣秀吉自从为织田信长当差，表现非常敬业。为了尽量出现在织田信长的视线而多管闲事，为了讨别人喜欢而满负荷工作。他排挤同辈和前辈，多嘴多舌；还主动接受需要两三个人才能完成的困难工作，一接受便盲目蛮干。如此工作，对于一般生活体验的人来说无法承受。我认为，经历了人生低谷、抱定不再陷入那讨厌境遇的人才能承受。

丰臣秀吉来自社会最底层，一旦有了织田信长这样的伯乐，便能扶摇直上出人头地。他无疑有天赋，也有好运和后天努力，也在于他从这悲惨经历悟出了人生真谛。

二

丰臣秀吉在织田信长手下当差的日期也有两种说法。《甫庵太阁记》称，是永禄元年九月一日，丰臣秀吉二十三岁。《太阁素生记》称，是丰臣秀吉十八岁那年。如前所述，丰臣秀吉直接去织田信长那里，说出了自己的身世，提到了家父曾在府上当过差，请求录用。

织田信长见他脸相如猴，爽朗利索，性格率直，便收下他当差，担任背草鞋工。那是极其卑微的差事。

《丰鉴》称，丰臣秀吉直接说了自己身世，说丰臣秀吉是在织田信长游川回府途中等候了很长时间才等到的。

《祖父故事》称，织田信长手下叫做一若的小头目出生于中村，由其推荐被录用为草鞋男仆。

就这样在织田信长当差了，可是他名字出现在史料价值高的史书里，是他三十三岁秋天以后。那以前的情况，尽在传说里被提及。

他为织田信长担任草鞋男仆时非常忠实，无论织田信长什么时候叫他，他都能做到声到人到，还在寒夜把织田信长的草鞋放在自己怀里，让织田信长换穿时即可感到脚上暖和，因而以此闻名遐迩。《名将言行录》的说法，不知从哪里引用，最富有启示。

为了让织田信长身边侍童记住自己的姓名和长相，丰臣秀吉心生一计，潜伏在侍童们的小便池下面，当小便从上面淋到自己时便责备对方：

“谁在朝人身上撒小便啊？”

对方惊讶道歉说：“事先不知道，请原谅！”

于是，他谅解地说：“如果事先不知那不怪你，应该原谅。”

通过这番话，对方认为丰臣秀吉通情达理，于是侍童都认识了他。

过去小便池的构造，可在数年前江州彦根市井伊家别墅见到。别墅地板下面呈敞开式，人可以自由进出。但尽管那样，如果是对一个人……假若是对几个人都做相同的事，这说法不可信。不过，丰臣秀吉着急，为了早日出人头地，尽快让织田信长及其身边的侍童认识自己才那样做的。如果这是对丰臣秀吉焦躁心理的具体表达，那很有趣。

此外，丰臣秀吉在这一时代的传闻很多，但都是传说，如果一一书写就会没完没了，只简单摘写《甫庵太阁记》里的如下内容。

其一：

有一天，清洲城围墙垮塌了一千多米，织田信长下令修理，花了二十天还是没能竣工。作为织田信长随同人员的丰臣秀吉自言自语地说道：“这对于丝毫不可马虎的战国时代是件危险的事。万一邻国敌人扑来那将不堪设想。磨洋工也要有个分寸。”

织田信长听到了，问道：“猴子，你嘟嘟哝哝在说什么？”

丰臣秀吉难以启齿，吞吞吐吐，于是织田信长拧丰臣秀吉的胳膊吼道：“快说！”

丰臣秀吉不得不谈了自己的想法。

“嗯，这么说，你有信心是吧？我命令你带队抓紧修建。”

丰臣秀吉把一千多米垮塌的围墙分成十个区域，把人分成小组，下达工程任务指标后进行督导和激励，第二天便修建完毕。

听说织田信长带着猎鹰打猎归来后验收工程，便把工程区域打扫得一尘不染，为便于验收还在围墙的所有斜撑上挂火把以照明。

“干得好，猴子，漂亮！”

织田信长佩服，增加奉禄给他。

其二：

某日，丰臣吉秀向织田信长进言：

“这清洲城小，资源贫乏，而小牧山地势好且便利，我认为当主的居城最好迁到那里。”

织田信长的心里也意识到了，但考虑到费用则中止了这一念头，还装作大发雷霆的模样：“你懂什么！你的方案根本不考虑给家里人带来的麻烦，居然还给我下达命令。再说就将你绑住斩首！”

后来，织田信长把居城搬迁到了小牧山上。

对于这，丰臣秀吉意识到必须说，每次一有机会就发表意见而受到严厉叱责，于是大家嘲笑说：“这家伙脸皮那么厚，既没有见到过也没有听说过。”

可是丰臣秀吉根本没有放在心上，不停地发表意见。

还有一次，永禄六年夏天，织田信长在河上打猎，顺便把随从分成敌我双方交战，让丰臣秀吉作为一方大将指挥战斗。丰臣秀吉尽管没有学过用兵，用起手来却得心应手，合乎兵法神韵。织田信长称奇。

其三：

这年秋末，织田信长率兵去美浓，可途中宿营时，织田信长心腹大臣福富平左卫门尉的金龙挽发竹刀不见了（也有说是前田利家的挽发竹刀。参照《前田利家传》）。大家怀疑是丰臣秀吉顺手牵羊，还说了各种各样的讽刺话。丰臣秀吉心想，与其这般那般辩解，还不如找出真正的小偷。他迅速去了津岛。津岛在名古屋西侧十六公里左右的地方，今天也是繁华的都市。当时也很发达，富人多，丰臣秀吉走访了那里的所有富豪说：

“如果有人把这模样的挽发竹刀拿来你这里典当，请通知我，我支付谢礼十两金子。”

随后，丰臣秀吉寄宿在早就熟悉的富豪堀田某家中。不久，某富豪家派人前来通报。

“我带来了酷似阁下说的那把挽发竹刀，有人想用它典当五贯文钱。”

丰臣秀吉去了那家，抓住那嫌犯，让津岛官府派人带走治罪，自己则返回织田信长大本营诉说原委，哭着说：

“我受到这般怀疑，也都是因为出身贫穷。”

织田信长同情他，不仅送给他赏钱十两金子，还给了他价值百贯收入的领地。

其四：

织田信长听说城里的薪炭费用每年超支千石，便任命丰臣秀吉担任薪炭特派员。丰臣秀吉亲自朝着炉灶调查炉火所用的薪炭消费量，以此为基准进行计算结果，不仅不需要千石薪炭，连三分之一都不需要。按照丰臣秀吉制定的用量投入薪炭量，完全够用。织田信长非常满意，说：

“让你管理薪炭是大材小用。”

任命他负责其他更重要的工作。

其五：

织田信长带兵去美浓时的一天，有人竖起他们不熟悉的旗帜。

“那旗帜是谁的？”

“是木下藤吉郎（丰臣秀吉）。”

织田信长勃然大怒，喊来丰臣秀吉大骂：

“谁批准你小子举那面旗帜的。通常，用于战场上的旗帜必须经过我的许可，难道你不知道吗？砍断它！”

骂声刚落，便有人把那旗帜砍断了。

尽管受到这样的侮辱，木下藤吉郎（丰臣秀吉）也丝毫没有怀恨在心，而是在工作上更加出类拔萃。

其六：

织田信长攻打美浓已有数年，可进展不顺利。那是因为斋藤家兵强马壮，且河川多之地势不便攻击。有一天，织田信长召集重臣们商议：

“我想在墨股川对面建凸城，发挥桥头堡的作用。大家看如何？”

说完，家臣都称赞为最佳妙计，可当问到由谁去建设和守卫凸城时，没有一个人回答。

织田信长悄悄喊来丰臣秀吉征求意见：

“你是怎么想的？”

丰臣秀吉当即答道，“我来建造。”进而说道，“借助夜幕袭击美浓的民间强盗武士中间，有许多人武艺绝伦，人数可能有一千三百，最好把他们召集起来守卫凸城。他们的头领名字……”

他列举了蜂须贺小六和稻田大炊助等十多人的姓名后说：“此外，有关总指挥官，如果没人想干，鄙人自告奋勇。”

“好，那就一切拜托你了。”织田信长也爽快答道。

丰臣秀吉熟知夜间偷袭美浓的强盗内情，肯定是因为少年时期在这一带流浪过。如果进一步怀疑，可以想像他曾经在这团伙里充当过跑腿、踩点和望风之类的角色。

织田信长听从丰臣秀吉的计策，夸大在伊势建筑要塞的材料，火速楔入建城用木材，将木材组成木筏流向墨股川上游集中，同时派军队渡河绑扎栅栏，防备来自敌军的攻击，开始了凸城的建造。斋藤军队出动八千兵力攻打。织田信长命令：

“别去栅栏外面！敌军攻击时，我们只用箭和子弹伺候。这次战役，取敌军首级不算功劳，只有快速建城才算功劳。“

就这样，只用了七八天时间便迅速建成了新城，敌人感到扫兴。

丰臣秀吉当上了这座桥头堡凸城的太守。不久，迎战进攻之敌也获得胜利。织田信长大喜，授予自己用的长矛和火枪给丰臣秀吉，还允许他竖起“丰臣秀吉”旗帜。

其七：

美浓的宇留间（现在的鹈沼、山县郡、岐阜的东侧约二十四公里）城主叫大泽次郎左卫门尉。丰臣秀吉告知利害关系后劝他归顺，并一起去清洲让他拜见了织田信长。

织田信长悄悄召见丰臣秀吉说道："大泽次郎左卫门是有名的意志坚定者，如果改变了志向则非常难以对付。让他剖腹自杀！"

丰臣秀吉劝说："您说过呀，那么对待决意归顺的人，以后就不再有人来投降吧。不过，不宽恕降者将遭致仇恨。"

织田信长听不进去。

丰臣秀吉不得不回答按照织田信长的旨意行事后退出，却怎么也不忍心按照织田信长说的做，便喊来大泽次郎左卫门说："我给阁下添麻烦，把阁下带到这里，但是如果在我这里久留必然受苦。早早离开去他处吧！如果阁下怀疑途中有杀手，那就把我当人质吧！"

说完扔下腰刀，成了手无寸铁的人。大泽次郎左卫门虽然意志坚定却不认路，便说道："理解。"

遂把丰臣秀吉作为人质，用腰刀尖抵住丰臣秀吉的胸部于当晚离去。

上述故事，都是说丰臣秀吉在智慧、敏捷、讲信义方面的优秀，而且为了得到织田信长认可作出了何种努力。正如我多次说的那样，这是传说，能证明这是事实的故事一个也没有。但是，可以想像与这期间的丰臣秀吉大致相似。也许可以说，即便不是事实但也是真实。

我感兴趣的是，他无论怎么挨织田信长的痛骂，都丝毫没有罢休之意，坚定执着，以及救助大泽次郎左卫门很讲信义。关于前者，

《甫庵太阁记》作出酷似儒将的解释，说丰臣秀吉的忠诚是担心自己形象受损。可我好像觉得不是那么回事。聪明的丰臣秀吉多半看出了织田信长的痛骂不是出自内心。他多半觉得，坚持已见是让织田信长认可自己的最好方法。同时，他也觉得自己除了执着没有其他路可走。原本自己就是从零开始。他或许还有惊人的思想准备，即便触怒织田信长遭到杀害也没什么吃亏。最后，他多半还持有天生厚颜瞧不起人的性格。不可小看这种性格，这是好汉的一种特性。

出现在《三个火枪手》以及古今文学读物里的好汉，都具有这种性格。这种性格被描述在文学作品里，人们以此为乐，是因为这是好汉的一种特性。一般认为，丰臣秀吉最具这种好汉特性而且浓烈。

至于信用与道义，由于他少年时代经历了充满悲惨与痛苦的生活体验，使他悟出：即便乍一看或似绕弯或似损失，可如果用长远目光来看，重视信义是最明智的处世方法。信义，是丰臣秀吉获得成功的关键之一。

桑田忠亲博士的《太阁书信》称，这段期间，丰臣秀吉留有一封书信，日期是永禄八年十一月二日，是附在织田信长寄给美浓松仓城主坪内利定“致领主公函”的信函里的。由此，通常认为他这时已经成为相当地位——相当高级的将校。

此外，他与政所宁宁结婚。《太阁素生记》称，政所宁宁是津岛有德人富豪浅野又右卫门之妹的女儿。《祖父故事》称，浅野又右卫门是织田家的弓队教头，总之，浅野又右卫门看好丰臣秀吉，招为政所宁宁的赘婿兼自己的养子。

丰臣秀吉既是浅野又右卫门的外甥女婿又是养子这一说法，仅《素生记》和《祖父故事》两书里有记载。可是，目睹窝内（北政所）的哥弟六人都姓木下，或许这记载真实。假设真实，那么，说丰臣秀吉父亲弥右卫门姓木下是有相当疑问的。

《素生记》称，晚年的政所宁宁常常提及这一婚礼：

“我们是在茅草屋里，将草席铺在麦秆上面举行婚礼的呀！”

那时，《祖父故事》称，这时窝内穿的上衣是收集织田信长用于驱邪节（古时正月十五日举行的驱邪仪式）的淡绿色木绵旗和暗红色木绵旗缝制而成，非常朴素。总而言之，婚礼极其简朴。

三

丰臣秀吉的名字出现在《信长公记》里，是织田信长拥立足利义昭赴京都途中与江州佐佐木氏交战攻打箕作城的时候。

“命令佐久间右卫门、木下藤吉郎、丹羽五郎左卫门、浅井新八攻打箕作山城，从下午四点开始，入夜攻占。”

当时，丰臣秀吉名叫木下藤吉郎。可见，他当时已是率领相当数量将士的高级将领。这是永禄十一年九月十二日的记载。丰臣秀吉这时三十三岁。

那以后，丰臣秀吉的名字频繁出现在《信长公记》里。他在织田军队里的作用如何显眼，由此可见。就这样，到元龟三年的四年间，他成为织田信长麾下最有能力最有前途的将领。但是，身价没有相应上升。野史称，永禄十二年八月，丰臣秀吉成为江州长浜城主。可这时代长浜没有城，地名也叫今浜。《信长公记》称，是江州辖区的其他领地，价值一万石。

这期间，有三件事情应该特别介绍，如下：

其一，永禄十二年，织田信长任命丰臣秀吉为京都警备最高长官。这从某种意义上说，相当于师团长。当时，人们都认为这个职位应该从森可成、柴田胜有、佐久间信盛等那样的世袭重臣和宿将中间挑选，可这任命完全出乎意料，大家难以揣摩织田信长的想法而吃惊。尽管那样，《总见记》称，丰臣秀吉由此名声大振。

这一职务既与朝廷、将军家打交道，又与京都的市民们接触，是丝毫不能马虎的职务。一般认为，织田信长看准了丰臣秀吉这人，看到了丰臣秀吉身上还持有左右逢源的才能。丰臣秀吉理应感激。

其二，丰臣秀吉是金之崎的殿后部队的最高指挥官。元龟元年四月，织田信长进入必须讨伐朝仓义景的敦贺，与结成同盟的德川家康军队合在一起是总兵力十万大军。最初攻打的手筒山城，于那天入夜前攻占。第二天攻下了金之崎城，如驱无人之境，排山倒海之势越过木之芽岭，在径直朝着朝仓家主城一乘之谷城前进的过程中，潜伏在各地的卧底不断传来得来不易的情报。

“小谷的浅井长政阁下与朝仓暗中勾结谋反。”

似乎所有情报都相同，当然被判断为情报确切。

浅井长政是织田信长的妹妹御市的丈夫，也就是织田信长的妹夫。正如《织田信长传》说的那样，这是政治策略性的结婚。浅井家原本曾受到过朝仓家危难之中救助的大恩，发誓作为朝仓家的附庸国。因此，浅井长政也得到了织田信长将来决不与朝仓家为敌的誓言，才答应娶其妹妹结婚的，婚后还为织田信长发挥了许多作用。织田信长这次讨伐朝仓的军事行动是违约。浅井长政为朝仓家而易帜，不与织田信长合流攻击朝仓家是极其理所当然的。

可是，织田信长为此犯愁。浅井长政的居城小谷是北江州的要地。离开本国深入越前的织田信长军队，如果朝坏处想，很有可能被浅井长政切断讨伐军与后方之间的联系。织田信长也许切肤之痛地感觉到了他自己处在严峻的境遇。

考虑最终，他决定撤退。织田信长召集诸将举行军事会议，决定殿后人选。织田信长话音刚落，丰臣秀吉就跪在地上说：“鄙人殿后。”

“丰臣秀吉，你是说你殿后？”

“是的。如果鄙人殿后，纵然几万敌军从后面追击，我也能阻止他们。请下命令！”

《总见记》称，织田信长非常感动，遂任命丰臣秀吉为殿后部队指挥官。

如果是小说，我想在这里增加他俩之间的对话，如下：

“撤退殿后犹如九死一生，你意识到这一严重性了吗？”

“阁下的说法不合情理，鄙人是不会死的，除了阻挡追敌，还要率部队成功地返回拜见阁下。”

“你这家伙说大话哟！”

“这是阁下教导的。”

接着，主臣俩异口同声地哈哈大笑。

诸将都佩服丰臣秀吉的决定，都分别从自己队伍抽出五骑、十骑、二十骑调拨给丰臣秀吉。由此，原本仅三百骑的丰臣秀吉队伍扩大到了七百余骑。丰臣秀吉带领七百余骑展示了漂亮的殿后风采，顺利地回到京都，拜见了织田信长。

由此可见，其他人犹豫不决为难之际，丰臣秀吉敢于挺身而出。这样的表现，无论什么主人都不会不认可吧。

其三，丰臣秀吉改木下姓氏为羽柴。虽不清楚什么时候改的，但《信长公记》里的元龟三年七月二十一日、二十二日和二十四日都叫木下藤吉郎（丰臣秀吉）。八月八日，出现了羽柴藤吉郎（丰臣秀吉）的叫法。因此，大致可以视为是这时改姓的。羽丹长秀、柴田胜家作为织田信长的长期家臣，在当时织田家族的家臣阶层里是最风光的，在织田信长的印象里也是最好的。因此《丰鉴》称，其姓分别从他俩的姓中间各取一字组成的。当时的他，也沾不上柴田姓氏的边，当然也沾不上羽丹姓氏的边，充其量想过什么时候成为像他俩那样的家臣。这做法可爱，但也许是他处世方法的一种，或许通过这么崇拜的方式巴结这两位前辈。

从天正元年开始的五年里，《真书太阁记》称丰臣秀吉的身价上升到二十余万石。可见其忠实勤奋和军事能力越来越得到关注，成了织田信长麾下将领中间屈指可数的爱将之一。

高柳光寿博士在其撰写的《明智光秀》著作里说，按照如下顺序给将领们评定级别。德川家康是军长（师团长）级别，柴田胜家和佐久间信盛是师长（旅团长）级别，森可成、丹羽长秀、泷川一益、明智光秀、丰臣秀吉等是营长（大队长）级别，这些营长级别的人物在威严上还略达不到团长（联队长）级别。但是也可以这么考虑，从元龟到天正初期，这些伙伴被晋升为团长级别，进而在天正五、六年，柴田胜家与佐久间信盛晋升为军长级别，明智光秀与丰臣秀吉被晋升为师长级别。

织田信长军队里只有两个军长，如果能当上师长，应该算是大人物了。丰臣秀吉从一介提草鞋男仆开始，二十年间逐级晋升到师长这一地位，其努力也非同一般，令人佩服，是应该出人头地了吧！

这一期间，关于他特别介绍的内容相当多。

其一：

天正元年七月，足利义昭将军反抗织田信长的力度开始加大，待在山城宇治的木真之岛闭门不出。足利义昭多亏织田信长的鼎力相助，才得以从一介浪人成为将军，因而上任初期非常感激织田信长。可是，没有实权的傀儡式存在，使他大为不满，遂与织田信长所属领地周边的名声显赫的大领主或比睿山和本愿寺等暗中结成同盟，结成了反织田信长的组织。这稍前也曾有过反抗举动，目前又有了反抗举动。

织田信长即刻从岐阜出发到达宇治。有关这时候的情况，《名将言行录》里有如下记载。

开始攻打前，丰臣秀吉来到织田信长跟前问道：

“阁下打算怎样处置将军家族？”

“他几次三番举兵，是个无情无义的家伙，我打算为天下除之。总而言之，将军能获得今天的身份地位，都是因为我的尽心尽力。他不认这样的恩义，一次不够，甚至两次反对我，是他咎由自取。”

织田信长粗暴地答道。

“阁下所言，可如果我方现在过河攻打，那将军居住的小城便可立刻攻陷。这当儿，敌人中间也许有人劝足利义昭将军自杀。无论怎么软弱，将军也不会需要别人动手，有可能自尽。如此结果，将留给天下与后世口实，即阁下杀害了足利义昭将军。过去，三好长庆竭尽全力辅佐足利义晴与足利义辉两将军家，可由于关系恶化而攻打他们并逼迫他俩自杀，以致直到今天还是背着逆臣的坏名声。为此，敬请综合思考并请在此基础上以怜悯、宽恕的方式处置。事实上，这事关重大。”

丰臣秀吉进谏。

织田信长觉得有理，按丰臣秀吉说的办。丰臣秀吉的处置：不让足利义昭以任何形式死亡，据说把他护送到河内若江的三好义健居城里。

这时候，《信长公记》称，织田信长军队渡过宇治川攻打木真之岛城。遭到攻城后，足利义昭投降。织田信长说：

“我想请你在这里剖腹自杀，但天命强烈要求保住阁下性命。阁下最宜保重长寿，聆听世人对阁下的褒贬评论。”

随即任命丰臣秀吉负责护卫，将足利义昭护送到河内若江。也就是说，丰臣秀吉只承担了护送任务，没有纳谏。

但是我分析丰臣秀吉的人品，我觉得，无疑首先是先行进谏，随后织田信长与之商讨利害关系，最后按照丰臣秀吉意见处置。尤其对于选择丰臣秀吉命其护送这一情节，我倾向于这一说法。我是作家，只要没有必须推翻的证据，对于人物性格的自然发展怀有好感。总之，丰臣秀吉到了晚年，其性格也发生了很大变化，但中年以前的丰臣秀吉，尽可能不杀人。

其二：

他在浅井家灭亡之际的变化。

织田信长与浅井家之间变成敌对关系的时候，丰臣秀吉好像是被任命打击江州内浅井势力的前线指挥官。姊川之战后，接到命令攻打横山城，成了对付浅井家的权威。横山城距离浅井家主城小谷不到一公里，这里过去是浅井家的居城，但在姊川之战稍前些时候被织田信长攻占。丰臣秀吉在这里不时地与浅井军队交战（参照《竹中半兵卫传》）。

天正元年八月，织田信长接到朝仓义景受浅井家之托带领援军进入近江的报告，便亲自前往打败了朝仓军队，一直将败北逃窜的朝仓军队追赶到越前，最终全部消灭了朝仓家。回师途中，织田信长又把浅井家给灭了。由于丰臣秀吉在讨伐和消灭浅井家方面时间长且功劳最大，于是织田信长将小谷城与浅井家的领地全给了丰臣秀吉。丰臣秀吉的领地收入达二十数万石，就是这个时候。这当儿，丰臣秀吉在今浜之地建起了居城，将地名改为长浜，意思是充满信心期待这里长期繁荣。

在小谷城被攻占之前，浅井长政喊来妻子御市说道：

“虽说你是我的妻子，但你确实是织田信长阁下之妹。如果离开这座城市，就一定能保住性命。你离开这座城市，孩子们的性命也就能保住了。他们三人都是女孩，不会惨遭杀害。”

御市抽泣，请求一起去死，可浅井长政进一步说道：

“请为可怜的女儿们着想！让这些女儿平平安安活下去，对于我来说是最好的上供品。”

御市终于决定出城。

浅井长政吩咐藤卦三河太守与木村小四郎抬轿子，把四人送到织田信长大本营。这三个女儿，大的叫御茶，就是后来的淀殿；二女儿叫御初，就是后来的京极高次夫人，小的叫江子，也叫小督，就是后来的德川秀忠夫人。这三人的年龄不详，但御市嫁给长政是永禄十一年四月，所以即便是第二年生育，御茶也只有五岁。当时，三人可能都还是可怜的幼童。

丰臣秀吉找到浅井长政与出身低贱女人所生并逃到城外躲起来的十一岁男孩，交给织田信长处置，织田信长当场将其杀死。由于这男孩是丰臣秀吉属下找到的，因此也许是不得不交到织田信长的手里。

《祖父故事》称，御市是日本第一美女，丰臣秀吉这之后对其产生了爱慕之情，与柴田胜家争夺御市，而且后来晚年时把爱情倾注在御茶身上，甚至溺爱。但是这以前为了消灭浅井家，他最卖力，是让浅井家受痛苦的人物，肯定一生遭受浅井女儿和御市夫人的痛恨。这是对生活在乱世中人的命运的讽刺。

其三：

丰臣秀吉担任筑前太守，不知道当时何年何月。《总见记》称，天正三年七月三日，召织田信长进皇宫赐宴的时候，是赐封晋升织田信长官位，但他坚决拒绝，反倒恳求赐官位给自己的家臣。在列举的家臣姓名中间有丰臣秀吉的姓名，提议赐封丰臣秀吉为筑前太守。但是,《信长公记》里漏掉了丰臣秀吉的姓名。可是《信长公记》里，一个月后的八月十五日出现了羽柴筑前太守的姓名，他与大家一起于七月三日被晋升官位。那天名单里没他，可能是漏写了。

其四：

天正五年八月，织田信长指定柴田胜家为主将，让他带上丹羽长秀属下大部分将领进攻加贺。这是因为上杉谦信于这月的前一个月攻打了能登。当时织田信长家势力范围扩大到了加贺，涉及了能登的七尾郡，所以通常认为上杉谦信的矛头必定扫荡织田信长的势力范围。

上杉谦信是可怕之敌。他持有用兵天才，讲气势，军队精英无比，能与之交战势均力敌的人，一般认为只有于四年前去世的武田信玄。因此，织田军队在开赴前线途中充满了紧张氛围。丰臣秀吉也在这支攻打加贺的派遣军里。

可是进人加贺后不久，他与主将柴田胜家意见相左，没有向织田信长请示就立刻回去了。什么意见相佐？《信长公记》里没有明确记载，所以不清楚。仔细分析后，我认为，丰臣秀吉对于长期不得不在早就关系不佳的柴田胜家指挥下作战心情一直不快，而且二人早就关系不佳，加之意见相左，便抓住机会回国了。

这是明显违反军令之举。无论织田信长怎么喜欢丰臣秀吉，都不得不大怒。《信长公记》称，行为过分，触怒上司。

“岂有此理，你这秃猴！我不想见你！你就不能谦让克制！”

所谓秃猴，是当时织田信长给丰臣秀吉之妻宁宁的信中对丰臣秀吉的称呼。其实，织田信长擅长给别人起外号和用外号叫别人。迟钝的人，被他叫作大温山。明智光秀秃顶，被他起了个外号叫“金柑头”；丰臣秀吉个头瘦小且肤色黑，走起路来灵活敏捷，被他起了个外号叫“秃猴”。

且说丰臣秀吉挨骂后回到了长浜，一点也不谨慎。

“一直不停地打仗，连一天轻松悠闲的日子也没有过，现在才轮到休息。这种时候不乐乐，就没有时候乐了。”

每天请家臣，又是设宴，又是喊来能乐剧演员演戏，观看能乐剧。家臣们担心这样下去会进一步激怒织田信长而向他纳谏，可丰臣秀吉根本不予进纳。

“不用介意，不用介意。”他笑着说道，之后越来越放肆地玩乐。

家臣们想请与丰臣秀吉关系亲密的竹中半兵卫提出忠告，于是来到竹中半兵卫家请求，竹中半兵卫微笑着说：

“那是筑前太守阁下深思熟虑的做法。织田信长公的性格，各位大概也知道吧？！如果太守阁下闭门不出，表情阴沉，那就一定会有人出来说，筑前太守是二十多万石的大领主，又占据着小谷那么重要的名城，好像是对阁下有意见，企图谋反。如果这种说法再三重复，织田信长公会信。筑前太守阁下都充分考虑到了！请大伙别为他担心！”

这是《真书太阁记》里的话，虽不知道真伪，但这话巧妙地道出了织田信长的性格一面和丰臣秀吉是心理洞察高手。丰臣秀吉格外慎重，不让织田信长产生疑惑。

四

织田信长着手进攻中部地区的时候，距丰臣秀吉战场上不辞而别还不到两个月。对于立志统一天下的织田信长来说，这是必须进行的战争。直接的动机，是因为法号如水、当时的小寺官兵卫孝高频频请求织田信长出兵。织田信长起用丰臣秀吉为帅，让他率领军队前往。

丰臣秀吉高兴地接受了。

“这期间蒙受不快待在家里，身体得到了充分休息，浑身精神抖擞，必将全身心投入。”

他这么说，精神振奋，心里一定强烈期待讨得织田信长的喜欢。

关于丰臣秀吉攻打中部地区的情况，只写几则逸闻，最鲜明地描述了他性格的每一面，并且他围攻两城的战术之规模宏大，在日本史无前例，淋漓尽致地刻画了他的伟大人格。

逸闻一

播州三木城的别所长治，在丰臣秀吉最初进入播州时立刻投降归顺，但数月后与毛利家族密谋叛乱。这三木城的属城里有野口城，由长井四郎左卫门武士把手。丰臣秀吉攻打这座城，破坏了其外围的四五百米围墙后，前锋部队已经进城。这时，城里伸出斗笠。这是当时约定交战一方表示投降的意思。

然而前锋部队的官兵们不知道这一规则，怒吼道：

“如果是投降，早就应该表示，已经到这分上怎么还可以投降？厚颜无耻，灭了他们！”

这时，丰臣秀吉说：“不能这么说！打仗吗胜六七成就足够了。如果杀害已经投降的敌人，敌人就不会逃跑而拼死顽抗，士气就会变得狂妄。包围敌人攻打时，自古以来就不是铁桶式包围，必然留一口子。这就是为了告知敌人逃跑之路而提前获胜。对于投降的俘虏，决不可置于死地。”

他引导部下允许敌人投降。

他不喜欢杀人。

逸闻二

荒木村重背叛织田信长的时候，是丰臣秀吉热衷于运营播州之际。丰臣秀吉从播州去了荒木村重的居城即伊丹有冈城，开导荒木村重归顺，但他不听。当时，荒木村重款待了丰臣秀吉。酒巡数回，荒木村重亲自站起来去取菜肴。荒木村重的家臣河原林治东在厨房里劝其杀了丰臣秀吉，荒木村重不允，回来后说：

“我去厨房，一家臣劝我杀了你，我把他骂了一通。”

荒木村重的话里，似乎有威胁丰臣秀吉的语气。丰臣秀吉听后相反答道：

“好呀，那是好汉，请把他喊来让我瞧瞧模样。”

喊来房间后，丰臣秀吉给他杯子，正要把随身腰刀作为礼品交给他。

“又不是调换，请住手！”

荒木村重阻止，丰臣秀吉说：“我不是拿着一口刀给织田信长阁下当差，织田信长阁下也不认为我是用刀为他当差。”

说完硬是把刀给了河原林。

人们都被丰臣秀吉的威严气势给镇住了，没有一个人敢动手。这是丰臣秀吉的威震对手的场面。我想，丰臣秀吉也许觉得自己做了什么使荒木村重变心而萌生杀意，使出了让对方魂飞魄散的招数。丰臣秀吉像这样的表演其实很多。

逸闻三

攻打三木城的时候，别所长治属下有叫中村五郎的家臣。丰臣秀吉派人对他说，如果起义反叛别所长治，暗中将我的一部分将士放进城内，我将重赏。中村五郎为表示愿意，将最心爱的女儿作为人质送到丰臣秀吉营帐。

不久商定日期后，中村五郎将丰臣秀吉的几十将士放进城里，却围住后一个不剩地杀了。

“这可恶的家伙！”

丰臣秀吉被激怒了，将作为人质的中村女儿钉死在柱子上。

三木城攻占后，中村下落不明。丰臣秀吉命令地毯式搜查，终于在丹波的绫部山中发现后将其逮捕。丰臣秀吉说：

“你在三木欺骗我，杀了我手下将士数十人，就是将你碎尸万段也不解恨，我也想过用火刑和锯刑，可你是为家主别所长治尽忠，舍弃自己最心爱的女儿。在尽忠方面至高无上，令我感动，这对我有帮助。”

说完给了三千石，还聘用了他。

这类逸闻很多。武士们肯定高兴，佩服。

逸闻四

丰臣秀吉在经营中部地区的过程中，为了报告和请示最新指示而多次回到安土。有一次回去时，他对织田信长说：

“在下如果征服了中部地区，则请立刻赐余野村、神富、矢部、森。余打算率领他们南征九州，那里也可立即平定。九州归顺阁下后，请允许余管理九州一年，在那里训练军队，囤积军粮，建造大型军舰，征服朝鲜。阁下如果想夸奖在下，则请赐以攻打朝鲜的书面命令。占领朝鲜后，余将继而攻打中国。占领中国后，请阁下派亲王渡海担任大将。这么以来，日本、朝鲜、明国都将纳入阁下囊中。”

丰臣秀吉肆无忌惮地表达了豪言壮语，在场的人都目瞪口呆。《赖山阳》在日本外史里，以此证明后来入侵明国入侵朝鲜是丰臣秀吉壮时的夙愿。但是，我不那么认为。丰臣秀吉知道织田信长有怀疑功臣的怪癖，只是表达无意在日本国内分享领土，而是持有为当主夺取朝鲜等国的愿望而已。这时候，丰臣秀吉已经把织田信长四子御次丸即羽柴秀胜认作养子。这也是表明，我丰臣秀吉的身价再高，也还是织田信长家的家臣。也许是为了避免织田信长猜疑。基于这样的原因，丰臣秀吉才故意说入侵中国的大话。人的心理活动很奇妙，嘴上说过的话，可能潜伏在内心某个深处。这向外扩张的野心，与其后来成为天下特大领主，与其天下无敌的自信、日益滋长的功利心结合后，变成了一定程度的意志，加之各种条件的结合，终于变成向外侵略的野心。也就是说，我想解释为，从某种意义上说，玩笑成真了。

逸闻五

明智光秀与丰臣秀吉相同，不是织田家族的世袭家臣。从某种意义上说，是新的外来家臣。在丰臣秀吉受命管理中部地区之前，他俩持续着大致相同程度的晋升。可那以后的丰臣秀吉由于一个接一个地大功告成，织田信长对他的印象确实惊人，可自己多少有点停滞不前的味道而焦急，格外意识到了丰臣秀吉的存在。这时，有一个叫宫部加兵卫的人新成为明智光秀的家臣。这人以前有过在丰臣秀吉手下侍奉的经历。有一天，明智光秀喊来宫部加兵卫问道：

“你以前的主人筑前太守，最近评价很高。你说说，他的用人方法怎么样？有什么不同地方吗？”

“没有什么特别之处。不过属下一立功，就会受到出乎意料的奖励。好像就这有点不同。”

明智光秀震惊、恐惧。他为何恐惧？没有解说，不清楚。可正由于他是从最底层向上层攀援，饱尝了人间的所有艰辛，所以作为丰臣秀吉，十分清楚被支配者的心理。

五

丰臣秀吉攻打因幡，是从天正八年六月开始。他奉命攻打中部地区进入姬路，则是天正五年七月，时隔两年八个月。这期间他完全占领了播磨、但马、备前。之所以这么说，是丰臣秀吉彻底驱除了进入这地方的毛利势力。

夹在织田家族和毛利家两大势力地区的豪族们始终无法独立自

主，必须明确表态附属于哪一方。可是，像黑田如水那样目光敏锐洞察未来，信念执着，一旦决定归属便决不动摇的领主，确实很少。大多领主被当时形势的小波动和眼前利益所迷惑而动摇（参照《黑田如水传》）。由于毛利家族一方不断派人劝说归顺，因此就顺水推舟了。三木的别所长治归顺紧接着又背叛，就是这样的例子。丰臣秀吉尽管有杰出的军事才能，可是平定三个领主花费了近三年时间。就是这原因。

但是正因为花费了长达三年时间，所以在人心安抚上非常周到。丰臣秀吉已经将新占领地百姓和武士安抚到绝对不动摇的程度，没有了后顾之忧，于是进兵因幡。

因幡又是毛利家族的势力范围。国主山名丰国归顺于毛利家族，因此毛利家族接受了山名城主交给的人质，派出将领守卫该领地所属鹿野城。

丰臣秀吉一到因幡便攻打鹿野城，攻占后缴获了山名城主的人质，直逼鸟取城劝其投降。山名丰国拒绝，使者往返达数次，可他的回答还是不变，于是丰臣秀吉派人传话：

“如果不投降，我们将把在鹿野城抓到的人质悉数杀死。”

“请便。”山名丰国冷冰冰地答道。

丰臣秀吉在从鸟取城内可以清楚看到的地方（鸟取城外的久松山脚）排列钉人的柱子，把人质绑在上面，举起长矛和砍刀朝城里大声嚷道：“你们还不投降吗？”

但是城里守军还是没有投降的迹象。

“要杀就杀吧！武士一旦决定的事怎么可能改变！”

山名丰国执拗地回答。

《阴德太平记》称，丰臣秀吉发火了。人质被一个一个刺死的情景，犹如八大地狱的牛头狱卒和马脸狱卒严刑拷打和厉声叱责“五逆十重”罪犯那般惨不忍睹。看到的人无不魂飞魄散。

不久，轮到城主山名丰国的女儿了。

士兵将她乌亮的黑发倒着拽拉，将其手脚朝左朝右分开捆绑，宛如五马分尸模样。士兵卸下枪鞘，用冰冷的刀刃紧贴山名丰国女儿的雪白皮肤。

丰臣秀吉首肯。山名丰国女儿就那样在柱子上绑了三天，并派使者传话：“想救女儿命，也想要领地，那就迅速加盟我方。如果反对，不仅杀你女儿，而且立即攻城，将城里的人赶尽杀绝。”

山名丰国终于动摇。丰臣秀吉让他写降文接受投降。凑巧这时丰臣秀吉接到了关于鹿野城危急的速报，说毛利家族派出的吉川元春正率兵火速赶来。

吉川元春率领的兵力只不过七千左右，但可以估计这是前锋部队，主力部队无疑会陆续赶到。再说吉川元春是闻名遐迩有勇有谋的战场猛将。一旦交战，无疑将有可能变成一场胶着战。丰臣秀吉派出尼子家遗臣亀井新十郎去鹿野城守城后，一度返回姬路。

那之后，在鸟取城里，山名家老臣森下出羽僧侣道与和中村对马等向山名丰国发难。由于人质被杀，他俩责难山名丰国投降是有道理的。

总之，这叫山名丰国的人是山名家族的三子，家兄山名丰数在世时，由于领地被逆臣夺走，出走到但马过着孤独生活的过程中，遇上尼子家遗臣山中鹿之介来访。这人当时也是因为尼子家族被毛利家族灭掉而到处流浪。他对山名丰国说：

“看我的！我去夺回领地给你。”

说完去了因幡，起兵讨伐逆臣，成功夺回鸟取城。山名丰国当然要感谢他。

那之后，山中鹿之介拥立尼子胜久举起再振兴尼子家族的旗帜，也加上往年的情义，山名丰国与毛利家族断绝往来归顺于尼子胜久。

毛利家族为了讨伐尼子胜久出动大军时，山名丰国随即背叛尼子胜久归顺了毛利家族。

上述是山名丰国早前的经历，作为这时代的弱小豪族，虽值得同情，但这投降重演也太频繁了。老臣们因此而发难。

“阁下这种做法究竟算什么？一直时而这样时而那样，简直是叛徒生涯。可这次又重复叛变。以这种人为家主，是我们武士的耻辱，请离开！”

老臣们把他赶走了。

这山名丰国离开当主交椅后进入佛门取名禅高，成了丰臣秀吉的说客，继而成了德川家康的说客，曾经接受德川家康的密令，去黑田如水那里挑毛病，受到黑田如水强烈措词的回答后迅速离去。过后，在《黑田如水传》里叙述。

且说把山名丰国赶出鸟取城的老臣们，派使者去毛利家族道明原委，希望毛利家族派成员担任鸟取城主。于是，毛利家族决定派吉川经家接任。

天正九年二月，吉川经家率兵八百来到鸟取。但这时，他是带着“首级桶”来的，准备决一死战。

他一到达鸟取城立刻清点城里军粮囤积的情况，发现只能支撑三个月，大吃一惊，问缘由，得到满不在乎的回答：

“前些日，若狭那里来了买米船，在高价收购粮食，因此仅留下部分粮食，其他都卖掉了。是呀，我们知道如果没米了再买来吃就是了。到七月就有新米上市，农民还会交公粮。”

其实，这是丰臣秀吉之计。他安排人从若州方面驶出粮食收购船，以高出时价的价格购米。尽管自己身在姬路，但这办法神不知鬼不觉地成功了。这情节，刊登在毛利方记载的《吉田故事》里。

吉川经家火速与毛利大本营的安芸联系，承蒙运粮船绕道日本海驶向这里补充兵粮。运粮船刚出发，丰臣秀吉就已经离开姬路来到因州。《信长公记》称，从姬路出发的时间是天正九年六月二十五日，兵力两万余骑。

当时，鸟取国除主城外还有其他两城，一是丸山城，在距离主城一里左右的海边山上；二是雁尾城，在主城与丸山城之间的中间部位。丸山城，由吉川经家从本国带来的武士们把守，以山县春住为主将。雁尾城，由盐谷高清和奈佐日本助固守。盐谷高清是山名丰国的旧臣，但奈佐日本助是海盗将领。根据奈佐日本助这一名字可以想像，多半是曾经驾驶海盗船洗劫过陆地的人物。但不知道什么原因加盟这座笼城。这是极大地刺激了作家想像空间的人物。

到达鸟取城下，丰臣秀吉将距离鸟取城七八百米左右的摩尼帝释山顶铲成约一百平方米的正方形平地，把主帅营帐安在这里。

丰臣秀吉的围城攻打极其壮观。

“在对鸟取城的包围攻击线上绑扎坚固的栅栏，筑起围墙，将高高的土垒连成行，每隔五百米设一处监控哨所，以交替形式常驻步兵五十人，每隔一千多米设两三层高的碉堡，分别驻扎将校二十人，射箭步兵与持枪步兵各一百人。夜间每隔一二十米烧一堆篝火，亮光程度可以照见蚂蚁爬行。为避免遭受毛利援军迂回攻击，还在后方挖掘护壕，绑扎栅栏，筑起高围墙。该围墙，高到即便从墙外狙击墙内骑兵也无法射中的高度。在外围，这围墙与栅栏与沟有两里长度。这内外壁垒之间，各军兵营成了特殊商业街，夜间各兵营前燃烧篝火，照得像昼间那般明亮，彻夜周密巡逻。海岸地带烧光了所有遮挡物。海上设置巡逻船，监视敌人靠近这里或者补充军需物资。同时，可以随时从丹后、但马等地进行海上运输，做好了可以持续几年围城的准备。

上述是《信长公记》的记载。但《阴德太平记》记载了相同内容后增加了下列叙述：

“丰臣秀吉阵地上的所有营房四面外墙贴满了白纸，夜间从城里看过去，仿佛白墙一望无垠。他还从京都喊来狂舞高手，日夜敲鼓吹笛，显示悠闲潇洒度日的情景。”

虽然没有记载，可我觉得多半有商人在阵地上开设店铺，可能还有妓女红灯区。

丰臣秀吉大凡也不喜欢持久战，可装出即便打持久战也不介意的模样，摆出乐意持久和悠闲潇洒的一面，让城里守军彻底厌倦而丧失战斗力。我想这是丰臣秀吉在打心理战。总而言之，其规模壮观令人咋舌。采用这种攻城法的武将，在日本没有先例。尽管还有各种不足之处，但它不仅规模壮观，更加彰显丰臣秀吉是英雄中的英雄。对于他来说，日本国土的面积过于狭小。如果丰臣秀吉出生在中国大陆的乱世里，也许可以做成犹如秦始皇和汉武帝那样惊天动地的伟大事业。

且说，守城军队在铁桶般围城下不能忍受生活煎熬。城里粮食逐渐匮乏。当然毛利家族没袖手旁观，从海路、陆路设法运送粮食。但是，皆受到了阻击。

不过，守城军队在战斗上没有动摇。丰臣秀吉让手下占领雁尾城与主城之间的小山，割断两城之间的联系。于是，雁尾城主将盐谷等人丢下守城与丸山城合流。

但是，城里武士们的士气丝毫没有懈怠。丰臣秀吉的胞弟丰臣秀长命令部下藤堂高虎派使者向固守丸山城的武士们传话：“打开城门，我们可以保护全城人生命并安全送到各自领地。”

城里守军答道：“请派使者进城，待主将山县当面了解口信后回复。”

使者一进城门便被守军抓住，被押上城墙大声嚷道：

“我们现在答复使者捎来的口信。”

进攻部队的将士们走出营帐悄然无声，洗耳恭听。

“贵军口信已经知晓，我们的答复正如你们看到的那样。”

话音刚落，银色刀光闪动，敌兵割下使者的脑袋，将尸体从城墙上扔下。

《吉田故事》是上述记载。

秋天快要过去，城里饥饿状况极其严重，不仅兵员，鸟取一郡的男女老少百姓都躲在屋里闭门不出。他们是没有经过训练的群体，日子更加悲惨。将这群百姓赶到城里，是丰臣秀吉为了大量消耗城里粮食而制定的计策。他故意烧了百姓住宅，残忍地砍伤他们，让百姓感到恐怖。

受饥饿煎熬的士兵和百姓们，起初经常到城外割野菜挖稻株充饥，但这也吃没了。接下来是杀牛宰马，也转眼间吃完了。百姓们痛苦不堪，步履蹒跚地来到前沿部队的栅栏，靠近栅栏上哭喊着。前沿部队将士对他们格杀勿论。如果救助他们，则出来的人就会增多，粮食消耗量就会因此增加，而帮了城里守军的忙，于是杀之。战争这东西，不问古今，均惨无人道。

如此射杀，于是城里守军争先恐后赶来，迅速拔刀将气息尚存的百姓手脚割下，抢吃人肉。

冷静关注着城内形势的丰臣秀吉，于十月二十日派遣使者劝说吉川经家投降。

“阁下直到现在还在坚持刚勇与节义，对此丰臣秀吉我实在佩服。作为武士之道，阁下已尽了十二分职责。我想劝说的是，阁下不要继续固守城池，要打开城门让武士们散去。如果听劝，吉川经家阁下以及毛利元辉家的所有人一直到士兵，都可一个不剩地安全回国。只是森下出羽、中村对马、佐佐木三郎左卫门、盐谷高清四人尽管是山名家世袭家臣，他们是把主子赶出国门的不忠不义者。奈佐日本助，如果是曾经拦截往来船只使许多人蒙受痛苦的海盗头领，那为了替大家报仇，这些人都要剖腹割下脑袋。”

吉川经家如下答道：

“吉川经家作为大将，除了挥动令旗指挥将士固守城池以外，还让属下武士在眼皮底下自杀而自己则苟且偷生，我作为武士感到耻辱。我想剖腹自尽，用我的生命救助其他人生命。如果贵方同意我这建议，我就打开城门。”

这回复让人佩服。丰臣秀吉感动，但如果不杀罪魁祸首森下出羽等人，则难以得到织田信长的首肯。交涉难以进行，但森下出羽等人感激吉川经家的高风亮节，主动提出自杀，致使谈判获得成功。

《甫庵太阁记》称，丰臣秀吉把酒菜送到城里，派出堀尾茂助担任监督使者。吉川经家用丰臣秀吉送来的酒举行了最后的酒宴。《信长公记》里没有说到酒。毛利家族的《吉田故事》称，当时使用的酒，是吉川经家离开芸州出征时携带的一坛酒。据说，吉川经家把它储藏到最后时刻使用。但我觉得这不可信。这种时刻，通常是丰臣秀吉作为胜者赠酒给败寇。他被吉川经家尽忠守城的行为所感动。只有这种时候赠酒才合乎逻辑。

宴会一结束，吉川经家就出示了丰臣秀吉的誓约书，换上衣服。《阴德太平记》重笔描述了吉川经家的服装，说他里穿越后单服，外穿浅黄色绸夹衣，披上草绿色夹里的黑色和服外马褂，与丰臣秀吉派来的监督使者堀尾见面打招呼后坐在铠甲柜上，对家臣静间源兵卫说：

“我的脑袋是要经过织田信长公亲自验收的，一定要砍好。”

而后脱下和服外套，把里面的衣物脱到肩膀，取出一尺五寸中段裹住的锷刀，微笑着说：

“即使平日习武，训练这动作也常常失败。可这根本不是习武，可能看上去是很不体面，但各位不要笑哟！”（《阴德太平记》称，脸上冷淡无情）

“武士传下梓木弓，返回原栖变成神。”

他吟诵辞世之歌，话音末落，已经把刀摁住左腋，一声叫喊，将刀拖着转到右腋，重新握刀扎进心脏下面，再推到肚脐下面，随即把刀拔出以握刀姿式，手撑住膝盖，伸长颈脖，在摆开架势的寂静瞬间说道：“请宽恕！”

随即砍下自己的脑袋。吉川经家时年三十五岁。

家臣福光小三郎，若鹤甚右卫门，坂田孙三郎也当场剖腹。三人都身着白色单衣，手腕上戴有佛珠。三人姓名让人总觉得善良年幼，多半是吉川经家的宠童。

不用说，森下出羽与其他五人也剖腹自杀。

吉川经家死亡是在十月二十四日，打开城门是二十五日。丰臣秀吉手持大斧站在路边，让人煮粥送给离城回家的人们吃。《信长公记》和《吉田故事》都说，有人一时吃得过多给撑死了。

毛利家族这之前为了解围救援，由吉川元春率领六千兵力作为先锋浩浩荡荡出发。但是吉川元春来到伯耆的时候，接到了鸟取已经打开城门的速报。吉川元春是猛将，随即切断背后架在桥津川上的大桥，把船沉到水里，切断退路，准备等丰臣秀吉军队蜂拥而至时决一死战。

丰臣秀吉打算派诸将攻击吉川元春，但亲自侦察马山一带后，了解到吉川元春准备决一死战的架势，加之凑巧下雪便说道：

“这个气候不适合打仗，到来年春天再攻打。”

于是他留下部分兵力返回鸟取，不久回到姬路。当时丰臣秀吉的兵力有三万，而吉川元春兵力是六千，丰臣秀吉获胜是理所当然的，如果被打败则是莫大耻辱。著名猛将吉川元春准备决一死战，也许丰臣秀吉失败的可能性更大。尽管耻辱可以忍受，但士气可怕。迄今为止构筑起来的中部地区管理态势，也有可能毁于一旦。丰臣秀吉不愿意冒这样的风险。

他把宫部善祥房留在鸟取城守卫。

丰臣秀吉于这年岁末回到安土，献给织田信长的礼品是两百件小袖衬衣，还有礼品分送给各位夫人。进贡礼品的数量之大，前所未闻。

《信长公记》称，让朝野上下瞠目结舌。

《甫庵太阁记》称，两百多件礼品，从安土城山下一直排到城门还排不下。织田信长从天守阁看着这长龙般的礼品说道：

“瞧这大气的筑前太守举止！他这性格，我就是命令他占领明国和印度也会在所不辞。”

他当然要全力以赴讨好织田信长。这多半是他事先策划好的，等于宣传自己中部地区管理如何蒸蒸日上。

织田信长喜出望外，不仅赐给认可他“勇武名声，前所未闻”

奖状与名牌茶具十二件作为奖品，还抚摸丰臣秀吉的肩膀说，“我希望武士都应该效仿丰臣秀吉。”

六

攻占鸟取城的第二年，丰臣秀吉着手山阳道方面的进攻计划，于四月四日进入冈山。冈山当时是宇喜多氏的居城。当主秀家是仅十一岁的少年，父亲直家在世时已经归顺织田信长家。毛利家在备中路诸城严阵以待，防备织田信长势力向西推进。丰臣秀吉知道高松城是其中要害最坚固之城，知道这城主清水宗治就文武兼备且最难以纠缠的敌人。因此，一进入冈山便将织田信长的誓约书和自己的添加信件交给黑田官兵卫和蜂须贺小六，劝他俩归顺。

“清水阁下是文武兼备的人才，多年来织田信长公之名一直如雷贯耳，认为把阁下当作宿敌杀了可惜，还说把备中与备后两领地赠送给阁下。无论有什么吩咐都可与我丰臣秀吉商讨。如果承蒙联手西征，那则是大喜事。”

清水宗治对此答道：

“织田信长公的誓约书以及筑前太守阁下的附函余已经拜读，两位阁下的旨意余也已经一清二楚。谨此，衷心感谢誓约书上所说条款。但是，余宗治已经多年归属于毛利家，保卫着自己领地的边境诸城，蒙受了毛利元辉阁下施以的大恩大德。如果现在背叛当逆臣，余则死有余辜，纵然承蒙赐以两领地成为荣富之身也无脸面高兴。加盟贵方实在难以接受。”

丰臣秀吉没有气馁，重新交涉。可是，清水宗治的决心已定，难以撼动。

于是，丰臣秀吉开始攻击高松城。

丰臣秀吉亲自率兵一万五千，于四月二十七日在高松城东北侧龙王山安营扎寨，命令养子织田秀胜（信长四子）率兵五千在平山村布阵，让宇喜多秀家率兵一万在八幡山布阵。

与此相反，城里守军仅五千，其中五百人是附近农民，是自愿请求入城。可见清水宗治的统治很得民心。

丰臣秀吉布下阵地后，为了打击敌军士气，立刻让属下将士们三次齐声呐喊，吼声震天。《阴德太平记》称，山鸣谷回荡，风起水直涌，地裂天柱塌。但是，城里守军丝毫没有胆怯，固守各自岗位，随时准备应战，显示了昂扬斗志。

这高松城东北侧的立田、鼓、龙王等群山逶迤，西南侧则有足守川，城市三面是沼泽地，仅一条小道通向高松域，是一座非常坚固的城市。

如果蛮攻这样的顽敌和坚固城市，伤亡肯定非常大。丰臣秀吉观察地势思考后，想出了与众不同的战术，用水攻。

五月七日，他把主阵地移到城东侧群山凸前的蛙之鼻，随即从城西侧的赤浜山到蛙之鼻主阵地围绕着南侧筑起两千六百多米的长堤，将足守川的水朝里灌。长堤极其坚固，高度八米多，底部厚度是二十五米多，上端厚度是十二米多。

堤上排列着坚固的栅栏，堤外侧建有一排排小屋，堤上每一百多米设有哨所，戒备森严。白天把旌旗排列在堤上，晚上燃起熊熊篝火，兼带警戒且从心理上威慑城里守军。

彼时下起了梅雨。群山脚下和被这长堤围绕接近两千多米的地区，数日来变成了漫无边际的湖水，随着时间推移水量增加。

这奇特的大规模围城，清水宗治肯定也吃惊不小。可他不屈不挠，从高松城下的染坊征用数百染板，制成三艘小船，既可用它进行城之间联络，也可用来出击迎战。丰臣秀吉也从海边调来三艘大船，在船上设置了望台，架上大炮，任命浅野弥兵卫长政（当时叫长吉）和小西弥九郎行长为大将发起攻击。

这期间，水量越来越上涨，高松城里则浸泡于水中，因此守城军队也只有把帘子挂在了望台上与树上生活。

“高松城危在旦夕。”

接到速报，毛利家先派出小早川隆景和吉川元春前来。小早川隆景把主营帐设在日差山，吉川元春把主营帐设在岩崎山上。两军兵力达三万余人，分布在附近山上。当时是五月二十一日。

接着毛利家族现任当主毛利辉元也来到这里，把主营帐设在距离高松六里左右地方的猿挂山上。

丰臣秀吉分出一万人对付毛利援军。两军前沿阵地相隔足守川的支流，即城西侧的长野川对峙。这距离仅几百米。

两军谁也不主动开战。毛利军队害怕秀吉军队，秀吉军队也害怕毛利军队，相互只是严阵冷眼相对。

丰臣秀吉派使者策马去织田信长跟前，请求织田信长亲自出征。织田信长爽快答应，说不日带领援军赶到，命令明智光秀先率兵出发。丰臣秀吉已经将战势控制到如此程度，同时要求织田信长亲自出征。他这时候的心理是相当复杂的吧？

首先，他可能想到，靠独自力量对付毛利辉元过于冒险。尽管自己有三万兵力，然而敌军也有三万兵力；虽兵力相等，但敌军离所属领地近，后续援军以及给养不管多少都可及时补充。丰臣秀吉多半认为，要是这仗打输了，自己岂止功亏一篑，战术意图也难免露出破绽。

其次，他多半想过，就现在备好的宴会来说，自己的功劳已经很大了，接下来请织田信长拿起筷子，相反还可讨他喜欢。事实上，织田信长也非常高兴并且答应亲自出征。

第三，单靠自己的力量消灭毛利辉元那样的大家族，很有可能引起织田信长的猜疑。古人云，“功劳惊主，危险近身”。

不用说，丰臣秀吉多半不知道这样的古语，可他精通人情世故，肯定对人的如此心理活动十分清楚。何况，丰臣秀吉侍奉织田信长几十年才成就今天的地位，无疑对他严重的疑心和猜忌心理了如指掌。如果他忽略了这一点，反而让人觉得不可思议吧？！

织田信长亲自出征的消息刮到了毛利辉元的耳朵里。毛利辉元想过，即便对付丰臣秀吉军队，自己也没有胜算可能。如果这次战役失败，自己的毛利家族将完全消亡。只要织田信长亲自出征，必然打到将毛利家族灭亡的份上才肯罢休。朝仓家族是这样下场，浅井家族是这样下场，武田家族也是这样下场。

毛利辉元着手和平谈判。

毛利方面的《吉田故事》称，是丰臣秀吉主动请和。但从形势上判断，认为毛利辉元主动提出和谈符合逻辑。

毛利辉元搬出的讲和条件：

“拟让出备中、备后和伯耆给织田信长，其余五处领地仍归自己所有。如果赞同这提议，就与丰臣秀吉结盟。”

但是丰臣秀吉要求：

“献上备中、备后、伯耆、因幡、美作五处领地，让清水宗治剖腹自杀！”

丰臣秀吉曾经宽恕宇喜多氏投降，承认其对领地所有权，但遭到织田信长大怒。如果提出的不是让织田信长满意的条件，他又将挨骂。何况织田信长到达这里的时间已迫在眼前。丰臣秀吉多半思考过这种可能性，谈判条件能抬高就抬高。

条件相差悬殊，谈判难以顺利进行。就这样过去数日。可是六月三日半夜，传来本能寺事变的情报。

关于谁送来这一事变情报，有两种说法：一说织田信长的家臣长谷川守仁派出了飞毛腿使者；二说明智光秀派往毛利辉元那里的使者在丰臣秀吉的阵地上迷路彷徨时遭被捕。

总之，丰臣秀吉知道了织田信长于六月二日拂晓在本能寺遭到同仁明智光秀杀害的消息。丰臣秀吉极力封锁这一消息，时而故意派船攻打，时而只带着平日里的伞马标和马夫巡视，与过去率领装束华丽的百余骑兵巡视阵地相反。他还时而吟诵低水平的狂歌送往毛利阵地以不断显示足够的耐心，重提已经决定的和谈条件。

“两川（吉冈川与小早川）变成一条后，毛利高松将变成水中垃圾。”

“考虑到织田家族的面子，请清水宗治剖腹自杀。只要满足我方这一条件，有关领地事宜就按贵方提出的条件。长期对峙，我们双方都会受到损失。但是织田信长这一两天内就要到达姬路。贵方如不迅速决断就来不及了。”

毛利辉元因为对方要让宗治剖腹自杀而心里不痛快，可宗治听说后慷慨激昂，主动要求剖腹自杀。和约终于达成。

六月四日上午十时，清水宗治与其兄清水月清、末近左卫门三人公开剖腹自杀。

末近左卫门是小早川隆景派来负责监督固守城池的监督官，因此清水宗治劝他别自杀。

“余已决心剖腹。原本阁下如与敌人勾结，则刺死阁下。迄今阁下不仅志不变义不变，而且守城固若金汤，还为了主家剖腹自尽。如果余不一起尽忠，则无法保住武士英名。”

斩钉截铁，拒不采纳。

他死的前一天，丰臣秀吉让人在装饰一新的小船上摆上酒菜十套和三袋极品茶叶赠给尽忠者。清水宗治他们用这些酒菜举行了宴会，享受人生的最后时光。

拂晓，规定的剖腹时辰一到，清水宗治等乘船来到丰臣秀吉的营帐跟前停下。长堤上，丰臣秀吉的前锋部队全体出动，犹如围墙那般样列队观看。

监督使者堀尾茂助的船划到跟前，行见面礼后递上酒菜，清水宗治高兴地接过去，说：

“请代我们向筑前阁下致以深切谢意。”

说完，与大家喝下最后时刻的交杯酒。

稍顷，清水宗治站起来一鞠躬，一边拔出刀挡住光线，一边朗朗吟诗：

河舟泊逢枕濑浪，

效仿浮世梦桥廊，

身处淡定命无常。

声音刚落，遂以十字剖腹法自尽，其党羽高市之丞紧跟着效法离世。接着是月清吟诗：

路边烟雾茫，

清水柳荫淌。

短暂光阴逝，

愚忠远树苍。

吟罢剖腹西去。

紧接着轮到末近左卫门，他站起来就说：

“我没学过乱舞，可大家都吟诗，若我不吟则被疑为懦弱，就略吟一两句吧！”

他拔出刀，一边将船板踩出响声一边吟诗：

似敌群居鸥，

呐喊闻风浦，

高松朝消露。

吟完剖腹。他把谣曲《八岛》稍稍改成符合现在的形式吟诵。恐怕是声嘶力竭吟诵了这首其实并不优美的诗歌。吟诗，是当时武士的乐趣。这时，市之丞都在旁边陪伴。一直到长期跟随的难波传兵卫、白井与三左卫门，草鞋随从七郎次郎都果断地自杀了。市之丞也在旁边陪伴，将死尸全部整理完毕，分别将名片系于每颗脑袋，交给监督使者堀尾茂助后，自己也当场剖腹死去。

当时宗治的辞世歌如下：

唯今武士度浮生，

青史留名高松苔。

接下来，丰臣秀吉与毛利辉元交换了誓约书，拆除阵地踏上了东归之路。自古以来传闻称，丰臣秀吉这时直截了当叙述了本能寺事变：

“我立刻奔赴京都拉开忠义之战序幕，为死去的家主织田信长消灭叛逆者。如承蒙阁下按契约行事，那我是非常高兴的。但如果背信毁约也可，那我俩将在旗鼓间痛快相遇。”

据说，丰臣秀吉是这么对毛利元辉说的。但目前定论：丰臣秀吉彻底隐瞒了“本能寺事变”，撤出了阵地。

丰臣秀吉于五日午后从高松撤退，于七日回到姬路城，随后第四天的十一日到达尼之崎，于十三日在山崎与明智光秀拉开讨伐战序幕，仅一天时间就让明智光秀见了阎王。其决战之兵的神速令人咋舌。没想到，统一天下的大好时机降临了。为了不错失良机，焦点是绝对需要抢在任何人前面先行杀死明智光秀，为此全力以赴，幸运之神降临在丰臣秀吉的身上。

明智光秀为了杀害织田信长，进行了某种程度的精心谋划。当时，织田信长麾下的重要将领们都处在不能及时赶到事变场所的境遇。当时，第一实力者德川家康离开所属领地，仅带着几个随从在视察界一带；柴田胜家在北陆正与上杉对峙；丹羽长秀在去讨伐四国的大坂那里等候船只；泷川一益在关东厩桥与北条氏对峙；丰臣秀吉在中部地区与毛利元辉的三万大军对峙。无论怎么精打细算，这些将领赶回来展开复仇之战，无疑需要一两个月。这期间干什么好呢？明智光秀多半也计算过，可以将近畿巩固为自己的地盘。但是，丰臣秀吉出兵神速。这是因为毛利辉元主动提出和解。丰臣秀吉好运，明智光秀背运。

从这时开始，直到第二年的四月，丰臣秀吉打败了柴田胜家，展示了男子汉紧张时刻最具魅力的英姿。还有令人心荡神驰般的事迹，但篇幅有限。按照惯例，试写人物论结束丰臣秀吉章节。

七

不用说，丰臣秀吉是与生俱来的大器。其人物与才能，从攻占鸟取城开始迅速闪射出异样的光芒。从山崎之战消灭明智光秀开始，到消灭柴田胜家的十个月之间发挥出的军事才能简直登峰造极。那以后建立的功绩，我觉得是呈一边倒趋势。小牧之战招降德川家康。

九州征讨和小田原征讨，排山倒海，势如破竹。对方似乎都患了萎缩催化病症。进而，使丰臣秀吉野心膨胀到进攻朝鲜的程度，以致惯性过头而进入衰退期。

招降德川家康、讨伐九州和小田原之战，尽管说是处在一边倒的鼎盛期，但上述战役的结果显示了丰臣秀吉光辉的军事天才和随机应变的洞察力。然而，朝鲜战役丝毫没有显示出他的才能。乍一看，其豪言壮语空洞仅躯壳气焰嚣张而已。我不得不认为，他的老糊涂速度非常之快。他的糊涂，多半来自少年时代的过劳、过度沉湎女色和大获全胜后形成的骄横跋扈。

说到丰臣秀吉老糊涂，他在统一天下之前为尽可能不杀人付出了努力，可天下统一后像换了个人似地变得残酷起来。他命令曾最信任并委以接班且推荐担任天皇助理官衔的丰臣秀次自杀，还一举杀死了丰臣秀次的妻妾三十多人，甚至像埋葬野犬尸体那样把她们扔在一个墓地里群葬。她们中间，有不少是公卿与大领主之女。纵然丰臣秀次犯下弥天大罪，那妻妾何罪之有?

“这穷途末路的政道。”

当时，民众如此批判。事实上是这么回事。丰臣家族到第二代灭亡，且以悲惨形式结束。

晚年的丰臣秀吉，精神状态近似于歇斯底里。

临死之际十分担心幼儿丰臣秀赖将来的即位，对理应完全知道最不可信任的德川家康说：

“丰臣秀赖就托付给你了。”

他流着眼泪托付，用伤心的口吻祈求拥立其子丰臣秀赖及其丰臣家族长久统治天下，甚至让他写誓约书。由此证明，丰臣秀吉这时的智商下降到最愚蠢点。

德川家康不是由于丰臣秀吉的武力被征服而俯首称臣的。此外，丰臣秀吉也没有对其施过任何恩惠。纵然施过些许恩惠，也理应是丰臣秀吉苦苦哀求将德川家康招致幕下后得到的利益要大得多。按理应该清楚，凡不是用武力屈服和以恩惠使之归属的人是不可依赖的。

当时，不是因为丰臣秀吉父亲夺得天下而坐江山的时代，而是丰臣秀吉完完全全靠自身实力证明自己的时代。当然，丰臣秀吉坐拥天下，也是靠排挤织田信长之子而获得宝座。

誓约书是不可信赖的白纸黑字，作为来自硝烟激烈的战国时代的丰臣秀吉，理应一清二楚。

然而丰臣秀吉还是相信了这一纸空文。不能不说是他的丑态、败笔。毋庸置疑，这是古今盖世无双之大英雄不该犯的低级错误。不得不判断他老糊涂。

倘若丰臣秀吉直到晚年仍然保持清醒的头脑，则必然对德川家康这么说：

“天下交给贵公，大坂城也拜托贵公处置，丰臣秀赖那里请赐以百万石领地。”

随即再把这话传达给丰臣秀赖、夫人淀殿以及各位大领主，然后告别世界。如果精神正常，他明亮的目光里则饱含着那种期待，也就不会出现丰臣家族那不幸的结局吧？！

他偏偏选择了最愚蠢之路，作为英雄来到世上，又作为最平凡愚昧之人离开人间。

分析丰臣秀吉的后期，我最痛切地感受到，生与死就是生与死，其生死方式不是通过与生俱来的天分以及事业得来。